江南旧闻录

故乡的味道

朱学东

把青菜或者雪裏蕻洗干净，晾曬干，在匾裏切碎，然后撒上鹽，搓揉成團，擠掉水份，接着把碎菜團子塞進甏頭，然后用棒槌往甏頭裏使勁插，把碎菜團子塞結實一[illegible]地，漸漸把甏頭塞滿。離開故鄉多少年了，但我對于水腌菜的味道，至今不忘。父母至今仍然做着水腌菜。

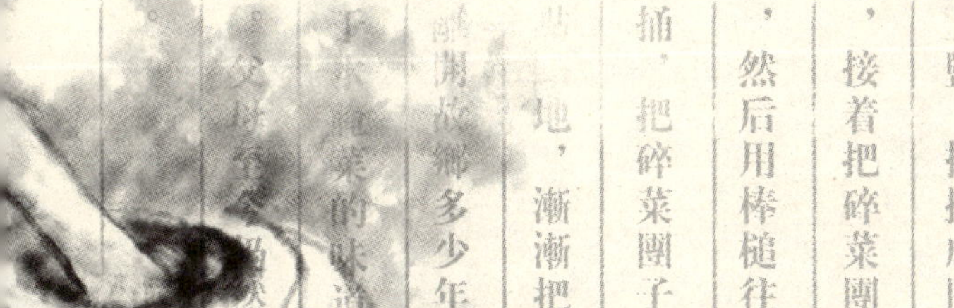

江蘇教育出版社
JIANGSU EDUCATION PUBLISHING HOUSE

图书在版编目（CIP）数据

故乡的味道/朱学东著. —南京:江苏教育出版社，2014.3
（江南旧闻录）
ISBN 978-7-5499-3819-3

Ⅰ.①故… Ⅱ.①朱… Ⅲ.①散文集—中国—当代②随笔—作品集—中国—当代 Ⅳ.①I267

中国版本图书馆 CIP 数据核字(2014)第 029982 号

书　　名	江南旧闻录：故乡的味道
作　　者	朱学东
责任编辑	孔　融　韩宇新　陈爱芳
出版发行	凤凰出版传媒股份有限公司
	江苏教育出版社（南京市湖南路 1 号 A 楼 邮编 210009）
苏教网址	http：//www.1088.com.cn
照　　排	南京紫藤制版印务中心
印　　刷	江苏凤凰通达印刷有限公司（电话 025-57572508）
厂　　址	南京市六合区冶山镇（邮编 211523）
开　　本	787 毫米×1092 毫米　1/16
印　　张	18.5
版　　次	2014 年 3 月第 1 版　2014 年 3 月第 1 次印刷
书　　号	ISBN 978-7-5499-3819-3
定　　价	45.00 元
网店地址	http://jsfhjy.taobao.com
新浪微博	http://e.weibo.com/jsfhjy
邮购电话	025-85406265，85400774 短信 02585420909
盗版举报	025-83658579

序

故乡在江南，在童年的记忆里

乡愁是所有痛苦中最高尚的一种痛苦。

——赫尔德（德）

20世纪80年代中期，我北上求学，在陌生的京城拜望客居此地多年的乡邻旧戚时，突然发现，我的那些在北京读书工作了一辈子的前辈乡贤们，一个个操着极为奇怪的普通话，简直就是故乡方言的翻版，只不过声调高低起伏，显示出了努力靠拢北方腔调的残存。

须知，我故乡方言，几乎找不到与如今流行的普通话的一丝影子，当年我在北京讲方言，还经常被笑话为“跟日本话似的”。

后来我才知道，这些长辈，绝大多数人年轻时说普通话并不是这样。年岁越长，乡音越重，到最后几乎全部回归了儿时的音调，无论是文字学者，还是专业技术人员，或者普通职员、达官贵人，我所接触认识的前辈乡贤，无一例外。

是什么样的东西才能有此魔力?

我向乡邻旧戚请教，他们只知道本就是这样；我向语言学者请教，他们的解释不能说服我；我也没有在文献中发现这样的研究……

直到有一天，我在德语诗人里尔克的一首诗里，发现了这变化背后的隐秘逻辑和魔力所在：

“捷克人民的歌声
这般甜蜜又深沉；
被它感动的心灵，
欣喜得想要哭泣。

当一个儿童
在土豆地里咿语；
穿过长夜守望者的梦，
它的清唱来临。

纵使你远远离开，
到世上最寂寞的所在，
往后的岁月，它执着的声音，
仍然会萦回在你的心里。”　　（里尔克，民歌）

里尔克的谣曲，让我心旌摇荡。

不是别的，是出生时依托的那块土地的造化神秀，是跟着亲人学舌的咿语乡音，深种于心，溶进了血液躯体，一开始就已经成为生命的一部分！

生活的外部环境，会让我们主动或被动地去学习接受并习惯不同的语言，不同的生活方式。儿时的记忆，儿时的咿语，此时也会悄然躲进某个角落，让位于生活工作的现实。

但是，当工作生活的世俗压力一旦消退，那早已深种于心、暂时避让的记忆，就会悄然溢出，慢慢滋长，“往后的岁月，它执着的声音，仍然会萦回在你的心里”！

纵使你远在海角天涯。

岂止是萦回在心里，它最终将成为我们的主宰，让我们在愉快而悲伤的回忆和诉说中，渐渐老去。

故乡的水土有一种神秘力量，在人们出生的时候，便规定了他们的未来。人们在那里住过，便会受其影响。住越久，它便将每一个人缠住越久。

这才是故乡。

我的故乡在江南，曾是季札领地，今属江苏常州武进。

故乡沃野千里，蔚蓝的天底下，遍地绿意，河渠纵横，水波晶莹。村庄掩映杂树竹园中，鸡鸣狗叫之声，此起彼伏。热闹中透着大地的沉静。

故乡四季分明，风调雨顺，就连凶悍的台风到此，也变得温驯了。可谓物华天宝人杰地灵之所，是人人羡慕的鱼米之乡。

羡慕什么？

春天地上随便挖口塘，春水漫过，经过酷夏，待到秋冬时，小儿捞鱼虾忙，这便是故乡旧时风物，也是我们这一代乃至我们的祖辈父辈，永远抹不去的记忆。

一方水土养一方人。

我出生在武进的一个叫西朱西的小村庄，在常州南，离市区有二十几公里。我十八岁离开故乡的时候，这个村子还只有十四户人家，如今各家开枝散叶，各造大房，隐隐然已成一个大村子了。

西朱西坐北朝南，村子虽小，却不脱江南乡村的格局风情，平常得不能再平常。

西朱西坐落在两条河间，东有永安河，西有永胜河。父亲曾给我手绘过故乡地势图，告诉我，故乡之地，河道交错，地势虽高却平，状如龟板，俗称乌龟地，讨口彩取其谐音，祖传富贵地，既富且贵之地。

村口有条小河，码头离我家不过十来米。村子向南五百米内，过去有三条东西向的河流，东入永安河，西连永胜河。水势平缓，水波清莹。老风水说，出门一里三横河，水清则灵，好地方。这四条河都是我们小时候钓鱼嬉水玩耍的好地方，曾耗费了我多少光阴！

确实是好地方。武进前黄北边的朱氏宗祠，即在我们这个小村子里。按家谱，也算是朱熹苗裔。我们宗祠也不辱先祖盛名，村里出了不少大大小小的读书人，尤以教师为多。

“土改”时，宗祠被分，我曾祖是江阴南漂而来扛长工最后入赘落户本族的，算是村里最穷的，所以分得宗祠两间，另外的给了村里当仓库。1985年我拿到人民大学录取通知书时，我们邻村一位同宗同学的母亲，时任北京大学哲学系主任朱德生先生的弟媳，羡慕地跟我祖母说，你们家风水好啊，有祖宗庇佑啊。

因是宗祠所在，西朱西祖产颇丰。虽然土改分给了其他村不少，但村里人均土地在江南依然不低。而且即使是在人民公社时期，故乡粮食产量还是颇高的。

但是，缴了公粮之后，留给自己的口粮有限，像我家当年，只有父母是壮劳力，老人孩子多，以长辈们的勤劳，也还常常不够吃，直到分田之后，才解决问题。

我小时发育不良，与缺少营养有关。以至于我上高三时，父母担心我将来考大学，即便考分够了，也怕身体羸弱，不能被录取，绞尽脑汁寻找偏方给我炖童子鸡之类的食物，试图弥补早年营养不良之缺憾。

还只能在地上爬的时候，长辈们下地，我们通常被带到田间地头，在地上自己折腾，就像泥娃。稍长，父母长辈便已无暇顾及。于是，小小年纪，我们或在蓝天白云下割草戏耍，或穿梭于猪圈羊栏灶台柴房间，或忙碌于自留地上，或帮着大人割稻插秧打场……

少年不识愁和苦。我们就是在这样的环境中，与天地为伴，与自然为伴，满足了自己的好奇心，度过了自己自由放任的童年时代。这些快乐，常常让我们忘却物质生活的匮乏的痛苦，“没记性”。

因为生活所迫，在我学会“狗爬”之后，一直到高中二年级，每年夏天，我腰里系着一个蛇皮袋，跟着父亲和堂叔，摸甲鱼贴补家用。彼时我光着脚，追逐着父叔的足迹，逢河过河，遇田过田，东走西奔，丈量着故乡的水土，熟悉了故乡周边四邻八村的几乎每一条河，每一块高埂。

后来跟父母兄弟聊及过去，自然有许多美好的记忆，但是，我问父亲，也问自己：这么富饶而美好的地方，像你们这么勤劳，我们还从小当童工，要有多大的本事，才能把这样的地方治理到大家都吃不饱穿不暖的水平？

父亲默然无语。

“我所记得的故乡全不如此。我的故乡好得多了。但要我记起他的美丽，说出他的佳处来，却又没有影像，没有言辞了。仿佛也就如此。于是我自己解释说：故乡本也如此，——虽然没有进步，也未必有如我所感的悲凉，这只是我自己心情的改变罢了。”

1921年1月，鲁迅先生在他的小说《故乡》里，这样写下了对阔别二十年的故乡的纠结。

相比先生所看到的故乡，“苍黄的天底下，萧索的荒村，没有一些活气”，这么多年之后，我的故乡呈现着截然不同的时代特色：

旧时故园成了“新城里人”的商品房和工业区。

崭新宽阔的马路，鳞次栉比的高楼，齐整漂亮的厂房，密布开发中的工地，以及来往喧闹的车流，操着各种方言底色普通话的来来往往的人群，繁华热烈，生机勃勃。

我的故乡是进步的，崭新的，是现代中国的一个缩影。

不过，这进步崭新的故乡，已不是我记忆中的故乡了。它正以游子无法理解的速度，继续更新。对物质生活的追求迅速压过了对古老传统的尊崇，除了游子和老人，越来越多故乡的年轻人欢迎这种变化的到来。

当然新是有代价的。当年蓝天碧水白帆南通宜兴北通湖塘常州的永安河永胜河，前者成了臭水沟，臭水日日夜夜呜咽流淌，几经治理而不清。而永胜河，当我驱车经过曾经的港桥古镇所在时，只能看到一座新桥上写着永胜河桥四个字，边上是一条几乎一步就能跨过的长满杂草的沟——当年这两条河，可是故乡与外界交通的主要水道啊。

当我站在旧石桥上，指着污臭呜咽远去的河流，得费劲向我出生在北京的孩子解释，我小时候就在这桥上，在河边的杨树上，往这河里跳跃游泳，清澈的河水渴了就可以喝，这绝不是谎言——我的孩子自小学游泳，却从未在她父亲游过泳的河下过水；我得让孩子相信，我小时候房前这地里夏天遍地蛙鸣，萤火虫漫天飞舞，春天挖口塘，秋冬满塘小鱼虾，也不是神话——在故乡的夏夜，我的孩子从未见过萤火虫……

如今的故乡和全国各地一样日新月异，目力所及处，必有塔吊工地，路和建筑千篇一律，越来越找不出故乡的影子，除了河边村头那些杂树。

格式化——我的朋友用了一个电脑用户熟悉的概念，总结了故乡乃至整个中国的进步与崭新。

格式化意味着清零，意味着全新的开始，另一面则是与传统的割袍断义。

那些被迫洗脚上楼的父辈们，行将告别张弛有度、年岁有盼以及守望相助、彼此熟悉的生活，逐渐像城里人一样，习惯紧张无度且冷漠无助。他们将再也找不到熟悉的工作，找不到熟悉的生活。他们最终将成为断线的风筝，在自己的土地上，他们就像一棵棵被斫断了根的树……

但是，变化是一定要来的。

“虽然没有进步，也未必有如我所感的悲凉，这只是我自己心情的改变罢了”，鲁迅先生沉郁的笔调，或许就是提前对现代化城市化代价的一种无奈的指示。

我每年都回家，看望我的父母兄弟。

每次回家，尤其最近这些年，我都会独自一人，漫步在四邻八村间的村路和竹园杂树边，驻足凝思，熟悉的场景正在一个个消失，故乡也变得越来越陌生了。

故乡风物曾经历数百年而不变，我的曾祖、我的祖父、我的父亲，直到我的少年时期，日出而作，日落而息，故乡的风物，变化有限。

历史上，与传统的决裂，历战乱、新文化运动而“破四旧”、“文革”和市场经济的冲击，尚能藕断丝连。但在推土机下，传统瞬间幻化成一堆堆瓦砾和零碎的记忆。

历史和精神的断裂，发生得如此迅捷，如此彻底，甚至挽歌都来不及唱。

人们抛弃了自己的祖居祖坟，也就埋葬了自己的故乡。

不是没有人在乎。

“尽管我对个人自由的长期辩护，但我从来没有被诱惑到像有些人那样，以这种个人自由为名而否定自己从属于某一特定的民族、社群、文化、传统、语言……在我看来，这种对自然纽带的拒绝诚然崇高却误入歧途。”

以赛亚·伯林告诫我。其实，在精神上，我从来没有离开故乡，在北京，我被同乡戏称“前黄沙文主义者”。

两年前的春节，我偶尔拍了一张家里的老式浴锅照片（至今的冬天，我仍喜欢泡这大铁锅），发在了微博上，我的同乡好友王亦农君提醒我，能不能写篇关于浴锅洗澡风俗的文章？

亦农君一言，提醒了我。尽管此前我也零零碎碎地写了些关于故乡风物的回忆，但也就是从此起，我开始有意识地把记忆中的故乡旧闻记录下来，而且，一旦动笔，思绪便如潮水般奔涌而出，没有腹稿，没有雕琢打磨，信马由缰，写了便贴在新浪我的博客里。

我没有想到，这些散记最终引得了那些与我有相似生活经历的朋友同学和故乡许多人的共鸣。他们给我点题，鼓励并支持我坚持写下去。

“失去故乡的人，写作成为居住之所”。于是，我就像法兰克福的阿多诺所说的那样，在异乡的城市，灯红酒绿的喧闹后，努力通过笔触，寻找自己童年的记忆和回家的路。所有怀想，都在梦里江南，都在那些永不逝去的旧闻笑谈中……

萨义德说，只有经历过两种文化的人才能理解流亡者。对于正在失去故乡的人来说，其实就像流亡者一样遭受着精神和肉体上的双重折磨，感触最深。

我的生于斯葬于斯的祖辈们，他们活着的时候，没有看到变化，于他们，这一切太平淡了。

我的父辈们，他们经历了这种变化，而且仍将忍受这种变化带来的欢乐、不适，甚至煎熬，但他们当年受教育的水平，他们为讨生活而努力的忙乱，常常不能让他们有时间有能力记录曾经的生活。

到我们的下一代，故乡已经是新的了，他们自然没有那些美好而痛苦的记忆。

因此，也只有我们这一代人，才是承前启后的一代。记录渐行渐远的江南故乡旧时生活的担子，自然要落到我们这一代人肩上。

于是，便有了这部《江南旧闻录》，尽管那些陈年往事永远絮叨不完。

这不止是对故乡远去时代的记录，更是为我自己，为我的父母兄弟，为我的孩子所写的书：

没有这块土地，便没有我。

无论它发生什么改变，它终将是我的牵挂。

感谢我的女儿朱佩玮，你是我一切努力的动力。

感谢我的太太谷丽影，没有你的支持鼓励，我将一事无成。

感谢我的父母兄弟，没有你们，便没有一切。

感谢我的同学老乡潘建岳、马志良、邹忠伟、丁学兵、盛志峰、眭怀福、陈秋良、蒋国锋、徐卫东、王岷颜、羌砾国、周志兴、诸雄潮、陈文伟、姚青松、康晓东、陈新华、王其涵、郭小明、管建新、周志兴、诸雄潮诸君，你们的督促、点题和表扬，让我下笔如神。

感谢王亦农君，不吝墨宝，为本书题写了书名。

感谢我多年的朋友诸暨郭建欢君，为本书配图及提出建议。

感谢正知书院我的院士朋友们对我写作的激励。

感谢我的老友新朋江建文、顾芳、孙泽新、苏萍、路锦、沈向阳、张培忠、孙泽阳、张骏诸君的鼓励和支持，感谢武进区委宣传部对本书出版的大力支持。

感谢新浪网新浪博客，本书的每一篇文章，都刊布在我在新浪的实名博客上，感谢新浪执行副总裁、总编辑陈彤的支持。

感谢《北京青年报》和《中国经济报告》，感谢“腾讯大家”的编辑们，你们的支持，让我故乡的故事得到了更多的传扬。

感谢腾讯《大家》及各位编辑对我写作的鼓励。

感谢江苏教育出版社我的老友新朋朱永贞、张平、孙兴春、孔融诸君对本书出版所付出的心血。

2013年11月19日于旭日嘉园

目录

记忆中的野豌豆

故乡的麦子快到成熟的季节了。

我突然间怀念起野豌豆来了。

前些日子，在酒桌上跟乡亲们喝酒，聊起了野豌豆，众说纷纭，连名称也不能统一，也可见它确实离我越来越遥远了。

感谢父亲和弟弟的提醒，野豌豆的记忆，在我的脑海中，更清晰了。

1

野豌豆是一种植物。

在我苏南老家，最常见的是在麦地里，与麦苗间生共长的。

麦子成熟的时候，也是野豌豆结果成熟的时候。

有关野豌豆的名字，有不同的叫法。

比如豌豆，按我武南地区方言，称之为“蔺豆”。

野豌豆在我老家方言俗称“具豆子”。但到底怎么写，我不知道。

后来我自作聪明的解释，是野豌豆里籽粒多，长的形似“具”字，故方言亦称“具豆子”。

具豆子有两种，一种叫光具豆。顾名思义，壳上没毛，光滑得很。

光具豆外形最像豌豆，比豌豆略扁一些，略小一些，籽粒也略小。所以，称之为野豌豆。

还有一种叫毛具豆，外壳有细毛，形细长，似“具”字，里边都是很小的籽粒。

光具豆毛具豆，通称野菡豆，即野豌豆。

父亲告诉我，如今打药或拔草多了，毛具豆很少了，麦地里几乎不见，只有田埂边旱地上偶然有些，但光具豆麦地里还有，勤快些人家的地里少些，懒惰一些人家的地里则多些。

“还有，但不多了。如果你要，过一段时间，我采一些快递给你尝尝。”

弟弟在电话里说。

我谢了弟弟。

记忆中野豌豆的味道，依稀在舌尖翻滚。

2

野豌豆浑身都是宝。

野豌豆可以食用。

小时候，野豌豆的最大功效，就是食用。

那个年代，新麦没下来之际，正是青黄不接，有限的口粮常常不够了。

比如我们家，人多，七口人，在那个年代口粮却是固定的，兄弟仨，都是抽条的年纪，胃口大，又没油水，自然吃得更多。

口粮不够，总得想办法，野豌豆就是一种重要的辅助性食物。

去麦地里把苗一把把拔起来，放篮子里背回家，把野豌豆采下来，或者直接就在麦地里采了野豌豆，回家简单用水洗一下，或直接放饭锅上蒸，讲究些，就放几粒粗盐。

饭熟了，野豌豆也熟了。

小孩子嘴馋，先抓了把吃，就像如今的人吃水煮毛豆般。

这个吃多了些，主食就可以少吃些。颇像如今减肥者先吃水果后吃饭的计谋。

不过，不同的是，减肥是吃饱了撑的，而我们小时候，却是长辈们吃不饱时填饱肚子又省粮食的策略。

吃饭的时候，蒸熟的野豌豆还可以当菜吃，又省了油钱。

生长于物产丰饶之地却被迫过着贫困生活的人，也总是能找到活下去、活得好的途径的。

食用野豌豆就是其中之一。

所以，某种意义上，野豌豆也是救命的食物。

在过去艰难的岁月里，它是我们成长的重要支撑。

就像那天酒桌上的老乡，无论现在在哪儿，做什么，小时候都吃过蒸煮的野豌豆。

不是像今天似的追求野菜消遣，而是生活必需。

小时候上语文课，知道《诗经》里有“采薇”，却不知采薇与我们的生活有关。

我是后来读《史记》，才知道采薇即是采野豌豆苗之意。

不止我们，古代人也采野豌豆来救命。

司马迁写伯夷叔齐在殷亡之后，义不食周粟，“陷于首阳山，采薇而食之”。

方知，这“采薇”，便是采野豌豆。

文天祥也有诗明志：“山河千古在，城郭一时非。饥死真吾志，梦中行采薇。”

而后来，能够读懂《诗经》的时候，再读《采薇》，方知采薇也即是采野豌豆苗。

采薇就是用野豌豆的生长周期，来表达征人思乡之苦。

如今年岁渐长，心气却越来越像《采薇》中所描述的那种迫切的归家之心，但眼看着野豌豆从嫩芽到硬老，归家却依然无望。

所谓心苦，莫过于此。

昔我往矣，杨柳依依。今我来思，雨雪霏霏。行道迟迟，载渴载饥。我心伤悲，莫知我哀！

当然，我并无此悲，只是有些惆怅。

3

虽然《史记》、《诗经》都有载采薇而食的故事，但我们却真没有吃过野豌豆苗。

但野豌豆苗在嫩一些的时候，却是兔子和羊最爱吃的。

野豌豆苗很漂亮。它的叶子，展开很有对称感，杆茎纤细而柔软。

它的花更漂亮。

野豌豆苗略有锯齿状，毛乎乎的，好似有些扎手，其实就是让你触碰到的皮肉痒痒，绝不会有茅草割破皮肉的担忧。

不过，因为野豌豆苗与麦苗间生共长，虽然这野草纠缠着麦苗生长，与麦苗争阳光，争肥料，争水，但乡下人都反对孩子去割这个草。

因为怕祸及麦苗。麦苗脆弱易折，不像野豌豆苗柔软有身段，不怕折碰。

不过，每年，小孩们总是从野豌豆苗还嫩着的时候开始，偷偷行走在麦地中的垄沟里，去拔野豌豆苗，回家喂兔子和羊。

待到麦苗儿黄了，野豌豆也成熟了，就照样在垄沟里去拔野豌豆苗，或者直接去采野豌豆。

野豌豆老的时候，籽粒就像黄豆般硬朗，外壳也会变黑，这个时候，一般是不会再吃了。

割麦子的时候，每捆麦子里，都会有黑乎乎的野豌豆悬挂着。

野豌豆总是在有些嫩的时候，采了蒸煮吃。此与豌豆和蚕豆同理。

据说野豌豆也能入药，像马兰，我没试过，所以不知其效用。

不过，野豌豆壳有个功能，却是豌豆、蚕豆和黄豆都不具备的。

那就是，野豌豆壳可以当哨子吹！

我缺乏音乐天分也不会吹口哨，用野豌豆壳做的口哨，我只会吹出“嘘溜嘘溜”这样最简单的声音。但我的玩伴中，曾有人吹出好听的调子。

我会用野豌豆壳随便一掐做个哨子，会用柳条枝做哨子，可就不会吹，而别人，不会那么复杂，随便摘张柳叶，就能吹个稀里哗啦的。

这一直是我特别遗憾的，至今仍感惭愧。

长歌采薇，已成文人经典。

古人有诗云：“相顾无相识，长歌怀采薇”。

其诗唱的是天下无知己，知己唯古人的怅惘。

但我们用野豌豆当哨子吹唱时，唱的却是少年不知贫之苦，少年只觉生活好，唱的是兄弟姐妹一起成长的欢乐。

其实，在植物的生命史上，也可观照到我们自己的生命与生活历史。

我已经很多年未见过野豌豆了。

我已经很多年没在麦苗黄熟的时令回故乡了。

自然，与这个时令相关的记忆，也就渐渐远去了。

好在，年少时年复一年的相伴，许多记忆还有残存。

永志不忘的，唯有简朴却从内心流露的文字。

它会时时勾连起那心中最深处或许也是最古老的记忆。

给你欢乐，给你忧伤，伴你到老。

附

一、诗经·采薇

采薇采薇，薇亦作止。曰归曰归，岁亦莫止。
靡室靡家，猃狁之故。不遑启居，猃狁之故。
采薇采薇，薇亦柔止。曰归曰归，心亦忧止。
忧心烈烈，载饥载渴。我戍未定，靡使归聘。
采薇采薇，薇亦刚止。曰归曰归，岁亦阳止。
王事靡盬，不遑启处。忧心孔疚，我行不来！
彼尔维何？维常之华。彼路斯何？君子之车。
戎车既驾，四牡业业。岂敢定居？一月三捷。
驾彼四牡，四牡骙骙。君子所依，小人所腓。

四牡翼翼，象弭鱼服。岂不日戒？玁狁孔棘！

昔我往矣，杨柳依依。今我来思，雨雪霏霏。

行道迟迟，载渴载饥。我心伤悲，莫知我哀！

二、感怀（五）　　孟郊（唐）

举才天道信，首阳谁采薇。

去去荒泽远，落日当西归。

三、野望　　王绩（唐）

东皋薄暮望，徙倚欲何依？

树树皆秋色，山山唯落晖。

牧人驱犊返，猎马带禽归。

相顾无相识，长歌怀采薇。

打枣子

我小时候很喜欢吃枣，自然也喜欢枣树了。

小时候，我家老宅门前的竹园里，紧挨着有三棵枣树。

最粗大的一棵，属于我隔壁堂爷爷家。

另外两棵，归我家和我堂叔家。其中一棵树龄小，长得笔直的，归我堂叔。另一棵，不大不小，歪脖子的，归我家。

自然，产枣最多的，是隔壁堂爷爷家那棵，其次，是我家那棵歪脖子，产量最小的，是堂叔那棵笔直的比我现在的胳膊稍粗的枣树。

小时候堂叔和我家还住在同一个屋檐下，所以每到枣子成熟的季节，我们打枣子时，就不分我家还是堂叔家的了，不过，隔壁堂爷爷家那棵，还是要分开的。

1

故乡的枣子一般农历七月就已经成熟了。

树上高处挂着一簇簇的枣子，黄色居多，红色较少。

平常看得紧，到了农历七月，一般才是家里允许打枣子的时候。

按故乡习俗，农历七月十五前，要过“七月半”，买上一些鱼肉，摊茄饼，祭祖请客。

姑舅叔姨的，总要办上好几桌。

乡下难得一次开荤的机会，受邀之人，几乎都是全家出动，尤其是孩子，是必然要来的。

过去不像现在，可以买些水果招待来宾，尤其安抚小孩，那时没钱啊。

于是，家里有枣树、梨树和甜黍就帮了大忙了。这也是为什么农历七月才让打枣子的一个重要原因。

打枣子的时候，我们家通常是我和弟弟上树，爬到树的一个枝丫上，骑坐住。下面再用小鱼叉把竹篮送上来，挂在一根树枝上，然后伸手把能够够到的枣子先采了放在篮子里。

实在够不到的时候，就让下面的伙伴把鱼叉一头递上来。

拿到鱼叉后，围抱着树干，坐在枝丫处，握住鱼叉柄，瞅准枝头枣叶下的一簇枣子，伸出鱼叉，连着叶子甚至小枝条一起，拧下来，然后收回鱼叉，把叉下的枣子放进篮子里。

这一过程中，鱼叉上的枣子难免会有“不讲纪律”，直接掉落地面的，通常会引发下面弟弟妹妹们的一阵欢呼。

一次，两次，三次，不断地重复，树上的枣子越来越少了，篮子连枝带叶渐渐满了，用绳子系住篮子，把篮子慢慢地吊下去，让下面的伙伴收拾。

自家树上的枣子没了，难免会记挂堂爷爷家的枣子，反正爬在高处，高空作业，下面的人看不见，趁着下面人不注意，鱼叉一转方向，便伸向了堂爷爷家的枣树，这时的动作比叉自家枣子要快捷得多，讲究稳准狠，一叉出去，快速收回。

其实我也知道，我堂姑和她们的外甥们采枣子时，也会把鱼叉伸向我家的枣树的，彼此心照不宣而已。

现在那三棵枣树也早已死了，竹林里全是杂树了。我回家的时候，有时会站在那三棵死去的枣树前发愣，那时怎么敢爬那么高去摘枣子呢？

爬枣树采枣子，无论带不带鱼叉，都有四怕。

一是爬得高。我怕我堂叔那棵笔直的枣树，通常都高过竹梢，虽然远眺风景很好，但只要一阵微风刮来，树随风摆动，带来的内心恐惧，其实还是蛮大的。

所以那时爬高之后，都要围住树干坐在枝丫上，胸口贴着树干，双腿还得夹紧了，就是因为害怕。

二怕刺毛。被刺毛刺了，痒痒得很。枣树上有花毛刺，枣叶上还有豆瓣刺。

花毛刺好发现，远远看见了，掸掉就行，不让它近身。但豆瓣刺不同了，它像豆瓣般，颜色还是青色的，粘在枣叶一面上，很不容易发现，要是被它刺到了，坐在了高处树干上，可难受了。

三怕臭虫。枣树上有臭乌龟，形似乌龟，一碰它便发出臭气来，挺难闻的。

不过，身在高空，气流很好，总是要比被刺毛刺了感觉好受一些。

四怕枣刺。枣树长刺，针一样硬，扎人很厉害。古人最初造监狱，用的就是野枣树围成一圈，把犯人圈在里边，利用的是野枣树上的硬刺，防止犯人逃走，名为丛棘。可见枣树刺也不是好惹的。

采枣子，难免会被枣树刺刺上，疼痒总是难免的。不过，终究抵不过贪嘴好玩的天性。

2

爬树上打枣子，只是“官方”许可的行为。

虽然很兴奋，但被允许的行为，兴奋总是有限的。

打枣子最大的兴奋，来自于未经许可的偷打。

我小时候很少偷打自己家的枣子。

我们老村纪培家门口有棵更粗大高矗的枣树，东村我的光屁股兄弟立群的爷爷家也有一棵大枣树，这两棵都比我们家和我堂爷爷家的大。

纪培家的枣树在他家场前的菜地里，周围有篱笆围着；立群爷爷家的枣树在他们家门口的竹园里。对偷打枣子来说，地形各有利弊。

这两棵枣树高大，用小鱼叉在树下够不着了，又不能明目张胆地爬上树去。

咋办?

有的就是办法。比如用砖块啊。

偷打枣子最常用的工具就是砖块。

对纪培家的枣树,偷打时,我们一般站在他们家篱笆外。他们家篱笆的东侧是条小路,小路边上是个细竹园,篱笆西侧是我们村西的竹园,竹子都是淡竹江竹,篱笆南侧是田埂和稻田,也是今天我们这些人家楼房所在地。不过,田埂离枣树就有些距离了,我们那时要在田埂上砸砖块,一般人是没这个功力的。

通常,我们会站在西侧的篱笆边,四顾无人,便将一块块砖砸向树枝,打中了,自然有枣掉落。

有时也会站在东侧小路上向枣树砸砖。不过,小路正对正兴家老宅的大门,正兴叔的母亲年纪大,身体却好,天天坐在门口,偷打枣不方便。

而西侧因紧邻竹园,所谓进可攻退可逃,占据了地形的优势。我也不知道这是顽童趋利避害的天性,还是看打仗的电影多了,耳濡目染有了判断力。

要清理战场的时候,我们就会悄悄地把篱笆拔出几根,钻进去,把掉落在菜地上的枣捡拾起来,装口袋里带走。

那时也曾经因偷打枣子被人发现追赶过。不过,那时白天男人很少在家,纪培家主要是他母亲在家,老太太也是小脚,自然只能骂几句,而我们一被发现早已从竹林里逃走了。

绝不留证据。

村东立群爷爷的枣树,那时也经常逃不脱我们的辣手。

不过,那个时候,真是高兴啊,每个人拿出捡到的偷打的枣,堆在一起,然后分发,瞅着自己的战果,每个小子脸上都洋溢着难以抑制的兴奋。

好玩。至今回想起来,那场景依旧历历在目。

3

我的故乡常武地区,真是个好地方。

每年台风,给海南、台湾、福建、浙江、上海等沿海省市总要带来许多祸害，不过，常武地区离东海岸其实没多少路，虽然每年都有台风警报，可台风刮到常武地区时，锋芒已失，祸害成了宝贝，虽然还会刮风下雨，引起粮食作物倒伏，影响产量，但台风却成了消暑的良药。

一般台风先到，接着一场大雨。

暑假的台风大雨，对于我们来说，是捡拾水果的好时候，什么枣啊梨啊桃啊的，台风大雨之后，一般菜园里树底下，都会有被风刮雨打下的战利品。

我们通常都是雨还没停，雷声还有余响，便迫不及待地跑到枣树低下，捡拾被打下的枣子，青的、黄的、红的，都有，最好的是黄的，个也最大，最甜。

最厉害的时候，是拿着袋子捡，从自家的枣树下，捡到纪培家树下，到立群的爷爷家树下，甚至还会到前桥村去转悠。

捡被风雨打下的枣子的时候，往往趁没人注意，抬起脚来，踹树一脚，扑落落，一些受过风雨之后勉强没掉下的枣子，在树挨这一脚后，全都掉了下来！

有时树的东家看见雨后你在捡枣子，会很不高兴，但又说不出什么来，因为这是天打下来的。

如今我们家也还有枣树，不过，如今的枣树都很低矮了，没有了当年枣树的模样。我九岁的女儿回爷爷家，都不用爬树就能揪下枣子来了。

也许她们这一代人，再也无法想象打枣子是一种什么样的生活了。

但在相当长的时间里，无论生活困顿还是富足，夏秋期间打枣子，都曾经是我们难忘的生活，是童年和少年时代的印记。

4

上学时，读了成语囫囵吞枣，知道了枣对胃好，很养生。

再过些时候，知道了一句熟语，枣花虽小也结实，很励志。

当然，后来也读了一些与枣有关的诗词，不过，大抵都是不痛不痒的。我虽然熟悉枣子枣树，但却没记住一首与枣有关的诗词。

后来喜欢上了鲁迅的散文《秋夜》，《秋夜》里鲁迅先生笔下有两棵枣树：

枣树，他们简直落尽了叶子。先前，还有一两个孩子来打他们别人打剩的枣子，现在是一个也不剩了，连叶子也落尽了。他知道小粉红花的梦，秋后要有春。他也知道落叶的梦，春后还是秋。他简直落尽叶子，单剩干子，然而脱了当初满树是果实和叶子时候的弧形，欠伸得很舒服。但是，有几枝还低亚着，护定他从打枣的竿梢所得的皮伤，而最直最长的几枝，却已默默地铁似的直刺着奇怪而高的天空，使天空闪闪地鬼䀹眼；直刺着天空中圆满的月亮，使月亮窘得发白。

猩红的栀子开花时，枣树又要做小粉红花的梦，青葱地弯成弧形了……

我知道，故乡的枣树每年依然会做着小白色花的梦，不过，枣树被打枣的竿梢所得的皮伤，以及在秋夜默默似铁的直刺天空，恐怕再也不会有了。

咬甜黍的日子

昨晚回家，打开电脑，看到我常州老乡《中国青年报》名记者包丽敏转我的一张图片，并建议我就此写篇江南旧闻录。

图片中，是青油油一盘熟悉而陌生的甜黍（甜芦粟）！

说熟悉，甜黍是我童年少年时代夏天最主要的解馋零食。

看到这盘甜黍，被割破的嘴唇手掌，痛感依稀犹在，恍若昨日。

说陌生，成年离家之后，有多少年没见过甜黍了，更没尝过它的味道，甚至连提都没人提起过。

往日时光浮现到了眼前。

1

甜黍，维基百科说也叫糖高粱。

甜黍“形状同高粱类似，叶青灰色，茎杆中有含糖汁液。糖高粱对土壤和气候要求不严格，分布广泛，是糖料作物之一，也可用作饲料、酿酒等用途。”

小时候我们村里家家户户都种甜黍，在菜地边上，或篱笆脚边，正经占地通常是很奢侈的。

我家的甜黍都种在村边那条小河西头的自留地上。

我家的甜黍既有种在篱笆边的，也有正经在菜地边占一大块地的。

这么奢侈，无非是我们家孩子多，兄弟仨，战斗力很强，加上姑舅表兄弟姐妹也不少，没钱买其他水果零食，只能是自己想法解决了。

家里种甜黍的任务，通常都是由我爷爷承担。

我小时候，爷爷还经常种些菜苗瓜秧转村去买。种甜黍自然就是他老人家的责任了。

甜黍的生命力很强，种甜黍很简单。

每年春天，爷爷就在河边菜地边上翻开平整过的地上，撒上一把黑乎乎的甜黍籽，再撒上一层草灰（好像是草灰中含钾肥吧），浇上一些河水，就不管了，等着甜黍籽发芽破土。

手撒的籽粒，总是不会那么均匀，即便是爷爷这样有经验的老农民。

不过，没关系。当甜黍籽破土出芽后，待稍长，过密的地方就拔掉一些，有些被拔下的，会被栽种到篱笆边。我的姑表叔也通常会到他老娘舅这儿拿些秧苗回去自己种。

甜黍的秧苗跟玉米苗很像（故乡在人民公社期间也种过玉米，我们也偷过队里的玉米，啃过玉米秆），不过要略标致一些。

甜黍破土之后长得很快。

故乡的雨水和阳光都很充足。不过，秧苗前期雨水多些倒也无妨，待它长高了，雨水要多的话，容易折伏，也不利于糖分凝聚，到时候就不甜了。

尤其到后期，甜黍更需要艳阳高照，都是大太阳下面长出来的甜黍，准甜得腻你的嘴。

2

待到甜黍渐渐长高，家里的大人已不再理会它们去了，这个时候，小孩们却热情越来越高涨，时不时地往种甜黍的地儿跑。

今天看甜黍又拔了节，长了不少；过几天看甜黍叶开始有些拉手了；再过些天，会高兴地说，甜黍秆好像有些发硬了。

待到抽穗之后，更是按捺不住地兴奋，每天盼着青色的甜黍穗子弯下来，由青色转而变成红色。

不过，这时小孩们盯紧甜黍的目的多了一个，防止过路人尤其是邻村人偷也成了一个重要目的。

待甜黍穗子颜色变成红色之后，小孩们便开始纠缠着大人去拔几棵回来尝尝："黍穗头都红了，肯定甜了，就拔几根回来尝尝么。要是不甜，我们再等。"

大人们总是架不住馋疯了的宝贝孩子央求的声音和眼神。于是，说声走吧，屁股后面几个半大小子高兴地跟在后面。

到得甜黍地里，挑几棵黍穗头已经暗红向紫的，拔下，几个孩子一人扛一棵，高高兴兴地回去。

到得家门口，小心翼翼把叶子扯下，喂羊或垫羊圈。若不小心，这甜黍叶子割手也疼得很。

大人则拿把菜刀，先把根部剁下，又把黍穗头剁下，然后把甜黍一头节疤一头没节疤地剁成段，一边往筐里扔，一边叮嘱迫不及待地要尝鲜的孩子们，小心别弄破了手和嘴。

吃甜黍时需要剥皮，一般就用嘴，顺着没节疤那端咬开一些，然后或者用手顺着咬开的地方往节疤处撕下，或者用嘴顺着劲把皮啃开拉下，到最后皮全部撕开后，就剩下光乎乎青色的甜黍芯秆了，一大口咬下一截，在嘴里翻来覆去地咀嚼。

一下子满嘴生甜，还有甜黍的清香，跟吃甘蔗似的，不过没甘蔗甜，却也没甘蔗那么腻、黏。

当然，要是运气不好，碰上甜黍芯秆是白色的，只能认倒霉，白的不甜。

如今的人都怕吃甜的，怕发胖，我们小时候，谁不是抢着甜的吃啊！像甜黍这样的甜东西，别说嘴馋的孩子们，连大人也好这一口啊。

吃甜黍时要小心割破手和嘴唇，咬开的甜黍皮很锋利的，拉手之后很疼。

瓦罐不离井上破。我从来没听说有哪个小孩吃甜黍没被割破嘴或手的，嘴唇手指被割破，太常见了。

不过，甜黍叶和秆上有一层白色的细粉末，把白粉往伤口上一抹，血就止住了。

我至今不知是甜黍上那层白粉末本身有止血功效，还是只是有一些东西堵住了创口的缘故。

不过，有用就行。

吃甜黍的时候有讲究。

甜黍靠近根部那段最甜，也最老，皮最不好弄，靠近黍穗头处细小而嫩，也不甜，但皮软好弄。

“老奸巨猾”的大人们，总是拿着恨不得还带着根须的根部啃，还会跟小孩说：“这段有些老，你们啃不动，我来吃吧。”

其实是这一段最甜。不过，大人说的也是实话。

小孩们一般都会挑中间段，节长，水分足，糖分也够，耐吃。

女人们一般挑靠穗头那段，没法子，这就是乡下的习俗，把好的留给孩子和男人。

啃下甜黍皮时，也很讲究，甜黍皮啃好了，能做出灯笼状的玩具来，有时可以捉了纺纱娘（蝈蝈）或蛐蛐放在里边。

黍穗头也很有用。其实，这黍穗头有些类似高粱小米，洗干净放饭锅上蒸熟了，一粒粒磕开，黏糊糊地，颇有些费劲。那时朱家桥大河南边高埂上，种了几棵苦黍，我后来想估计是高粱，它的秆不像甜黍那么甜，但穗头却被蒸得多，甜黍的穗头蒸着只是尝鲜而已。

黍穗头可以扎成小笤帚，把籽粒弄掉后，主要用来掸面粉米粉之类的，很实用。

黍穗头做的小笤帚还有一个功用，就是小孩犯了错，小屁股总是少不了要挨笤帚的打。

我的奶奶有个外号叫“笤帚婆”，或可见我们兄弟仨小时候没少挨奶奶笤帚的打。

每年夏天，甜黍熟了之后的傍晚，男人带着小孩，去甜黍地里拔一捆回来，拾掇好，放在竹篮里，吃完早晚饭，一家人坐在场上的凳子上纳凉，一边摇着扇子，一边啃着甜黍，讲着老空（方言，意为闲话），数着星星，遇着过路的熟人，大人也会热情地招呼：“来，坐下来吃根甜黍。”

一般没事的过客会坐下来，吃着甜黍夸着主家的甜黍如何如何甜；有事的过客，会接过扔过来的甜黍，说谢谢，回家还有事呢。

通常这时大人会豪爽地扔过几根甜黍，说：“带家去给你家细（小）赤佬尝尝，我家种的甜黍。”

过去，这在我故乡是最常见的风景。

3

爷爷擅长种菜，亲戚朋友都知道我们种的甜黍不错，有时我的姑表兄弟姐妹会到家来吃，也总不免带些走。

我舅舅家这些东西少种。我记得那时每年夏天，母亲总会拔下一捆，收拾好，放篮子里，让我们挎着篮子送到舅舅家去，让我那两个表兄弟尝尝鲜、解解馋。送过去后，顺便在舅舅家住个一两天。

那个时候，我不仅送过甜黍，也送过玉米。至于鱼，至今父母还在给舅舅、舅妈送着。

乡下种甜黍和瓜果，都与村风密切相关。

我们西朱西，村子很小，当年也就十来户人家，却是朱家祠堂所在，村风好，勤快不怕苦，读书人也多，家家户户都种甜黍瓜果，很少有刻意偷邻居家菜蔬瓜果的。

但是，每年我们村最头疼的，都是邻村尤其是西顾的到我们村偷瓜果。

西顾比我们西朱西大很多，人也多了许多。在公社时期，不知是旱地紧张还是人偷懒的多，很少种得出我们西朱西这般丰硕的瓜果的。若有一户种得不错，最后自己一定收不到。

西顾小男孩到我们村偷瓜果，就像蝗虫过境，黄瓜、菜瓜、西红柿、桃、李之类都不用说了，我们家种的甜黍，白天看得紧，晚上也难免被人惦记。

小男孩偷其实无所谓，还有一些半大小子了，也喜欢偷，这些都会让大家不高兴的。

我们家甜黍种在西头河边，夏天晚上，偷甜黍的，从西侧悄然下水，悄悄靠近甜黍地，爬上去，不管三七二十一，胡乱折断一些，系在一起，拖下水，再悄悄回到西侧上岸。

第二天一看甜黍地里，一片狼藉，折的总是留了一大截在地里，还会踩断边上不少，让人看着心疼。

奶奶总会跳脚骂几句。不过，那个时候，谁家的孩子会干敢干这样的事，其实村里人心里都是八九不离十的。

有一年，被我爷爷逮住的，还是远房亲戚，弄得大家都不好意思。

如今我家里早已不种甜黍了，侄女解馋替代甜黍的，成了甘蔗。我的父母也无此心绪了。

西浜头的水也早已乌黑了，没人再去下水了，河边上也没甜黍可偷了。

不过，故乡应该还是有人家种甜黍的。

就像我昨天看到的甜黍，也是故乡朋友发的照片。

这么多年未尝其味后，我依然忍不住嘴里生津。

偷 山 芋

“小时候谁没偷过山芋！”

酒桌之上，一份五谷杂粮里有几块红薯，我向围坐一圈的故乡兄弟感叹。

众皆点头。都是乡下农家子弟出身，就算书呆子也干过偷山芋的事吧。

迅哥和乡下的朋友乘船去看社戏的路上还偷吃过人家的蚕豆呢。何况我们呢？

在故乡武进乡村，红薯统称山芋。

山芋在故乡乡下，曾经是普遍种植的食物。既能补艰难岁月之粮食不足，也能作为养猪的好饲料。

记忆之中，故乡的山芋，一般种在旱地上。

乡下每家每户河边高埂地，大体都属于自留地，且大多属于旱地，主要用来种菜，种油菜、小麦、山芋这些东西。

每年仲夏以后，山芋开始成形。这时，乡下的小男孩们已经急不可耐地要大显身手了。

大显身手干什么？偷山芋。

此时的山芋垄上，正是山芋藤疯长的时候，牵茎攀叶，密密麻麻地游盖了一地，通常都看不见地面。

山芋藤疯长的时候，地下的山芋才开始长，还不到收成的时令。

但小孩又怎会管这个！

上得山芋地里，左顾右盼，看四周无人，迅速下蹲，掀开山芋藤，有时用手，有时用镰刀或割草的铲子，嚓嚓嚓几下，掘开干涸的土块，掏出土里的山芋，也许，此时的山芋还没镰刀柄粗，甚至还只有大拇指大小呢。

管他呢，揪下，扔进篮子里，有了好几个之后，迅速拿把草向山芋上一盖，把山芋藤放下，抬屁股走路。

偷来的小山芋，哪怕还只是大拇哥那般粗，也会找个河边，洗干净，连皮生吃。剩下的，带回家，洗干净，放在饭锅上一蒸，或者扔进粥锅里一煮，也算尝个鲜吧。

家里人大多也不会因你偷山芋过多责骂你，顶多说你两句。

被偷山芋的人家，也不会在场上跳脚漫骂，除非一垄半垄地被挖开了，这才是真正的偷，一般这样的情况很少见。多的是小孩子玩闹似的偷，你家的孩子偷了我家的山芋，他家的孩子偷了你家的山芋，我家的孩子可能又偷了他家的，总之，只要不过分，大人们大多很宽厚地嘟囔着说两句。

当然，偷山芋的时候，是不能被主家发现的，发现了少不得挨骂，甚至找家长去评理。

这是面子问题，否则别人会觉得自己软弱好欺的。

待到山芋渐渐长大，山芋藤逐渐枯萎，山芋垄上的土块渐渐开裂了，这开裂的地方，可不是天干地燥的缘故，而是地下的山芋长大了，把土撑开了。

这个时候偷山芋才有真正的乐趣，一般连镰刀之类的工具都不用了，找棵大裂缝附近的山芋藤，抓住根部，使劲一拉，通常能一下子拔出好几个不大不小的山芋。大个的山芋是拔不出来的，用手指顺着裂缝，扒开泥土，山芋就露了出来，孩子们兴奋地用手把山芋周围的泥土扒拉开，最后拔出来，哗，好大的个！同样扔篮里，用草盖上，走人。

这个时候的山芋，长得很结实了，洗干净生吃，经常吃得腮帮子酸疼。

其实，小时候偷山芋的乐趣不在于偷了自己生吃，或者偷回家蒸煮了吃。偷山芋真正的乐趣，在于小心谨慎地在别人的地里偷挖山芋的过程，那种既提心吊胆，又有收获的兴奋，是很多正常的生活难以给予的，也是我们艰苦生活岁月里廉价却真诚的快乐。

1985年夏天，我们填写高考志愿之前，我的班主任给我们讲了一个关于偷山芋的真实故事。

我的中学母校前黄中学早在1950年代就是江苏的乡村名校。1950年代后期，高考填志愿，我们前黄中学一位老学长，填报了当年赫赫有名的哈尔滨军事工程学院。

当年填报志愿的时候，还要填政审表，其中一栏大概是历史表现之类，班主任讲的那位老学长是个老实巴交的乡下孩子，在政审表上老实填写了小时候曾经偷过邻居家旱地里的山芋。

本来小孩子偷山芋在乡下不算偷，但他这一填上政审表，而且报考的是大名鼎鼎的哈军工，这下子麻烦大了。哈军工和上面一下子来了四个人，外调。

稍微了解一些中国当代历史的人都知道，外调是个什么概念。前黄中学怎么能让一个“偷”东西的人报考哈军工呢？

多少人出面，费了许多口舌，花了很多工夫，向外调的军代表解释，小孩偷山芋在我们那儿不算偷盗行为，只是小孩不懂事好玩，最后终于让外调者明白了。

还好，结果不错，我的那位老学长最后考上了哈军工，后来也成了军事科学某一领域颇有造诣的人物。

班主任给我们讲这个故事，只为提醒我们，吸取教训，不要像当年那位学长似的，老实到把偷山芋偷黄瓜偷蚕豆之类的填写进政审表，如若那样，麻烦得很，搞不好会影响自己的前途。

今天想来，这样的事恍若天方夜谭，但它真的出现过。

如今生活较过去好了许多，山芋还有种，但偷山芋的人和生活，大概少了许多吧。

如今老家的独生子女们，大致都没有干过什么农活了，既不用下田干活，也不用割草喂羊，作业、电视、电脑游戏、游戏机之类已经充塞了他们的生活，哪有时间和机会去偷山芋了啊，更不用说偷了山芋洗干净就生吃了。

一个时代就这样悄无声息地终结了。只有我们，还残存着当年的记忆片断，时不时像电影一般回放。

毕竟那是我们曾经的生活，有乐趣的生活。

与河蚌有关的记忆

几次在酒桌上，谈起故乡旧事，一些年长于我的老乡，纷纷提到了少年时代扒河蚌的经历。

河蚌在我老家俗称啊蜊，曾是故乡特产。河蚌既产蚌肉，又产珍珠，蚌壳能入中药，还是小孩很喜欢的一种玩具。

河蚌肉烧豆腐青菜，是故乡名菜，至今北京朝阳门外的常州宾馆，还有这道故乡名菜。我很喜欢，几乎每次去都会点。

常州宾馆这道菜，至今还残留着些微少年时代的故乡味道。

1

河蚌能结珠。我的故乡江苏武进，百姓勤劳聪明，很早就掌握了人工接种珍珠的技术，所以故乡曾是河蚌珍珠的主产区。

故乡地方戏锡剧有一出名剧，名为《珍珠塔》，这塔的金贵，便是珍珠，用珍珠塔来做定情信物，承诺相爱也金贵如珍珠塔般。

想来这出戏，与故乡产珍珠多少有些关联吧。

记忆之中，我小时候，奶奶就会给河蚌接种珍珠。

奶奶他们的技术，似乎是跟我们南面村子鱼池上的人学的，他们的人，好像也是从滆湖和太湖的国有农场上学回来的。

我们村周围几条河里，都一道又一道，密密麻麻，用尼龙绳或铁丝拉着，每根尼龙绳铁丝上都挂满了能长珍珠的河蚌，河里扔着各式树枝，作为保护，防止偷鱼偷蚌。

这种大河蚌，与平素食用的河蚌不同，它长有“翅翼”，就像鱼的鳍一样。

用武钻把河蚌的“翅翼”钻个窟窿，用尼龙绳穿过，挂到在河道里来回拉着的尼龙绳上，每根绳上都挂了许多河蚌，水清的时候，水下的河蚌隐约可见。

到给河蚌接种的季节，奶奶和村里几个学了此手艺的人一起，给河蚌接种珍珠。

我已经记不起来具体怎么接种的了，估计我的父亲还能记得，但我写此文，也不想骚扰远在千里之外的父亲了。

大概是有一种专门用来育种的河蚌，俗称三角蚌，形似三角，从三角蚌里剪下一小块软膜切片，把其他蚌壳打碎，把碎片和剪下的切片，一起种入河蚌的软膜里，河蚌受此刺激，就会分泌什么东西，围绕着这软膜切片和蚌壳碎片的核，随着时间流逝，就能结出珍珠来。

能够结珍珠的河蚌，也称作珠蚌。

待得珍珠长成的季节，就划条船，把挂在尼龙绳上的珠蚌一个个摘下来，堆在船舱里，拉到码头上，挑到生产队的场上或谷仓，用刀剖开蚌壳，把珍珠挑出来。

这个时候的河蚌肉最多，也最没味道了，村里人的主要目标是银光闪闪的珍珠，而不是河蚌肉。

俗话说老蚌生珠，此时人工养珠的河蚌，肉也是很老的，煮不烂。

生在水乡，河蚌肉什么时候没有得吃啊？

这个时候的河蚌肉，大部分都剁碎喂鸭，或者倒入河中喂青鱼了。

那个时候，我们对珍珠和蚌壳最感兴趣。不过，珍珠是集体财产，没我们的份，倒是这种产珍珠的河蚌蚌壳，因为体积比通常食用的河蚌要大不少，很受小孩喜欢。

每年黄豆蚕豆下来的时候，小孩们偷偷在地头田埂上挖个浅坑，搁上蚌壳，当作锅，再把下面挖开，当作灶膛，用火柴点着茅草，塞进简易灶膛，在蚌壳里煮蚕豆炒黄豆，蚌壳是主要工具。

不过，因为灶膛太小，常常弄得满身满脸烟尘。

2

在分田到户之后，珠蚌很快没人养了。人人都想种好分到的几亩田吃饱饭。

插在河里拉尼龙绳的树桩依然杵（方言，意为站、直立）在那里，河面上露出日晒雨淋水浸之后的黑色一段，只是成了防止偷鱼下网的树桩而已。

尼龙绳早就剪断了。珠蚌没人养了，但河里的珠蚌却依然有。

我家老村后面的河里，早年河水清澈，西朱西东村上没有井水，喝的就是这条河里的水。

早年这条河里物产特别丰饶，无论是养的青草鲢鳙，还是野生的鲫鱼昂公泥鳅小青虾，都是特别多，长得特别快。

河蚌也是。

这条河里，有一种河蚌，我小时候特别喜欢去河边摸。

这种河蚌，形似结珍珠的珠蚌，也有“翅翼”，但具体而微，体积很小，比一块橡皮稍大，色泽也浅，偏淡黄色，身上显得很干净。我小时候称它为细珠蚌（小珠蚌）。

周围养过珠蚌的河里，这种小珠蚌都有，但村后面那条河里的细珠蚌最多。它们到底何来，说不清楚，父亲说是养了珠蚌的缘故，是老蚌生子，由鱼养成。但我有些不信，我一直相信，河蚌生子，生的是珍珠。

长大后才知，父亲所言，大致没错，河蚌卵成熟后，产出寄身于鱼体，成形后排出，落入河中自己生长。

夏天洗冷水浴的时候，在河边浅滩上，无论是脚踩还是手摸，这样的细珠蚌很多。

虽然此时村里已经不养珠蚌了，我们几个小孩却还是摸了回去，像大人似的，在“翅翼”上钻孔，用尼龙绳穿过，然后挂在浸在河里的杨柳枝上，指望它们也能结珠。

大人们常常笑话我们，不过，也没人来打扰我们。

此时，村里人养的鸭子之类，已经可以随时赶下河去了，这挂在杨柳枝上的小河蚌不像吸附在泥里的河蚌，最容易被鸭子攻击。

结果，没有一个挂在杨柳枝上的细珠蚌结出了我们期待的珍珠，反而个个成了鸭子们的美味。

我记不起哪年起，河边再也摸不到这种像珠蚌似的细珠蚌了，泥里再也踩不到它们了。它们比大珠蚌稍晚一些，在故乡的河道里销声匿迹了。

至今，我再也没有见过长着“翅翼”的河蚌，那些能结珠的河蚌。

3

小时候，乡下人用来化妆的是上海产的俗称蛤蜊油的、用油纸包着或者装在一种形似蛤蜊的外壳里的日用品。

这种外形的蛤蜊，故乡的河里也有，不过，没人吃。

因为个太小，大概只有指甲般大小，我们也很少去摸。

每年要播麦种时，整理麦垄，麦地里有许多这样的小蚌壳，一面洁白，闪着银色，一面毛乎乎的，长着条纹。

小孩尤其女孩，都喜欢去捡这样的小蚌壳，回家当玩具玩。

几个小孩，一人准备一把，玩的时候一人出一粒，轮流掷在地上，此前讲好正面（内里白色）为赢，可以收回，其他背面的，用手指蘸着口水，轻轻触碰小蚌壳的背面，将它粘起来，再任它掉下去一次，若是正面，可以将这个赢回去，然后继续；若没能掉为正面，则换另一人继续玩。如此往复，也是一种童趣。

我小时候从来没问过这些小蚌壳从何而来，为什么会在麦地里。

后来长大了，猜想是上一季罱河泥枭河泥时掉进草塘的，河泥经过发酵成肥后，被撒播到地里，这些小蚌逐渐失去了水分，干涸而死，只剩下了躯壳留在地里，翻地之后到处都是，而且麦地整垄，不像水稻田（水稻田有水的时候，它倒是有活的可能，那时也不会扎脚），不会光脚下，翻出来后，大人小孩都要把它拣出来，以防止夏季翻地插秧扎脚。

不过，这种生活，在有河蚌的世界里，不是主流，几乎不值一提。

摸、踩、耙河蚌才是。

河蚌中的一种，没有“翅翼”，这其实是真正的啊蜊，通常是食用的。

这食用河蚌一般个头没有珠蚌大，形体略小，长得比珠蚌紧凑，好像也比珠蚌壳更厚更结实。

有时有异乡人或城里人来访，父亲就会去耙几个河蚌回来，把蚌肉和豆腐青菜一起煨炖，若是春天，还会放上几小块咸肉，那味道之鲜美，至今犹在我舌尖。

异乡人或城里人看我们洗刷收拾河蚌时，感到好奇，通常也会挽了袖子要求加入，但他们通常不知道如何把河蚌肉剔出来，摆弄时不得要领。

要是给蚌壳夹了，还是很疼的。被夹住手指后拔不出来，要让蚌壳松开，饶你，硬拔是谁疼谁知道，所以不能硬拔。其实要蚌壳松开很简单，要么放进水里，有水进入蚌壳，蚌壳自然松开了；或者，拿把泥沙，顺着空隙撒进一些去，蚌肉受惊，蚌壳也就自然松开了。

用刀去使劲撬蚌壳，蚌壳的力道可是厉害，合在一起时，简直是严丝合缝，无机可乘。

生撬是撬不开的。

有人一生气，干脆使劲把外壳砸碎，弄得蚌肉上也沾了不少碎屑，但蚌肉还是剔不下来。

像我们这些从小和河蚌打交道的人，看了自然哈哈大笑，笑城里来的大人还不知道怎么收拾河蚌，只知道吃。

其实洗刷干净之后，把河蚌放锅里用水一煮，水一开，河蚌个个张开了嘴，然后用刀轻轻一挑，蚌肉就整块下来了。

就这么简单。这是生活的经验。

天热可以下河的时候，主要是摸河蚌，方法类似摸踩细珠蚌。

待到天凉了，不能下水之后，除了冬天干河时，穿着胶鞋，背着篮筐或者蛇皮袋，到没水了的淤泥里去踩，去扒河蚌之外，更多时候，是在河水荡漾的河里耙河蚌。

我曾经细细琢磨过，方言里边说“耙河蚌”，写成文字，到底应该用“扒”，还是用“耙”，恐怕没人能说清。这两个字，在常州武南地区发音是一样的。

“扒”是扒拉开的意思，动作很明显，是单向地拉开。干河之后，拿钉耙扒开淤泥找河蚌，可以用“扒”，但在水里“扒河蚌”，用“扒”却不合适，因为动作不是扒拉开就能弄到河蚌的。

而“耙”，用作名词，即为钉耙，也即是用来耙河蚌的工具；用作动词，耙田，就像牛和拖拉机拉的耙田刀一样，能把突出来的大块泥块打碎，人工耙田也是一样。这动作的核心就是发现与平常不一样的东西，然后夷平。

所以，依我的生活经验，我还是采用了“耙河蚌”。

耙河蚌的钉耙与耙田的钉耙和猪八戒的钉耙都只是形似而已。

农村上种田用的钉耙有两种，一种是耕地里翻地用的，俗称大铁耙。

就像猪八戒扛着的，耙齿扁粗，显得很厚实有力，装耙柄处更是扎着敦实，扛在肩上颇有些沉。一耙下去，就能翻开一大块泥块。

另一种钉耙俗称细铁耙，体积要小很多，耙齿也显得瘦弱不少，明显不能跟板结的泥地对抗。这种细铁耙主要是用来在菜地上需要细细翻地处使用，最多也就是挖山芋用。

耙河蚌的也是钉耙、铁耙，不过体积更小，耙齿缝更小，但手柄却是最长的，用的是长竹竿。在很长的竹竿根部，装上钉耙。

这是专门用来耙河蚌的钉耙，所以比较特殊。

耙河蚌和搪螺蛳都是技术活加力气活，都很讲究，一般人使不来长竹竿的。

站在河边，扛起长竹竿，把钉耙沉入水中，手扶着竹竿，在河里耙拉，突然感觉钉耙遇到了异物，赶紧小心翼翼地往河边身处钩耙，随着距离渐近，手扶竹竿处也在变位，待到身边河里，再起耙，出水，哗的一声，钉耙勾住一个黑乎乎的东西出水了。

啊，是河蚌哦，赶紧收上了，捡了放在竹篮里，接着再下耙入水。

出水很讲究，一不小心，被耙到勾住的河蚌，也会掉入水中的。

如此往复，虽然经常空耙，但竹篮里的河蚌还是越来越多了。

有时，耙上来的东西，也常会有砖块之类的，让人空欢喜一场。

也有时候，钉耙在河里不小心勾住了河底的树根之类的异物，河边耙河蚌的人不知道，也没注意，使劲一拉，意图使钉耙摆脱异物，一般会有两种不幸的结果。

一是钉耙脱了，掉在河里，我曾经干过此事。那个时候一个钉耙也是很珍贵的农具，丢了挨骂是小事，有时可能还挨打呢。

好在我能找父亲或堂叔，用其他钉耙或搪网，想办法把它捞出来，毕竟他们打鱼，熟悉河性。

另一种不幸的结果，是不小心顺着那股力道跌进了河里，可是秋冬时分啊，穿得都很厚了，掉在河里，可是很麻烦的。

不过，我没有掉过河里，毕竟我们打鱼捞虾都有家传心法。我的同龄就有掉河里的，河蚌没吃着，惹了一身湿，冻得像什么似的。

耙河蚌和搪螺蛳都是顽皮的孩子热衷的事，也是家里解馋的主要法子。

4

河蚌这些天生地长的物事，在那艰苦的岁月里，既给我们营养，让我们得以在困苦的环境中长大成人，还给了我们的童年少年时代许多难以忘怀的乐趣。

我们从小也知道河蚌里有珍珠姑娘，能给人带来幸福安康的生活。

我们虽然听说了这美好的传说，但从来没见过，也就不稀罕什么珍珠姑娘了，现实的我们稀罕的是能够吃饱吃好，稀罕的是用蚌壳当锅，田埂为灶，烧一份蚕豆黄豆炒几棵青菜之类的，哪怕满脸黑灰也不怕。

多少年过去了，河蚌豆腐青菜的味道仍在舌尖回味，在北京，在常州的餐馆里，照样还能吃到这道故乡名菜。

但这道菜，以前只是道乡下就地取材的土菜而已。

如今曾经盛产河蚌的我的老家，西朱西那个小村周围几十条曾经水流清澈的河道里，已经没有河蚌了。我的父母兄弟，当年河蚌的死敌，都已多年没烧过河蚌豆腐青菜了，甚至都没吃过了……

人人都爱野葡萄

小时候，我老家村周边的每条河的河岸边，植物繁茂，野草、杆棵，水竹、荆棘、杂树……

只要这方水土能够成活它们的，应有尽有。

这些繁茂的植物中，野葡萄是我少年时代的至爱。

1

我的父亲，这些年种了两亩多葡萄，每年挣些辛苦钱，也给亲朋好友添了些福利。

我们家院子里有一株葡萄，大约有三十年的历史了吧，它的主干已经有我胳膊般粗，枝枝蔓蔓已经覆盖了两间屋大小的院子，若不是父亲每年打理，恐怕蔓延得更疯。

我家大人小孩，如今吃葡萄都不是问题。

不过，我小时候，吃葡萄可不是那么容易的。

我的记忆中，四邻八村的，只有两株家葡萄。

家葡萄是人工种植的，有些类似今天我父亲种的，不过，那时的家葡萄虽然甜，但却是青色的，我从没见过它们紫过，或许是没等到紫，便已落入馋鬼的腹中了。

一株是我们一个大队的，在我们村东北一个小村上，是我同学家的，他的父亲跟我父亲关系也不错，他们家有一株葡萄藤，在他们家院墙外的河边上，跟树枝缠在一起，一半覆盖在河面上。

另一株在我们村西南另一个大队——前进大队的一个大村上，是我姨姥姥家院子里的。我姨姥姥家也有孙子，也还有其他亲戚家的小孩，所以，我们兄弟往往不一定能够分到多少，稍微成型，我姨姥姥的孙子便开始折腾葡萄了。其实，要是搁我家，我们兄弟也是一样的。

姨姥姥家的葡萄在院子里，外人下手很不方便。

每年夏天，葡萄开始长大的时候，我们便惦记起同学家的葡萄了，当然，不能让大人知道，也不能让同学知道。

约上村上两三个“志同道合”的兄弟，佯装摸鱼，一路摸过去，其实目标很明确，那就是同学家河边那株葡萄。

夏天的中午，同学的奶奶常常坐在树下乘凉，不过老人好对付。

从小河南端悄悄下水，慢慢地静静地游过去，钻入蔓延在河面上的葡萄架下，身子没在水里，仰脸露在水面，悄悄伸出手，瞅准一串，手疾眼快，喀嚓揪下，随即潜入水中，躲到河边的水花生下，脑袋顶着水花生，露出眼鼻呼吸观察。

岸边的老人听到水里有响动，有时会抬身看看，总以为是漾青的鱼打水声。

于是，我们一边嘴里嚼着还不熟有些生涩有些甜味的葡萄，一边快速上下其手，扯下葡萄，塞进短裤裆里兜着，临走，裤裆里挤挤挨挨的，双手还各抓着一串，慢慢地静静地游到河南岸，上岸，把裤裆里的葡萄拿出来，捧在怀里，快速往远处的竹林边上跑走。

直到有一年同学家养了狗，我有伙伴被他们村上抓到，挨了顿痛骂。不过，我运气好。

2

姨姥姥家的家葡萄不能保证每年都吃到，同学家河边上的家葡萄偷起来又有风险，安全又能解馋的，其实只有野葡萄了。

野葡萄藤其实和家葡萄枝外形上看起来并无太大差别，只是粗细而已，叶子也几乎一样，但结出的果实，却差别很大。

野葡萄个儿长不大，单粒只比火柴头稍大，但一串串的长得紧密严实，每到夏季，野葡萄藤上挂得密密麻麻的。

野葡萄色泽青绿，成熟了也能变紫。但无论青紫，野葡萄的底味是酸涩，酸涩中带有甜味，即便紫红了，甜味中仍逃不了酸涩之味。

野葡萄虽然吃起来味道有些酸涩，甜味不够，但每年夏秋，都是艰苦岁月里小孩解馋的至宝。

人人都喜欢野葡萄，无论男女。野葡萄也是向同龄女孩献殷勤赢得好感的重要物件。

它到处都是，馋了，钻进随便一条河边高埂地的杆棵里，很容易找到它。

野葡萄长在河岸边，周围通常长有杂树荆棘，以及许多已经忘了名字的蔓藤。

野葡萄藤通常攀援在伸向河中的杂树枝干上，以支撑住自己缀满果实的柔弱纤细的枝条。

馋鬼采摘野葡萄有四种方法。

最常见的方法是钻进河边的高埂地，找到野葡萄藤。但好东西都长在唾手难得的地方，要得到它，得费一番心思。

不过，这难不倒那些聪明的孩子，虽然最后得到它有些辛苦。

故乡河岸边的高埂地，最外一层，通常是杆棵地，杆棵老了可以用来编插篱笆，但它的叶子却很锋利，割人。夏天小孩通常只穿一条短裤，钻进杆棵地，难免被杆棵叶子所伤，弄得身上手臂上一道道血痕的。

到得野葡萄藤边，够不着葡萄时，要么爬上树，要么用钩子去拉葡萄藤，可葡萄藤周围都是茅草、野蔷薇藤和八角茅藜，到处都是针刺，用镰刀劈开，也免不了受其伤害。

但一切都顾不了了，使劲用镰刀或钩子够着野葡萄藤，然后使劲往后拖拉，全然忘了茅草、野蔷薇和八角茅藜的针扎。

终于手可以够着野葡萄藤的主藤条了，使劲用手往身边拽，终于一大团野葡萄藤被拽上了高埂地。

气喘吁吁中，一边采摘藤上的葡萄，一边招呼后面的女孩子采摘……

高高兴兴钻出高埂地的杆棵后，才会觉得被杆棵叶、茅草割的地方隐隐生疼，而野蔷薇、八角茅藜的刺扎在腿上手上胳膊上，还得咬着牙忍着疼痛一根根仔细拔干净。

不过，这疼痛终究被收获的喜悦所盖过，吃着采摘下来的野葡萄，还挎着一篮子，一阵酸涩，一阵甜蜜，高高兴兴和伙伴回家。

第二种采摘方法是用鱼叉叉。

站在高埂的杂树荆棘中，端起小鱼叉，瞄准缠在树上的野葡萄串，伸出鱼叉柄，对准葡萄串的根部，用鱼叉叉住，然后拧几下鱼叉，葡萄串便缠在了鱼叉上，猛地一拽，一串葡萄便被拉了下来，虽然过程会掉落不少，不过，倒也安全可靠。

另外两种采摘方法，倒是不会受什么伤痛，不过，条件也是蛮高的——你得会游泳。

一种就是穿着短裤下河，游到有野葡萄藤的河边，也许那里的岸边是浅滩，也许是深潭，通常，高埂地边长野葡萄的地方，水都比较深，很少有浅滩的，为什么？我也不知道。

小孩个小，没有浅滩，就没有立足之地，到了那边，总是得仗着水性好，能够踩水，但踩水要采到挂在水上稍高处树枝上的野葡萄，也不是易事，使不上力气啊。

身材高大一些的，一蹿或许能够够着树枝，通过把树枝往水里拽，再够着野葡萄藤，然后才能一手抓着野葡萄藤，吃着它的劲道，另一手去采摘野葡萄，还是蛮费劲的。

有时也会把镰刀装在竹竿上（家里通常有这样的工具，主要是用来割丝瓜和扁豆的），踩着水，用镰刀把野葡萄藤拉下水。

总之很费劲。

有时你正在这条河里费劲的时候，有人会用竹竿撑着河泥船过来了。

河泥船上的人，看着水里弄野葡萄的人会哈哈大笑，他们把船往树下一靠，站在船上，随手采摘，气死河里踩水采葡萄的。

另一种是撑船采葡萄。

从前村里通常有好几条小木船，主要是用来罱河泥用的，所以，唤作河泥船，一般夏天河泥船要么抬在岸上刷桐油，要么停靠在河边岸上，水里也有，通常是漏水的破船。

撑船采葡萄，不是每条河里都有机会，可遇不可求。

只有碰上河边岸上晾着有河泥船，几个小孩就会不顾三七二十一，把河泥船推进河里，拿根竹竿撑着去采野葡萄，顺带着割些喂兔子和羊的草。河岸边有很多草，长在树荫下灌木丛中，模样肥大，却很嫩，羊和兔子特别喜欢。

站在船上采葡萄，是最得意的事。

不过，经常是一潭难容双龙，最后踩水采葡萄的，根本不顾船上的人的叫骂，翻身上船，抢摘葡萄，双方难免肢体冲突，最后纷纷落水，河泥船也就侧翻倾覆了，好不容易采摘的葡萄，全掉进了河里。

一边谩骂，一边合力把船翻过来，扶着船舷，叫阵，似乎这成了主角。

不过野葡萄很多，再说小孩没有隔夜仇，第二天大家还是好朋友。

3

我小时候一直以为，把野葡萄藤拿回家种活了，就能结出家葡萄来。

到得深秋，野葡萄叶子掉落了，我拿镰刀到河边割好多野葡萄藤回家，挑出比较粗一些的，用菜刀切出几根尺把长的枝段，然后分别用几根稻草包上，埋在屋前的菜地里，露出一小截在外面。

堂叔笑我发痴。

第二年，野葡萄藤发芽了。

不过，我最后也没吃到自己种的葡萄，连野葡萄藤最后都被拔掉了。

我上初中之后，我的中学前黄中学大大有名，苗木很多。

初一时，我成了学校生物兴趣小组成员。后来回忆，我在前黄中学生物兴趣小组最大的成就，就是埋了几粒白果，还真长出来了白果树苗。如今西浜头河边上那棵已经有胳膊粗的银杏树，就是我用前黄中学老校区门口白果树上的白果育的苗。这也是当时一批育出苗中唯一一棵成活的。我至今都很自豪。

我上生物课时，老师讲到了嫁接。

我突发奇想，没有家葡萄吃，不就可以用野葡萄藤做嫁接么。

埋在地里的野葡萄藤第二年倒是发芽了，但用什么嫁接呢？

那时生物书上都有苹果和梨树嫁接的，桑树和什么嫁接的，不过，我已经想不起当年到底用什么嫁接了，也许因为是失败的实验，记忆有时故意遗忘吧。

总之，我没有吃到自己嫁接的葡萄，还是只能吃野葡萄。

后来，父亲从别人家要了一株葡萄回来，种在了我们家新造的楼房院子里。

这株葡萄很争气，长的葡萄密且甜，而且也成了我家夏日天然的凉棚。

如今因为两边楼高，露水少了，这株葡萄的产量也低了不少。

现在故乡遍地都是种植葡萄的，随处可见水泥架子上的葡萄藤。

但我已然不知道故乡河边还有没有野葡萄了。

我想，即便有，故乡再也不会有人像我们当年似的，人人都爱那酸涩微甜的野葡萄，不顾草割刺扎，也要拼力去采摘野葡萄。

自然，更不会有人像我的少年时代那样发痴，去割葡萄藤回来种下，甚至，还想着嫁接，以便能育出家葡萄来。

如今故乡的少年，恐怕连野葡萄是什么，都不知道了吧。

人人都爱野葡萄，就这样成了逐渐远去的传说。

放甲鱼

“哎，朱学东，你晓得怎么放甲鱼吧？”

“臭猪肝、缝衣针。”

酒桌上，老乡们聊起故乡旧闻，七嘴八舌，热闹非凡。

“我家打鱼的，是放甲鱼的老祖宗！”

我横了他们一眼，他们都是我的同乡大哥，如今在北京都颇有社会地位。

“知道这些事情的，小时候都是顽皮孩子，喜欢白相的。”我的一位年长的老大哥笑着圆场说。

“朱学东，别忘了写放甲鱼啊。”

同乡大哥们纷纷交待我。

放甲鱼曾是我童年和少年时代生活的重要部分，我又怎能忘记！

1

父亲是周边有名的打鱼佬。

有名不仅仅在打鱼的本事，更在父亲熟悉周边水域里的各种情况。

凡下过的河，几乎父亲都能知道，这条河里物产如何，哪里有大青鱼，哪里甲鱼窝多，哪里产的鲢鱼最肥美。

这就是父亲的本事。

当年的甲鱼都是野生的，这些野生的甲鱼，曾经给我家的生活带来过非常大的帮助。

那个时候，每年晚春、夏天、初秋，父亲都会跟村里说是走亲戚去了，其实是带着堂叔偷偷到周边方圆数十里的地方各条河里去摸甲鱼了。

我从初中二年级起，到高中二年级的暑假，都是跟着父亲和堂叔去摸甲鱼的，当然，我的任务是保管员，腰里系着蛇皮袋，跟在父叔屁股后。

摸到甲鱼回家，藏在自家自留地的山芋藤里，我留在那儿看守，父亲和堂叔堂而皇之回家，然后我爷爷过来带回去。

第二天一大早，就到前黄镇上去卖了，最初只有一元七角钱一斤，被村里干部发现了，那是需要交钱计工的。

但每年，父亲和堂叔摸甲鱼放甲鱼的收入，加上打鱼的收入，是我家一笔极其重要的现金收入来源，是艰难岁月里养家糊口的最重要补充。

就是跟着父亲堂叔到处跑，我也熟悉了甲鱼的习性，更重要的是，我跟父亲学到了放甲鱼的本事。

2

放甲鱼看起来很简单。

拿几根缝衣针，正中间用尼龙绳一头系住了，放出一大段尼龙绳来，因为要把针扔河里去；然后把尼龙绳另一头系在尺把长的细竹竿上。

放甲鱼的钩子就做好了。

甲鱼爱吃腥荤的。

放甲鱼最好的饵料就是猪肝，尤其是臭猪肝。

猪肝是要买的，故乡的人对内脏很喜欢，很多人买猪肝回家是吃的，大蒜炒猪肝，也是故乡的乡野名菜。

不过，当时农村上平常有钱买猪肝回家炒着吃的人家，还真不多，有钱要改善生活，怎么也得买半斤油乎乎的五花肉啊。

到得晚春和夏天，上午卖不掉的猪肝，下午就有异味了，头天卖不掉的猪肝，没有冰箱，就容易发臭，乡下人又不愿浪费，留着接着卖。

有些臭腥味的猪肝，价格自然上不去了。

我一个堂爷爷当年在大队里的供销社网点卖猪肉，父亲总是告诉堂爷爷给留着点。

把有些发臭的猪肝买回家，用刀切成小条块，穿在甲鱼钩上，准备十来个甲鱼钩，剩下的猪肝继续放着。

上午用篮子挎着，到村周围几条河里，看准了地形，下钩，把竹竿在河边插紧。

周围若有甲鱼，闻到腥臭味，会循味游来觅食。

但它在发现猎物时，永远不会想到，这是陷阱。

甲鱼嘴虽小，也是张嘴吞食猪肝，迫不及待地，但缝衣针就此横着扎在甲鱼的脖子里，它怎么也挣不脱了。

偶尔尼龙绳没系好，挣脱了，这甲鱼脖子里扎着缝衣针，也活不长久了。

到下午，挎着篮子去收竿，一般十来个钩上总有一两只甲鱼的。

被针扎住了脖子的甲鱼，看着很痛苦，回家用剪刀把尼龙绳铰断，然后手摸着针的位置，使劲一顶，把针从甲鱼脖子里穿出，甲鱼很痛苦。

今天看来，这行为很残忍，但在当时，我们没有一丝的怜悯，只有收获的快乐。

当然，还有计算，计算当天的收获，已经把买猪肝的钱挣回来了，还有赚，这有多高兴啊。

当然，有些猪肝是被鱼吃了，也有些还挂在上面，但浸泡水里时间长了，只有摘下扔河里，便宜了河里的鱼虾。

傍晚时分，把剩下的猪肝再次切成小条块，穿在甲鱼钩上，到另外几条河里去放甲鱼。

第二天一大早去收竿，总有甲鱼已经翻身死了，被针扎死了。

死甲鱼和下午放到的或许还活着的甲鱼，早上拿到前黄镇上的集市上买，前黄中学的老师、前黄镇上的饭馆、工厂里的管理者，那些领工资的人，喜欢买这种放上的甲鱼，哪怕是死的，因为他们都知道，这甲鱼死的时间不长，价格却比活甲鱼便宜了很多。

就这样，父亲用自己的手艺，挣钱养活了我们兄弟，并供养了我们上学。

3

跟在父亲的屁股后面久了，我俨然也是个放甲鱼的高手了。

后来父亲看我们学会了，自己也就不再去放甲鱼了，他又去寻觅新的创收机会了。

我和弟弟照例拿父亲给的钱，找堂爷爷买块猪肝，回家弄好甲鱼钩，拎着篮子在周围河边转悠。

放甲鱼看似简单，其实有讲究。

比如地形，钩子放在什么地方最好，跟钓鱼一样，有很多讲究。

放甲鱼一般选择两种地方。

一种是漾滩上。这漾滩其实是浅滩，平缓渐深。通常还要有树枝搭在水里水面的。晚春天热起来后，河里有甲鱼乌龟的，通常会爬到树枝上晒太阳。

树根部河岸下，是我们俗称的暗窠，是河沿下被水蚀空的地方，夏天甲鱼都愿意待在这里。

另一种是深水区，下面也有暗窠，不过这里下钩比较难。因为河岸有些高。

下在这些地方，只要这条河里彼时有甲鱼，总会有上钩的。

不过，有时也麻烦，甲鱼吞食猪肝，发现陷阱后，想挣脱，使劲拉着绳子跑，通常会绕在树枝上。这在收竿时很麻烦，还得脱了衣服下水。

我跟父亲摸甲鱼没曾摸到过一只，但少年时代，放甲鱼倒是有过不少收获。

后来我想过，大概我上中学的学费，这放到的甲鱼应该是能挣回的。

4

村里一些人后来明白了我父亲的手艺，到夏天都出去摸甲鱼放甲鱼了。

但父亲还是老大，因为熟悉甲鱼性子。

到最后，父亲不再下水摸甲鱼了，也不放甲鱼了。那个时候甲鱼的价格大概已经七八十至百来块一斤了。

当年我回家时好奇地问父亲为什么，未及父亲回答，弟弟笑着说，现在摸甲鱼放甲鱼的人，比甲鱼多多了，还去凑什么热闹啊。

父亲笑而不语。

现在故乡应该还有甲鱼，很多地方养甲鱼，供食用。河水脏了，没人敢下水了，钓鱼时，偶尔也会钓到一两只甲鱼。

但盛况不再。

不过，我至今所拥有的甲鱼的知识，都是来自父亲：如何抓住甲鱼不被甲鱼咬；被咬之后如何让甲鱼自己松开；如何判断甲鱼是家养的还是野生的。

我和父亲都被甲鱼咬过，主要是咬在手上，虽然当时有些疼，但我一点都不怕。

小时候夏夜乘凉，父亲给我们讲过一个甲鱼咬人的故事，我至今记忆犹新：

从前，有个财主要祝寿，上街买了只大甲鱼，独子好奇，去逗甲鱼玩，甲鱼缩在壳里的脖子，猛地伸出，一下子咬住了独子的脸蛋。

使劲拉，小孩嚷疼，甲鱼却丝毫不松嘴。财主想尽办法，却无计可施。

财主无奈，只得招贤。来了位渔民，看到后，说好办，不过，你们不能偷看。

渔民叫家人准备一盆清水，关上门，防止别人偷看，抱着吓傻的小孩，把被甲鱼咬着的脸蛋放入脸盆的水里，甲鱼一下子松开了嘴。

渔民把小孩放地上，一拍屁股，说没事了，出去吧，小孩“哇”的一声哭着打开门跑了出去，脸上有道月牙印，渔民端着装有甲鱼的脸盆走了出来，没人知道他怎么弄下甲鱼的，小孩吓蒙了，也不知道。

我问父亲，你怎么知道的？

父亲一笑，说："你被甲鱼咬的时候，把甲鱼往水里一浸，甲鱼嘴浸水不就松开了么。"

后来我知道了，这就是生活的经验。

当然，这经验如今也没啥用了。

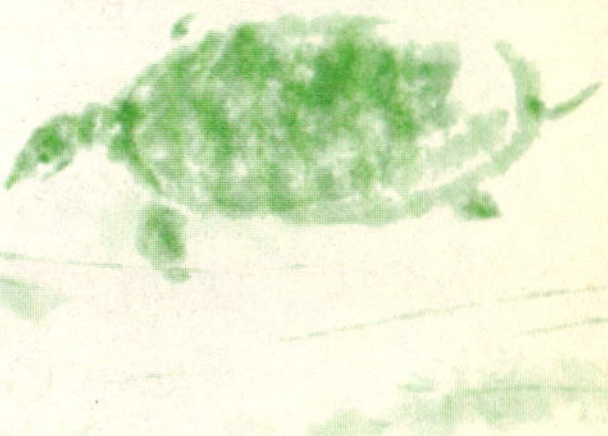

挖 黄 鳝

小时候，秋收之后的傍晚，我和弟弟都很喜欢背着竹编的黄鳝篓，跟在父亲的屁股后面，到处去挖黄鳝。

天气有些清凉，但光脚踩在收割后不久的稻田里，软绵绵的，软泥钻过脚趾间，凉凉的，痒痒的，感觉奇怪却很好。

稻田里主要是稻茬，其间还有荷花郎杂草复生的枝枝蔓蔓和残绿，黄豆早已经收了，田埂上只剩下了杂草，黄鳝要准备过冬了。

这正是挖黄鳝的季节。

过去多少年间，我们一直都是黄鳝的天敌。

黄鳝活跃的季节，我们钓黄鳝，放黄鳝。待到黄鳝安静下来想冬眠过冬了，我们还不放过它们，千方百计找到它们，把它们从泥洞里挖出来。

不过，过去无论钓、放、挖、捉黄鳝，并非为满足自己的口腹之欲，而是解难纾困之举。

黄鳝是捉来卖的，是当年重要的现金提款机。有了现金，才能买油盐酱醋，才能供小孩上学。这是大自然给予勤劳者的恩赐。

在周边熟悉的稻田田埂上，父亲几乎能够清楚地记得每条田埂上，哪一个地方可能会有黄鳝洞。每年插好秧之后，不忙的白天，父亲总是在这些田埂上钓黄鳝；到夏天晚上，则用电筒去照秧田里游弋觅食的黄鳝。父亲几乎熟悉每一处地形。

拨开田埂上一处杂草，杂草覆盖着一块醒目的新的淤泥，拨开淤泥，便可见一个小洞口。这在过去，大体是以黄鳝洞为主。

这个时候，地里已经干涸，没水了，钩子也不容易伸进去了，既钓不出来，也钩不出来，只有用铲子挖开田埂，直接找到黄鳝抓住它了。

挖黄鳝用的铲子，不同于铁锹和平常开沟用的铁铲。挖沟的铁铲，平整锋利，比挖黄鳝的铲子要长宽一些。挖黄鳝的铲子，形似剖开的香瓜，略有些弧形。

挖黄鳝其实需要耐心，需要小心翼翼地，一步步推进。

有些人挖黄鳝时，简单粗暴，猛地几铲下去，黄鳝倒是真见着了，不过，不是成了两截，血淋淋的，就是一截还耷拉着，而黄鳝在泥里痛苦地扭动挣扎。

这样的黄鳝，只能回家打牙祭了，费油费盐费火的。

父亲挖黄鳝总是小心翼翼地，一铲铲不偷懒，一步步顺着渐渐挖开的洞展开。

渐渐地，一个小洞变成了一个不大不小的坑；渐渐地，坑里的泥土越来越湿了。

突然间，看见了一条细细的黄褐色的尾巴。

“看到黄鳝了！”

我和弟弟总会高兴地喊起来。我和弟弟总是喜欢趁父亲停下铲子的短暂空隙，抢着去拉黄鳝尾巴。

黄鳝尾巴露在外面的还很短，很细，所以，大多数情况下，是拉不出来的。

“别拉断了。还是让我来吧。”父亲总是笑着制止我们，让我们放手。

这个时候下铲更要小心了，一不小心，黄鳝就会受伤。受伤的黄鳝卖相不好，卖不出价钱来。

终于看到完整的黄鳝了，有一点点水在洞底。原来盘在地下的黄鳝突然感到寒意，扭动起来，要往外蹿。父亲一把三个手指便捏住了黄鳝的脖子下方，轻轻巧巧地举起来，给我们看一下，然后放在黄鳝篓里。

父亲然后用铲子把挖开的土复原，把田埂做好，踩几脚，踩实了，然后扛起铲子，接着去寻找下一个黄鳝洞，我们兴高采烈地接着跟着父亲去找。

一年年的秋天过去了，父亲照例一年年地去挖黄鳝，照例一年年能挖回不少黄鳝。不过，父亲挖黄鳝越走越远了。

附近挖黄鳝的人一年年多了起来，很多是我叔叔辈。连我和弟弟还有我们一些同龄人放学后自己都扛着铁铲去挖黄鳝了。但挖到的黄鳝却越来越少，而且经常挨人骂。

年轻人挖黄鳝，目的性强，速度快，性子急，不讲究。挖完之后，很少有人会像父亲似的，把挖破的田埂重新给人做好踩实。

我们小孩去周边村子挖黄鳝，村里人总来赶我们走，我听一位老人说：“我们这里只欢迎朱家桥那位姓朱的来挖。”

他们只同意我父亲去挖，就像夏天摸甲鱼似的，看到是我父亲在河里，村里人都不赶。

其实，朱家桥是个大地名，男人几乎都姓朱，但邻村的人都知道我父亲。

分田之后，生活迅速有了改善，父亲再也不用为油盐酱醋担心了，但秋收之后父亲依然会去挖黄鳝，这是他老人家的乐趣所在。

我不知道如今秋收以后村里还有没有人挖黄鳝，但我知道，父亲和弟弟是绝对不会再去挖黄鳝了。我们家连挖黄鳝的铲子都不见了。再说父亲年纪也大了，而且估计周围也已无鳝可挖了。

连夏天秧田里都很少能有黄鳝了，遑论秋冬季节了。

父亲说，现在捉黄鳝的人比黄鳝还多了。而另一个没说但我们都知道的是，农药的力量比人更强大。

或许，扛着铲子背着竹篓，光脚走在晚秋傍晚的田埂上，永远成了记忆中的一幅剪影。

捉 螃 蟹

我的高中同学劲松兄自故乡来，砾国兄让劲松带了一批螃蟹来。

螃蟹是故乡郑陆黄天荡的清水蟹。

黄天荡的清水蟹颇有来头。明宣德年间，工部尚书兼江南巡抚周枕兴修水利，围成“十万八千芙蓉圩”后，将三万六千黄天荡也围筑成圩，除高田外，河荡沟汊仅余三千余亩。清帝乾隆南巡，经常州郑陆，吃到黄天荡的清水蟹，赞其“天下唯此物美”，从此每年进贡五十担。

劲松此次带来的清水蟹，正是当季，刚健有力，把专门用来装蟹的厚塑料袋都弄破了，拎着回家的路上，竟然有两只爬了出来，弄得我手忙脚乱地把它们捉住，强塞进了破损的塑料袋。路上行人纷纷侧目。

不过，捉螃蟹可难不倒我。虽然已经快三十年没有捉过螃蟹了，但毕竟捉过多年，练家子，功底尚在。

不知道为什么，我从小到如今，一直不太喜欢吃螃蟹。我曾经读书读到说上海人吃螃蟹，能把螃蟹吃得如何如何干净。其实一点都不难，我不喜欢吃，也能把螃蟹吃得特别干净，而且肉该完整的地方完整，就像庖丁解牛一般。

今天，我就来回忆一下少年时代捉螃蟹的所见所闻吧。

1

故乡曾经到处都有螃蟹，只要有一些清水水草的地方，即可能有螃蟹，河里，水沟里，稻田里，草塘里，到处都有。

这种螃蟹，不是螯脚上长毛的大闸蟹毛蟹，而是草蟹土蟹芏（音度，方言，意为本地产）蟹，是一种不大不小的螃蟹。

草蟹小的如硬币，偶尔赶上大的，也有将近毛蟹个头，一般都是比毛蟹要略小，比银圆要大。

阳澄湖大闸蟹刚流行那会儿，簋街曾有店卖草蟹，三元一只，据说是来自河北。其实这种草蟹，北京周边水域中也有。

小时候捉草蟹，首先是玩，而不是为吃。玩着玩着，就有得吃了，这就是鱼米之乡的好处。

小孩捉螃蟹，有自己的方法。

一种是钓螃蟹。

钓螃蟹和钓青虾鳑鲏类似，弄些方块形纱布，用两根细竹竿交叉把四角撑开，交叉处再绑上一根稍长粗一些的竹竿，做成一口小扳网，弄些螺蛳肉、碎蛤蜊肉的，放在纱布中央，纱布中心系块小铁坠，以使纱布在水中下沉，螃蟹贪嘴，爬行速度又慢，爬进去之后，就跑不掉了。

不过，用纱布做网扳螃蟹，太没水准，这只是捉螃蟹最初的启蒙而已。

还有另一种钓法，跟钓黄鳝差不多，不过比钓黄鳝简单，但也比钓黄鳝容易脱钩。

随便拿根铁丝，或者竹签，穿上蚯蚓，找河边沟边的螃蟹洞，伸进洞内，轻轻乱捅，螃蟹经不住诱惑，大螯便夹住了蚯蚓，上钩了。

感觉上钩后，慢慢把竹签或铁丝往外拉，待到洞口，隐约可见螃蟹身影时，猛地一拉，快速把螃蟹拉出洞口，这下子它就逃不回去了。

在河边水沟里，即便脱钩了，以螃蟹奔逃的速度，它可不是我们的对手，总跑不脱我们的五指山。

不过，有时需要注意的是，螃蟹快被拖出洞的时候，一旦它发觉不妙，也会松开钳子，放弃到嘴的食物，快速退回洞深处，保命比贪嘴重要得多。

钓捉螃蟹时，一般带的是水桶，水桶边沿光滑，螃蟹爬不出来。

2

不过，钓螃蟹不是给我留下最深印象的。

印象最深的是捉螃蟹，其实是把手伸进到蟹洞里边摸螃蟹。今天想到，还打了些冷颤。

故乡的小河边树根部水草边水沟边，到处都有大大小小的各式各样的洞。大一些的洞，其实主要就是螃蟹占据着。

把洞口的泥块拨开些，伸进手掌。螃蟹洞深浅不一，小螃蟹占的洞一般不深，伸进手掌，即可摸到。

蟹洞空间不大，一般一个手掌进去，没得腾挪，蟹钳伸展不开，无法张牙舞爪，也就发挥不了武器的作用，夹不到人。

手掌碰到螃蟹后，往前突进，一下子摁住螃蟹，连泥带水，从洞中把螃蟹抓了出来。

一出洞口，螃蟹的钳螯得以伸展，便张牙舞爪了。不过，只要手指捏着螃蟹的身子，像我们这样的人，一般是不会被夹着的。

若是稍大一些的螃蟹洞，一般都是老螃蟹，老螃蟹老奸巨猾，洞一般比较深（当然是相对小孩的胳膊而言的），手掌伸进去的时候，老蟹发现了，就一直往里退。通常要把一只胳膊伸进去，才能够着。

老蟹洞里边空间也有些大，蟹钳得以施展，有时手掌手指会被螯钳夹着，很疼。不过，手疼得退出来时，蟹钳却不肯松开，反而被带了出来。一到洞口，老蟹发现不妙，再松开蟹钳，想退回老巢，却已无路可退，我们早已用手在洞口候着了。

夹了人还想逃，没天理了。

那个时候，故乡有很多蛇，随处可见。有时你伸进洞去，抓着一团东西，拉出洞来一看，魂飞魄散，赶紧撒手，原来是蛇！

一般洞里有水蛇和火赤练，还有黄鳝。赤练蛇花里胡哨的，但小时候觉得特别恶心。我是后来才知道，故乡最毒的是土灰蛇，这赤练蛇和水蛇一样，也是没毒的，不用怕。不过我一直对赤练蛇很恶心，要是摸到了赤练蛇，会觉得触霉头。

所以，至今想来，还有些寒颤。

偶尔会在洞里抓到黄鳝，不过，黄鳝比较滑溜，不容易抓住，抓住了，是意外收获。

村里周围的小河和水沟里、稻田里的螃蟹，都是土蟹草蟹，个小，螯上没长毛，不是大毛蟹。

我们村往东数百米紧挨着前桥中桥的永安河，俗称大河，跟运河相通，是过去非常重要的水路交通通道，也是故乡水系的重要组成。这条河里，有毛蟹。

夏天的时候，我们去前桥中桥掼冬瓜游泳，都喜欢沿着大河或往北或往南游玩，游累了，就扶着河岸，在河岸边找螃蟹洞，摸螃蟹，若是摸到几只螯上带毛的毛蟹，那个兴奋是难以言表的，虽说夏季，蟹瘦无肉，但用茅草或杆棵叶一捆，拎着回家解馋，当时也算佳品。

到得冬天，水浅了，洞口堆着新泥的，一定有螃蟹在里边，若是有心挖它，准跑不了。

那个时候，有小孩人家储水的水缸里，总会养着几只螃蟹的。

3

小时候稻田里也曾经有过螃蟹。

晚上大人去照田鸡照黄鳝，经常会顺带着照回些螃蟹来。

那个时候，农药还不是那么厉害，田鸡、黄鳝和螃蟹，算是稻田里有水时的三宝了。

田鸡在稻田里叫唤着跳来跳去的，需要用小鱼叉叉，得眼快手疾；黄鳝在稻田里的水下游来荡去觅食，滑溜得很，眼快手疾之外，还需要用头上钉着芝麻钉的竹板夹。照螃蟹最容易了，可以手抓，不过，一般带了夹黄鳝的竹板，用手也就少了。草边哗啦一声，探头探脑的螃蟹就跑不了了。

我对照螃蟹兴趣不大，家里人也没兴趣，一般都是照田鸡和黄鳝的副产品。

不过，我小时候对捉小螃蟹玩还是很有兴趣的，觉得很好玩。

母蟹肚子上的壳是圆的，通常把卵产在脐内，然后孵化出小螃蟹来，一窝通常有许多只。

小蟹刚开始时蟹壳是软的，软绵绵的，手感很好。

满身还柔软的小蟹，通常躲在母蟹的怀中，躲在母蟹的甲胄下。风和日丽的时候，母蟹带着一群小蟹出来玩耍，才会放它们出壳。

看到这场景，其实是眼福。密密麻麻的小蟹，有些像蚂蚁似的，挨挨挤挤的，煞是有趣。

一有风吹草动，母蟹张开甲胄，小蟹纷纷爬进母蟹的怀中，母蟹然后急急忙忙地带着一群小蟹横着逃着爬走。

走的急，还会将一些小蟹遗留在外面，但母蟹带着大部队逃生要紧，顾不得了。

小蟹抓回家去，一般是养不活的。但小蟹可爱好玩，虽然一玩就死，但儿时的我们，根本无此概念，何况那时螃蟹太多了，全然不像现在。

捉螃蟹的时候，也会碰到软壳蟹。软壳蟹是大蟹，不是刚出生的小蟹。螃蟹脱壳新生的时候，蟹浑身都是软的，壳、腿、螯，无一不软，全无蟹常见的坚硬，而且干干净净，很少见很金贵。

蟹浑身软的时候，时间很短，遇水渐硬，所以能够遇上软壳蟹，真是运气。

一般我们捉到软壳蟹，它不会咬人，通常要炫耀一番，拿在手上把玩，有时一不小心玩死了，可可惜了。

软壳蟹据说大补，我小时候也曾经生吃过软壳蟹，但多少年过去了，已经想不起来它的味道了。

4

故乡我家那块，内河里不产大毛蟹，只有在四通八达的大河里才有。

土蟹草蟹不值钱，但毛蟹还是值钱的。

故乡老话说，西风响，蟹脚痒。

西风过后，螃蟹成熟了，蟹钳更加坚硬，肉质开始变得饱满，此时才是真正捉螃蟹的季节。

我后来在北京，一直对西风没吹就已上市的各类阳澄湖大闸蟹抱有警惕，即从那句老话来。

虽然如今的养殖技术已经解决了这个问题，但我一直比较顽固地认为，人工技术催养的螃蟹，是反季节食品，所以，别人稀罕，我不稀罕。

虽然内河小河里不产毛蟹，但我却没少见毛蟹。

西风掠过之后，父亲就会收拾自己的脚盆和丝网，晚上去大河里下网捉螃蟹。只要不下雨，哪怕黑灯瞎火，父亲也会带着堂叔，挑着脚盆，去捉毛蟹。

父亲基本不在离我家最近的永安河里下网捉毛蟹。这条河上，一来运输繁忙，过往船多，二来这周边村子打鱼的人也多，且从北往南，一道道的扳网，就像河里盖上了盖子，好东西很难跑过一路扳网的敌手。

父亲最近的选择是河母桥浜头边上的永胜河，或者胜西那边的胜西浜、河母桥和港桥之间的顺龙河。虽然彼时也是交通要冲，但那边打鱼的少，扳网也少。

最远的是跑到靠近南夏墅的西桥头，离我家大概五里路，那里有个浜梢，只有一口扳网，船也少到，每年秋冬，父亲在那里捉到的毛蟹最多。

父亲捉毛蟹，和捉鱼一样，用的是丝网，网眼稍大一些的。夜里怀里揣着手电，撑着脚盆，在西风中蹲着下丝网，很不易。

若不是为了生活，黑灯瞎火中，有几个人愿意顶着西风赶远路站在脚盆上水淋淋地下网捉毛蟹啊！

毛蟹游过，撞上丝网，丝网容易缠身，缠住后便很难挣脱，尤其是毛蟹，到处都是勾勾刺刺的，被缠住了更挣脱不了，越挣缠得越多。

收网的时候，鱼叉柄靠在脚盆上，人蹲在脚盆里，电筒在怀里照着水面，用手收网，不管上面有无毛蟹，或者鱼，都往鱼篓里装。

因为晚上，不若白天自如，所以经常弄得水淋淋的，难受。

回到家，我们小孩掌灯，大人们都来帮忙晒网，并小心翼翼地把还缠在网上的毛蟹摘下来，可费劲了。

捉毛蟹很费网。这毛蟹被缠住后，为挣脱丝网，它的大螯总是去钳夹丝线，所以，丝网破损得严重。若一晚上能够捉到十来只毛蟹，那可是大收获了。

当然，也会打到鱼，不过，这也是捉毛蟹的副产品。

从丝网上摘下的毛蟹扔在木桶里。盖上盖子后，安静的夜里，就听得桶里的毛蟹发出吐水声，更大的动静，是毛蟹试图从桶中爬出，不断地爬桶壁跌落再爬再跌落以及一群毛蟹挨挨挤挤的声响。

第二天天没亮，父亲或祖父，便带着毛蟹去前黄镇上卖了。

那时虽说每年父亲都会捉到不少毛蟹，但我们几乎不吃，舍不得，留着卖钱。我们吃的最多的，还是土蟹草蟹。

我不捉螃蟹久了，父亲也早就洗手不干了。

我们现在每年都没少吃螃蟹。弟弟的朋友在湖上养了螃蟹，每年秋冬，会给父亲送去不少。即便我远在北京，故乡的同学朋友，也总是趁来京的机会，会捎来螃蟹。

这螃蟹，既不是我小时候常捉的土蟹草蟹，也不是父亲秋冬去大河里捉的野生螃蟹。不过，总是故乡风物，兄弟情谊。

如今我已经多年未经过浜头上河母桥西桥头了，不知道那些河是否还在。至于清水，那是我不敢想象的了。

而港桥，那古老的民居早已全无踪影，顺龙河也填没了，那里成了开发区，全部是厂房，开车经过，只有一座新建的石桥，上面还写着顺龙桥还是顺龙河的。

哪里还有野生的毛蟹哦。我甚至不知道，那些内河里的小蟛蟹，是否还有。

难以忘怀竹叶茶

我走过了许多地方，喝过许许多多的茶，但每到夏天，我都会想起爷爷奶奶煮的竹叶茶。

清凉解渴，满嘴生香。

可惜，在北京工作之后，很少喝到竹叶茶了。

故乡也早已物非人亦非了。

且不说爷爷奶奶都已高龄走了。房前屋后的竹林，也大都消失了。

如今我家太太在北京开了家茶叶店，也有竹叶茶卖，但我却再也没有品味到少时的味道。

往者永不可追。

1

年幼时，我等无知，不知竹叶当茶，早有文献记载。只知道，夏天煮竹叶水喝，只是一种生活方式，反正，茶叶也少。再说，农村上，那时谁家有闲心泡壶茶喝啊？大热天的，光煮开水就够呛。

后来年长，回忆起年少时竹叶煮茶的时光，手痒，去查资料，方知竹叶在中国药用食用已有悠久历史，文献记载中有诸般妙处。

例如，李时珍《本草纲目》中说竹叶性味苦寒、无毒，“去烦热，利小便，清心”。

明人张介宾在《本草正》描述竹叶临床功效：“退虚热烦躁

不眠，止烦渴，生津液，利小水，解喉痹，并小儿风热惊痫。”

明季贾所学撰《药品化义》说：“竹叶清香透心，微苦凉热，气味俱清，经曰，治温以清，专清心气……又取气清入肺。是以清气分之热。非竹叶不能。”

至于竹叶中富含黄酮、氨基酸、叶绿素之类的，虽然也学过生物常识，但这种科学名词，于我这般科盲而言，不具任何影响力。

而我对竹叶茶的偏好，一来自长辈经验的影响，二来自年少时的生活方式。

2

我相信，爷爷奶奶他们那辈人，也并不清楚竹叶中含什么黄酮、氨基酸、叶绿素之类的玩意儿，甚至，他们恐怕连这些概念都没听过。

祖辈的口耳相传，以及自身的生活和劳动，是他们最主要的认识世界的途径。

祖祖辈辈相传的生活经验，告诉他们，竹叶可以解渴生津。

记忆中，每年夏天到了，大麦没下之前，竹叶是全家最主要的消暑植物。

大麦也可煮茶喝，那时生产队也种大麦，不过产量不高，大麦更多是作为粮食，虽然很难吃，但煮茶喝，在粮食匮乏的岁月，终究是有些奢侈了。

竹子曾经是故乡最常见的植物。我家有三块小竹园，面积都不大。

屋后自留地边上一块，以江竹为主，房前一块，以淡竹为主，村东头一小块，以很细的竹子为主（我忘了竹子的名字了），那些竹子主要可用来搭建篱笆，做钓鱼竿使的。

记忆中，似乎江竹叶煮茶喝我没有印象，一般都是淡竹叶和那细竹子的叶子。

早上下地回来，爷爷或者奶奶，都会揪一把竹枝回来，打桶井水洗一洗，其实也就是放水桶里涮一涮，抖落几下，把水抖落掉。

那个时候，哪有污染的担心啊。

然后把稍大一些的竹枝扯掉，细枝带着竹叶，一起扔进灶台上的大铁锅里，然后倒上半锅井水，盖上锅盖，起火，烧开。

开锅之后，竹叶茶也就煮好了，但这时还不能喝，忒烫了。

一般情况下，奶奶就会拿个洗脸盆，洗干净，用铜勺把水连带竹叶一起舀在脸盆里，放在不碍事的地方，让它自然凉下来。

希望快速凉下来的，就在更大的盆里倒上井水，把盛竹叶茶的脸盆搁大盆里。

井水夏天很凉，竹叶茶也就会凉得很快了。

到吃完早饭，大人们或者用桶，有时干脆端着脸盆，再带个碗或铜勺，就下地去了。

把竹叶茶搁田间地头，用草帽盖上，以挡灰尘，也能挡点暑热。

累了渴了，扔下手上的活，用碗或铜勺舀一碗一勺的喝起来，一阵凉意透心穿肺，还满嘴是竹叶的清香。

那个爽啊，只叹无词形容。

中午大人们干活回家，脸盆里的竹叶茶通常喝完了。

照例扯一把细竹枝，回家洗一洗，继续扔锅里煮茶，下地的时候，照例带上竹叶茶……

故乡那边，家里人一般不太让小孩喝茶，但竹叶茶除外。

即便是没文化的乡下人，也都知道，竹子是高洁虚心的雅物，喝了竹叶茶，竹子的性子就会融入你的骨血，成为你的一部分。所以，大人们都不反对孩子喝竹叶茶。

我喝竹叶茶，一般都是中午煮的那一锅。毕竟上午还不算太热。

玩得满头大汗回家，凉下来的竹叶茶，锅里盆里都有，拿着铜勺舀一勺，咕嘟咕嘟地喝下去，一勺不够，接着……

满头大汗很快就褪了下去，通体畅快得很。

3

故乡的竹林不知道从何时起就开始凋零了。

反正是化工厂在故乡流行的时候。

我的爷爷奶奶都已高寿而西游了。

竹子少了，还没绝种，但父母都不再扯竹枝煮竹叶茶了。就连井水的味道，也大不如从前了。

母亲过去还喝些竹叶茶大麦茶，现在也就是白水。父亲主要喝我们兄弟和朋友孝敬的茶叶。

竹叶茶，就是在故乡家里，也成了稀罕物了。

我在北京工作生活，也曾琢磨过竹叶茶。

紫竹院有很多竹子，我曾采过回去洗净泡开，但毫无当年味道。

我也在一些花坛里发现了很小的小竹子，也曾扯些回去，但都不行。

后来我看到竹园边给树打药的场景，吓死了，再也没有采过外面的竹叶。

现在许多茶叶店有卖专门制好的干竹叶茶，味道倒也不错，可是，像我这般味觉系统颇刁的人，喝这样的干竹叶茶，确实有曾经沧海的感觉，总是提不起劲来。

也是，我那时喝的竹叶茶，哪儿还能找到呢？

新鲜采下的细枝嫩叶，上承天露，下接地气，中间又经爷爷奶奶用大铁锅烧制，加注了人世间的温情，即便是土井之水，也不是一般的清冽甘甜，用来煮竹叶茶，正是正道。

想想，橘逾淮而为枳，离开了生于斯长于斯的泥土水分和气候，摘下制成的干竹叶，那些天露地气全然流失，不惟如此，还有铁锅井水，还有人间温情……

失去了这些，又何能成为你念想的至品至爱！

采野葡梨

暮春江南，阳光普照，万物疯长。

我独自一人，循着少年时代的足迹，在河边高埂地边逡巡，寻访儿时记忆中的一切。

一簇簇一丛丛的灌木荆棘，杂草白花，夹杂着各种清香，沁人心脾，熟悉而陌生。

突然间，一簇绿植闯入了我的眼帘，我的腮帮子一下子酸了起来，嘴里泛出了津液，不由自主倒吸了一口凉气。

这种绿植，我很眼熟，小时候我没少折腾它们，夏天它们会长出小果子来，酸酸的，也是我们搜寻的对象。

我使劲想，竟然想不出它的名字来了。也是，快三十年未见过了，记忆也就封尘起来了。

不过，一下子见到，尘封的记忆哗地全冲了出来。

我一边努力控制那酸涩的记忆引发的生理反应，一边用手机拍了下来。

回家给父亲和弟弟一看，他们都笑话我，这不就是葡梨，野葡梨嘛，小时候都采着吃，解馋呢。

葡萄的葡，梨子的梨，父亲很认真地给我解释。

我随即用手机搜索了一下，没搜到葡梨。

不过，够了，父亲说的是故乡的称呼，也是我小时候的记忆。

虽已是暮春时分，但河边高埂地荆棘丛中的葡梨，还没有开花，更别说结果实了。

葡梨的叶子一年四季不谢，常绿，虽然它的绿色有些不正。叶子很厚，正面通常泛着一层暗银色，似有毛乎乎的白绒，一抹，其实什么都没有，叶子反面倒是没有这层银灰色，颜色也正常，不过有麻麻点点的，不像一般绿植叶子光洁。

葡梨茎枝上通常也有刺，不过，它的刺不像野蔷薇那么细小浓密，粗犷得很，自然也不容易伤到人了。

葡梨似乎总是在不经意间就开了花。我今天已经想不出葡梨开的花样了。

不过，少年可以记不得葡梨开花的模样，却不会错过采摘的季节。

自葡梨花落，小果子开始挂在枝干上时，惦记的人就开始多了。

稍具果形，便有迫不及待的少年，采摘试尝了。

“呸”，一边忙不迭地吐着，一边摇头，葡梨才具其形，还没长开，自然只有人们不喜欢的涩味了。

不过，几乎每个少年都有过这样的尝鲜经历。

大规模地采摘，通常在一簇葡梨棵上已经有泛黄的葡梨了，这个时候，便什么都不管了，看见就采，无论成熟与否，一概“格杀勿论”。

采摘的时候，不怕杆棵叶子割人，不怕野蔷薇刺扎人，不怕荆棘戳脚，只要看到葡梨，就奋不顾身披开它周围的杂树荆棘，把葡梨茎枝上的野葡梨摘下，放进口袋。

走到哪采到哪，吃到哪吐到哪。经常是一边说“酸死了”，一边还不停地往嘴里扔。

从来不用洗。

那个时候牙口胃口真好啊。

最好的葡梨通常长在河边树荫下，半伸在河面上，人们在高埂地上通常不易发现，发现了也不易采摘，所以，往往算得上是仅存的“硕果”，很多能到泛黄了。

不过，彼时河里边通常有罱河泥船，小孩们夏天避着大人玩水玩船，撑着船在河里走，割河边青绿硕大的青草，采野葡萄，自然也采野葡梨了。

还有弄水时，看到野葡梨，自然也不会放过它们。

其实，今天想来，这野葡梨并不好吃，即便是发黄成熟了的，只有一丝丝的甜，其余的味道，以酸涩为主。

不过，对于什么都缺乏的乡下孩子来说，采摘天生地养的野生果子，本身就有一种极大的乐趣，是一种游戏的乐趣，也有一种收获的乐趣。

无论是野葡梨野葡萄，还是蛇糜子野草莓，至于是否真的美味，其实并不是最看重的。

在那个物资匮乏的年代，一粒酸涩的野葡梨，只要有些酸味，就已经足以让乡下少年充满期待了，更何况经常还有些丝丝甜味呢。

我后来通过网络查找，没能找到父亲所说的“葡梨”，不过，苏医《中草药手册》中称其为“蒲栗子”，当与父亲描述的是同一物种，音也近。其学名也叫胡颓子，《本草经集注》上说它“凌冬不雕，子亦应益人。或云寒热病不可食”。

但我还是愿意用父亲告诉我的“葡梨”，这也是我的记忆。

酱板豆草

如果不是一条微博，我至今不认识马齿苋，更不知熟悉的酱板豆草就是马齿苋。

太太南游江南我故乡，在葡萄地里发现很多酱板豆草，拍照发微博，问远在北京的我，此草学名，我坦承不知。

一经转发，微博上的朋友们纷纷告知，这草大名叫马齿苋，很有名，能凉拌熟炒，你竟然不认识？

我知道有种草叫马齿苋，但我确实不知自己认识的酱板豆草就是马齿苋。在认识我家太太之前，我也不知道酱板豆草是可以凉拌熟吃的。

我自小对酱板豆草的印象，它是喂羊喂兔子的，甚至，连我的父母也不知道，这草竟然能吃。

在我儿时，酱板豆草是故乡田头路边随处可见的一种草本植物，乡下人称之为酱板豆草。

其得名，大概与其茎干上的叶片状若酱板豆有关。过去黄梅天故乡要做酱，在酱缸里浸泡开了豆瓣，便是酱板豆，色泽深暗，丰满滋润。

酱板豆草，通常伏地而生，其茎干脆而多汁，色呈紫红色，也有青绿色的，茎干上对生着酱板豆状的叶片，叶片丰满多肉。

酱板豆草生命力顽强，特别耐旱，拔起之后，久晒不枯。故乡的田间地头，过去到处可见。

春夏时令，酱板豆草长势最好，茎叶最为茂盛。因其脆嫩，羊兔都喜欢吃。

酱板豆草外形有些貌似水花生，但却与水花生大不一样。水花生这种外来物种，霸道得很，好阴湿，一旦生出，颇有唯我独尊的气势。

酱板豆草其貌与水花生虽近，但却耐旱，虽然酱板豆草单独一棵也能长得很肥大，但其生长通常是独家独枝，不像水花生根茎枝蔓交织抱团成片。所以过去打猪草，水花生是要“割”，酱板豆草是用“挑”，一棵棵地挑。

水花生大多开白花，酱板豆草老了之后，开的是淡黄色的花，紫红的茎干，嫩绿的叶片，淡黄色的花，趴伏地上，伸展开来，还是挺好看的。

不过，我小时候可没有欣赏酱板豆草花的雅兴。我们都是在酱板豆草长出蓓蕾之后，摘下蓓蕾外壳——酱板豆草的花蕾外壳能够拔下，然后用来套在抓住的知了的眼睛上，相当于知了的蒙眼布，不过用的是酱板豆草的花蕾壳而已。

知了被花蕾壳蒙蔽了双眼，一放出手，便四处乱撞了，这也是我们儿时常玩的一种游戏。

我上初中时，我是我们学校的生物兴趣小组组长，那个时候，我学习扦插，学习嫁接，学习育苗，学习辨认植物，但我却从来没有学过辨识酱板豆草。一直到前些天，我也是只认识酱板豆草，而不识马齿苋。

1993年，我与我家太太相遇恋爱之前，我记忆中的酱板豆草只是喂羊喂兔的草料，并不知道到它能食用。其实马齿苋为国人所食用历史由来已久，但我们家都不知道。

我与太太恋爱时，到她家串门，她父母把酱板豆草凉拌，当凉菜吃，并告诉我，这草在北方叫“马啦菜”，凉拌、烧汤、和面、炒着吃都很好，并极力向我推荐。

我摇摇头，不肯吃。虽然我没有吃，但我知道了，这酱板豆草也是能食用的。

其实，这番微博给我的教育告诉我，在故乡也有许多人食用酱板豆草呢。只不过，我们那儿不吃而已。

酱板豆草还可以入药，我也不知道。惭愧，知识太过粗陋了。

北方的马齿苋虽然也到处都有，但城市里不知何处打过药了。回北京时，母亲在自家地里挑了一大篮子酱板豆草，挑拣之后，装了满满一兜，太太托我带给北京的岳父母一品。

不过，我至今未曾尝过酱板豆草的味道，心理上多少还是有些排斥。

酱缸里的记忆

昨天亦农兄在微博上发了张照片，是雨后天晴时用竹竿晾晒衣服的情景，配文字“又见儿时景象。江南已经入梅，晴天格外宝贵”。

亦农兄抄送了我和周志兴、诸雄潮老师等一干在京的常州老乡。

我自然记得。不过，我回问亦农兄：“有见到酱缸、酱瓜么？这才是儿时黄梅天晴时最具代表性的景象啊。”

其时我正在北京正午烈日下的马路上暴走。就这么简单，有关酱缸的记忆挥之不去了。

我们家的酱缸不知多少年前就已废弃不用了，黄梅季节做酱和酱瓜也早已成了历史。现在乡下谁家还吃酱瓜？

我不知道，母亲是否还会做酱？没了酱，自然也就不会有酱瓜之类的菜品了。

浓郁的酱味开始在我的舌尖翻滚了。

1

做酱是故乡黄梅天的专利。

黄梅季节雨纷纷。阴雨一多，所有东西都容易发霉，食物隔夜就可能生霉。霉菌最喜阴雨天，所以黄梅天也称“黄霉天”。

不过，习惯了干燥生活的人头疼的黏糊糊的黄梅天，在勤劳聪颖的苏南乡下农民眼中，依旧是个宝，虽然他们有时也会抱怨到处都是湿漉漉霉乎乎的。

对于农民来说，黄梅天是插秧的季节，是一年最重要的播种季。同时，黄梅天也是苏南一些特殊食品制作的好时机，那就是与酱有关的食品。

小时候夏天饭桌上常见的酱菜、酱和做菜的酱油，很可能都是自己做的。

这端的赖上天的恩赐，农民的聪慧和勤劳。

离开故乡久远了，虽然每年都回去，但我很少在黄梅天回家。如今我已经记不清晰酱的具体做法了。

我依稀记得，到得夏天，家里都会把缸盆和匾筛洗干净，晾干。

过去乡下多见粗瓷做的缸盆，家家户户都有，多是用来腌制食物时用的。如今我的父母还用这些粗瓷缸盆腌猪肉和萝卜干、咸菜呢。

匾和筛子都是用竹子做的，也是家家户户常用的必备工具，通常用来晒菜、淘过的米、面粉米粉、各种豆类等等。

然后抽空在家，用面粉和成形状不规则的面块。我老家方言称这种面块叫“垒块”。

我忘了是用细面粉还是粗面粉做的了。细面粉通常是小麦磨的面，粗面粉是大麦和元麦粉。照理说不应该是细面粉，那时细粮多金贵啊。

煮锅水，把“垒块”下进锅里，烧开烧熟，然后捞出来，待稍凉之后，晾在竹匾和筛子里，放在家里阴凉处。这垒块外形通常颇像生姜。讲究些的，还是要切得小一些。

过得几天，垒块上就会长出黄乎乎毛茸茸的霉菌。我小时候挺恶心这种黄乎乎毛茸茸的霉菌的。

长出霉菌之后，垒块在竹匾和筛子里躲在阴凉处的日子就到头了。

这个时候，它们的栖身之地，换成了酱缸或酱盆，而且要到太阳下去曝晒了。

加了凉水和盐块的酱缸酱盆和发霉的垒块，被抬到了屋外场上，缸盆里放双筷子或一根竹棍。

筷子和竹棍主要是用来搅动酱，以让它受热均匀。

缸盆通常是放在凳子上。做酱的初步工作就完成了。

在太阳之下曝晒的酱缸酱盆，平素都要有小孩老人看着点，防止下雨和苍蝇。

我小时候就看过酱缸，呆在家里，举根细竹竿，坐在屋檐下，有气无力地摇动竹竿，赶着逐味而来的苍蝇。

要知道酱的味道还是挺浓的，乡下的苍蝇又多，自然看酱缸对小孩来说也是个大活。

苍蝇多了，难免有被竹竿划打着的，掉进了酱缸里，过去捡起来扔掉就是，见多不怪了。乡下人也没有因此就闹肚子。

看苍蝇重要，但有时家里人也会让你拿筷子竹棍多在酱缸里搅动，让酱受热均匀些。

与酱缸酱盆有关的，我们当时还有一个重要的活计，就是看雨。

黄梅天雨多，夏雨隔条线。好好的晴天，大雨说来就来。酱缸要是给雨水泡了，那就白忙活了。

所以，看雨是极其重要的活计。

那时，通常家里会准备好塑料布（也就是洗干净的化肥袋的内袋），或者竹斗笠细篾席之类的。

一看天色不好，立即盖上。如若家里有大人在，通常会把酱缸抬回屋里。

手忙脚乱中，有时难免出差，把酱缸酱盆打翻。

最怕晚上没收回家，放场上了，但半夜雨来，家里人起来抢场，把场上晾晒的东西搬回家，这时最易出问题。

酱缸酱盆这粗瓷做的东西，易碎不经折腾。我见到同村同龄人打碎过家里的酱缸，急得哭的样子，好在我们还行，没犯过这错。

过得几天，霉菌和面块开始发酵，缸底就会冒泡，好玩。

但还得继续晒，继续发酵。等它充分发酵融化之后，酱就做好了。

酱表面黑里透红，内里吸收了天地灵气，当然，还有我们这些看酱缸人的心血，这酱的味道能差么？

有人家还会做酱油，但我没记得我家做过酱油。

做酱通常是爷爷奶奶做，我的父母也应该会做吧，我没问过。

2

酱更多只是一种佐料，要是光吃酱，还不齁死你，我们苏南的农民可不笨。

做酱的同时，家里开始准备其他的食料了。

通常是菜瓜和黄瓜。

菜瓜是我故乡一种瓜果，是蔬菜的一种。菜瓜水口很好，但却没甜味，类似黄瓜。所以，生吃通常只是解馋解渴，而不像西瓜香瓜似的。

夏天菜瓜通常也是一种主要的蔬菜，清炒为主。

不过，菜瓜更多还是酱菜的主料。

到地里摘了菜瓜，洗干净，切开，把瓜瓤和籽挖掉，把菜瓜切成细长条，放在筛子里曝晒。黄瓜也是这样，偶尔还有葫芦。

曝晒之后的菜瓜条、黄瓜条、葫芦条，水分失去后，都收缩干瘪了。

然后放进酱缸里，酱个几天，这瓜条便浑身充满了酱香味，鲜美啊。

有时吃剩的西瓜皮，用刀削掉啃过的地方，洗干净，也照此酱法做，也颇是不错。

苏南习俗，早晚喝粥，酱菜是下粥最好的菜品。

想想，一碗米粥，几根酱菜瓜，多惬意啊。

前不久出差，我忘了是在哪个地方，我吃到了酱黄瓜，赫然感到了故乡的味道。虽然这酱黄瓜与我记忆中的味道相去甚远，但我依旧克制不住地吃了好几根，就着下酒了。

这酱缸的好处，就是酱菜吃完了，随时可以添加新的食料进去，在夏秋之际，你永远可以吃到新鲜的酱菜。

条件好一些的，还买些豆腐干，切成丁，酱一酱，绝世美味。

我记得小时候，爷爷喝酒，最喜就是挖一点酱豆干，喝个半盅烧酒。

在贫穷的岁月里，没有现金买副食调料，酱也就成了烧菜常用的调料。

乡下鱼虾多，缺酱油？有酱啊。

当然，我小时候最喜好的还是酱肉丁。

小时候穷，买肉凭票不说，常还不敢买。难得买一次，还要肥腻的，回家切成丁，能熬油的部分熬油，不能熬油的部分，烧成酱肉丁，有些类似老北京炸酱面的肉酱。

中午吃饭的时候，一桌上有碗酱肉，不，说是酱更合适一些。

我和弟弟们都是快速地用筷子在酱碗里搅腾，为的是抢到一粒酱肉丁。

条件稍好时，酱里的肉丁会多些，拿把勺子，挖上一勺，放在饭碗上，端着饭碗转村头，也就是一家家走过去，为的是显摆，今天有酱肉丁吃！

也就是在这样的环境中，我们长大了。

今天家里已经不吃酱肉了，但它的味道却一直在我的舌尖回味。

岳母来我家时，如若做炸酱面，我最喜的，还是肉酱。

那儿时味蕾上的记忆，又如何能背叛呢？

3

我上大学时，读到柏杨先生的《丑陋的中国人》，很受震撼。

我那时很认同柏杨先生的发现，至今也多半认同，但对我们曾经生活的伙伴酱缸被视作这样坏的代笔，当年我心里也很难受。

不过，今天我知道自己当年难受的幼稚了。

虽然故乡不再见酱缸的酱了，但我依然对酱缸抱着敬意。

费孝通先生也曾写过一篇与酱缸有关的文章，题为《话说乡味》。费老也是苏南吴江人，风俗习惯与我常武地区相似。但费老是大户人家出身，做酱的条件自是比我们要好许多。

以下摘录一段费老的记录：

我小时候更多的副食品是取自酱缸。酱缸里不但供应我们饭桌上常有的炖酱、炒酱——那是以酱为主，加上豆腐干和剁碎的小肉块，在饭锅上炖热，或是用油炒成，冷热都可下饭下粥，味极鲜美。酱是家制的，制酱是我早期家里的一项定期的家务。每年清明后雨季开始的黄梅天，阴湿闷热，正是适于各种霉菌孢子生长的气候。这时就要抓紧用去壳的蚕豆煮熟，和了定量的面粉，做成一块块小型的薄饼，分散在养蚕用的匾里，盖着一层湿布。不需多少天，这些豆饼全发霉了，长出一层白色的绒毛，逐渐变成青色和黄色。这时安放这豆饼的房里就传出一阵阵发霉的气息。不习惯的人，不太容易适应。霉透之后，把一片片长着毛的豆饼，放在太阳里晒，晒干后，用盐水泡在缸里，豆饼溶解成一堆烂酱。这时已进入夏天，太阳直射缸里的酱。酱的颜色由淡黄晒成紫红色。三伏天是酿酱的关键时刻。太阳光越强，晒得越透，酱的味道就越美。

逢着阴雨天，酱缸要都盖住，防止雨水落在缸里。夏天多阵雨，守护的人动作要勤快。这件工作是由我们弟兄几人负责的。暑假里本来闲着在家，一见天气变了，太阳被乌云挡住，我们就要准备盖酱缸了。最难对付的是苍蝇，太阳直射时，它们不来打扰，太阳一去就乘机来下卵。不注意防止，酱缸里就要出蛆，看了恶心。我们兄弟几个觉得苍蝇防不胜防，于是想了个办法，用纱布盖在缸面上，说是替酱缸张顶帐子。但是酱缸里的酱需要晒太阳，纱布只能在阴天使用，太阳出来了就要揭开，这显然增加了我们的劳动。我们这项‘技改’受到了老保姆的反对。其实她是有道理的，因为这些蛆既不带有细菌也无毒素，蛆多了，捞走一下就是了。

这酱缸是我家的味源。首先是供应烹饪所需的基本调料——酱油。在虾怀卵季节，把虾子用水洗出来，加在酱油里煮，成为虾子酱油。这也是乡食美味。我记得我去瑶山时，从家里带了几瓶这种酱油，在山区没有下饭的菜时，就用它和着白饭吃，十分可口。

这酱缸还供应我们各种酱菜，最令人难忘的是酱茄子和酱黄瓜。我们家乡特产一种小茄子和小黄瓜，普通炖来吃或炒来吃，都显不出它们鲜嫩的特点，放在酱里泡几天，滋味就脱颖而出，不同凡众。

社会变了，气候也在变。做酱的习俗，恐怕也永远不会回来了吧！

我爱南瓜

记忆中，儿时的故乡，这个季节是南瓜当季的时候。

南瓜，在故乡的方言中，常被称作“饭瓜”。

我曾仔细琢磨，为什么老家会把常说的南瓜，唤作“饭瓜”？

随着见识增加，我明白了：这南瓜是救命之瓜啊，能当饭，度人过饥荒啊。

从南瓜秧起，到南瓜、南瓜子，哪一个不是我们生活中熟悉的美味佳肴？

南瓜老了，摘下来，堆放在墙角的阴凉处，要是墙角不是很潮湿，能放很久，这是荒年救济的佳品啊。

那可不是毛委员的南瓜汤红米饭，虽然我们也会吃南瓜汤。

还有比饭瓜来描述它更贴切的了么？

1 清炒饭瓜藤

“红烧白烧小肠各一份，饭瓜藤一份，清炒山芋梗一份……”

“赤佬，不好意思，山芋梗还有，但饭瓜藤过季了。”弟弟在电话里这样回答我。

这是某一年我回家前跟弟弟的电话对话。

我回家前总是提前给弟弟排出了我想吃的菜品，弟弟总是尽量满足我。

但我离家久了，常常忘了菜肴的季节。

北京的很多饭馆里都有南瓜藤，我也常常点。

但我总是觉得饭馆里的南瓜藤味道有些异样，不属于我味蕾中的记忆。哪怕是北京的常州宾馆做的，也不是我想要的味道。

我反省，是我嘴刁了么？

不是。

是做菜的师傅不行么？

仔细一想也不是，北京的一些大饭馆精挑细选大师傅认真加工出来的，怎会比不上乡下脏兮兮的灶间做出来的！

我一直努力思考，为什么？

为什么？有一天读王小丫在《中国周刊》的专栏，大意是说现在大棚里的菜，一年四季都有供应，让人没了期待，没了期待，也就没了欲望。

我恍然了。

现在的南瓜藤，什么季节都能吃到，都是大棚里专门种的了，哪能像过去似的，只有夏天和初秋才能吃到！

就像弟弟跟我说的，回家晚了，过季了。

对不起，一旦过季，你再光宗耀祖，再衣锦还乡，你也吃不到。

这叫自然规律，你违反不了。

一旦违反了，你就是能吃到，也不会再有这个味道，说不准，还是用什么不清不楚的药催生出来的！

默默地，我只能一边咽下口水，等待饭瓜藤应季时回家的机会，一边回想记忆中的饭瓜藤。

在故乡，吃饭瓜藤的时间其实蛮长的。

饭瓜秧有一股内在的倔强劲头，一旦长起来，很疯狂，到处漫游。种了饭瓜之后，看它藤苗长得太过疯狂，农民常常把它的嫩头掐掉，再割掉一些藤。

按过去的说法，不这样，结瓜就少了，光长藤了。

那个时候，可不像今天似的，一盘藤的价钱比多少个大饭瓜都贵。

割下来的饭瓜藤，还比较嫩，一般都是喂羊喂猪的，也可以择拣一些出来做菜。

不过，这个时候，还不是吃饭瓜藤最盛的季节。

随着日子推移，饭瓜秧开花了，这个时候，藤苗到了最有力量的季节，也是吃饭瓜藤最好的季节。

早上上自留地，割下一些没有结瓜的藤苗，吃完早饭，回家在屋前地上摘拣一些出来，用手掐掉饭瓜叶，从根部粗的一端撕皮，其实就是把饭瓜藤外面毛乎乎有些扎人的外皮撕掉，然后揪成四五厘米长的梗段。

割饭瓜藤的时候，有时也会摘几朵雄花（饭瓜的花有雌雄，雌的结瓜），回家扔在菜篮子里，一起到河里或井边洗干净。

中午回家，用稻草或麦秸把大铁锅烧热，淋上几滴菜籽油，待油热了，用锅铲把油铲着沿锅底淋一圈，倒下菜篮子里的饭瓜藤和饭瓜花，噼里啪啦，加几粒粗盐一炒，然后用锅铲挑起一两根，送到嘴边，一尝，哇！

出锅！

热腾腾地，还带着菜油特有的香味，以及饭瓜藤的淡淡的青紫味，绝赞！绝对是下饭的好菜！

什么蒜蓉味什么味的，都抵不上大铁锅清炒出的原味！

我至今常常怀念这个味道。

其实秋天篱笆边经常长出新饭瓜秧来，季节过了，它只是有些像落日余晖，是不会结果了。过去常常只是拔出来喂羊或兔子。

按照今天的理解，这可以当菜吃啊。我常痴想，要是退休了，在地上专门撒把饭瓜子，就在秋天吃它的藤苗，行不行呢？

这跟大棚可不一样，自然啊！

不过，痴想终究只是痴心妄想而已。

能在应季的时候回趟家，解个馋，才是正道。

2 饭瓜饼

饭瓜长大的时候，已经是夏天了。

河边高埂自留地的树上，常常爬满了饭瓜藤，饭瓜有的吊在树上，有的悬在水面上，还有的荡进了水里。

水里的饭瓜总会烂掉，招徕小鱼们。

当家里大人允许我们下河采饭瓜的时候，总是很高兴，因为只有在河里才能采到这些饭瓜。

夏天有时我们也会去偷饭瓜，不过，偷饭瓜以好玩为主，在河里抱着个饭瓜游水，或者摁到屁股底下，坐在上面，是很好玩的事，要知道，饭瓜自己是不会沉下水去的。

这是旁话了。

小时候的饭瓜分两种，一种是可食用的，叫饭瓜，一种据说人不能吃，叫“猪吃饭瓜”。

看看这名字，我一直没搞清楚这两种瓜之间的分别，反正，大人怎么说，我们就怎么听着。其实，今天想来，这两种瓜大概都是能食用的。

作为人的粮食的饭瓜，在我家一个重要的做法，就是摊饭瓜饼吃。

小时候吃饭瓜饼是很隆重的事。故乡要是弄所有与面食有关的食物，都很隆重，虽然故乡稻麦都产。

通常，找一天不忙的时候，找几个饭瓜，最好加个青皮的。

切开，掏出瓤和籽，扔在篮子里（这瓤可以喂猪，籽洗出来晒干了，就是人人喜欢的南瓜子），然后把饭瓜拿到河边或井边洗干净。

回家，把饭瓜切成条或块，找个脸盆，放灶台或方凳上，拿个擦板，把饭瓜擦成丝。

擦板即是一块竹板或木板，中间镂空一大块，找张白铁皮，打上筛子一样的圆洞，正面洞口都露着一圈低矮却还算锋利的铁皮，饭瓜萝卜擦上去，都变成丝从圆洞里掉进了脸盆。

我喜爱的萝卜丝肉馅团子，萝卜丝就是这样擦出来的。当然，擦的时候得小心谨慎，否则，容易伤到手。

擦成丝的饭瓜，用手挤掉一些水分之后，放进面粉，加进水，搅拌在一起。备好后，稍微放放。

傍晚时，把大铁锅烧热，用手抓一把脸盆里夹杂了饭瓜的面糊，放在淋了菜油烧热了的铁锅里，用锅铲摊平，大约有一厘米这样的厚度，大小自己把握。我奶奶和母亲做饭瓜饼，一般个儿都还算比较大。

大人在灶台忙碌的时候，小子们不怕夏天热，都愿意围在厨房，等着饭瓜饼熟了。

几次翻转之后，面饼熟了，用锅铲铲出一块，外面有些黄乎乎的，那是加了菜油的缘故，可能一些地方还有些微焦，黄的红的青的饭瓜丝，混杂在面糊里，不仅好看，还随着热气，散发出饭瓜和麦面特有的香味，令人垂涎欲滴。

忍不住，几只小手同时伸向了盘子，争抢起刚出锅的饭瓜饼。

“小心烫着。”大人们吆喝着。

确实够烫的。

拿在手上烫手，吃在嘴里烫嘴，可又馋得慌，怎么办？

简单，贫寒岁月过来的人，都有最简单最有效的方法。

手怕烫？不停地倒手，既减少对手的伤害，也借机降低饭瓜饼的温度。

嘴怕烫？咬了一口又舍不得吐出来，便不停地吸溜着，让嘴里那块在舌尖口腔翻滚，待到温度合适后下肚。烫之后的教训，就是吃之前先把饼放嘴边吹吹。

通常，一做，就会做不少，邻居堂叔家也会送些。

今天想来，饭瓜饼真的那么好吃么？

或许，只是缺油又吃不饱饭的时代培养的一种特殊口味？

不过，小时候饥馑时代养成的味蕾不会背叛你。

我现在吃不到小时候那种饭瓜饼了，不过，我出身北方的太太，却传承了她母亲做北方“糊塌”的本事，做得还很不错。

这糊塌类似于我喜欢的饭瓜饼，只不过用的是西葫芦和胡萝卜丝而已。

与我小时候不太一样的是，太太和丫头吃糊塌喜欢蘸着醋吃，而我依然喜欢原味。

北京很多大小饭馆都有南瓜饼，不过，不是我记忆中的南瓜饼，连外形都不是，黄乎乎或棕红色的小圆饼，软乎乎的，过于精致甜腻，而少了南瓜本身所特有的质感和味道，我很少吃。

没有饭瓜饼的日子，太太做的糊塌，也是我一解乡愁馋嘴的后备……

3 饭瓜汤

夏天与饭瓜有关的还有一种食品，我喜欢，就是饭瓜汤。

饭瓜汤做起来其实颇不简单，一般有两种做法。

一种是把饭瓜切成小块，放进一些大米粒，一起煮。

强调大米粒，是因为真的放得很少，真正当家的是饭瓜块，米粒几乎成了调味品了。

这种饭瓜粥，大概与毛委员在井冈山吃的南瓜汤有一拼。

盛上一大碗，黄乎乎的饭瓜块上，沾了几粒白米饭，真要数，一碗饭瓜汤里的白米饭粒，应该是数得清的。

夏天不干活时，这就是填肚子的东西。用家里人的话说，有吃就不错了。

当然，现在的人会说，多环保多健康的饮食啊。

那是饱汉不知饿汉饥。

加白米粒的饭瓜粥，主要以早饭和晚饭为主。

苏南人过去早晚有喝粥的习惯，晚上喝粥，是因为晚上不干活了，不用太耗体力了，喝点粥就算了。

至于早上为何喝粥，我一直搞不清。也许是一夜休整之后，第二天起来正是精神好的时候，喝点粥，适当补充一下，也可以支撑干辛苦活了。

这是我的猜测。

另一种饭瓜粥，则讲究了许多，多是中午吃。

把饭瓜切块，扔锅里煮开，煮过程中，拿些面粉在盆里拌好打成面糊，待锅一开，掀开锅盖，用筷子把面糊夹块，放进开着的锅里，跟饭瓜一块煮。

这个面块，在我老家通常唤作“垒块”，形似生姜。

这垒块和饭瓜一起煮，其实是绝配。

生活在北京多年，北方有个既可以当菜也可以当主食的菜品，叫疙瘩汤。

套用北方的说法，这就是我老家的疙瘩汤啊！

只不过，与一向粗犷的北方人做的细腻的疙瘩汤相反，一向精致讲究的南方人做的饭瓜汤，却是大块的饭瓜，不小的面疙瘩！

大碗端在手上，虽然也有汤汤水水，可南方人吃这个时，用的还是筷子，里边没这么多汤。

这也算差别吧。

我小时候很喜欢吃垒块南瓜汤。多少年过去了，我还想念这个味道。

但我心里清楚，老家吃南瓜粥的时代过去了。虽然，粗粮正在作为一种健康新势力在大都市颇为流行，但在我乡下老家，估计流行不起来了。

偶尔，当季的时候，切几块放在饭锅上一蒸，当作小吃点心，应该也会有。

4 饭瓜子

小时候，炒一锅饭瓜子，那可是要乐坏我们的。

村里放电影的时候，一定会炒饭瓜子；过了农忙，天不好的时候，也会炒一簸箕饭瓜子。

饭瓜子是我们当时最主要的零食。

小时候，我们要干的一个重要农活，就是切饭瓜喂猪。

把饭瓜简单洗一下，拿个破簸箕扔地上，拿块刀板放破簸箕里，在手边上放只小篮子，这小篮子的篾眼必得很细。

用刀切开饭瓜，掏出瓜瓤和籽粒，把瓜瓤里的大部分摘下，剩下带籽的扔进竹篮，然后把饭瓜切成不规则的块，满了一簸箕，就倒在猪圈门口的大猪食缸里。接着重复，直到切够。

直起腰，拎着小竹篮到河边埠头上去洗瓜子，把瓜瓤和瓜子分开，这个时候，常会吸引些小鱼过来。

洗好，把瓜子放在筛子里，端太阳下晒，或者直接放在水泥板上晾晒。

那个时候，好像偷瓜子的真没有，也就有路过顺手牵几粒生瓜子放在嘴里解馋，不，更多是因为无聊吧。

上学回家之后或者放暑假之后，每天都要干这个活。

瓜子越积越多了。

到得过季，总会收获很多瓜子。奶奶把瓜子放进塑料袋，用尼龙绳扎紧，怕漏气。

这塑料袋其实就是洗干净之后的化肥袋的内袋，反正那时农村上也不讲究，也不怕。

到想吃瓜子的时候，就解开袋子，用升箩挖一些出来炒着吃。

偶尔还会放几粒糖精在水里，化开，炒瓜子时撒锅里，瓜子外壳也就甜了。

甜是我们小时候最喜欢的味道啊。

小时候我永远没有吃厌过饭瓜子，只是吃多了，腮帮子酸疼。

自1985年我离家北上，上大学时每年的寒暑假结束，奶奶和母亲总是要在我的行囊中塞上一包炒熟的饭瓜子。

那时旅途还很漫长，一千余公里，坐火车得二十多个小时，所以，瓜子曾是我最好的旅伴。

工作之后春节回家探亲，临别之际，饭瓜子永远是母亲塞进我们行囊中的一个重要礼物，不过，熟瓜子换成了生的。父母永远不听我们解释说这哪都有。

父母总是说："这是我们自己种的，回去炒着吃点吧，送点给亲家和朋友。"

父母不知道的是，我后来几乎不吃零食了，包括饭瓜子。带到北京的饭瓜子，几乎都是送人了，我从来没炒过。

但我也不愿告诉父母。我知道，在他们眼中，我永远是小时候喜欢吃饭瓜子的儿子。

……

这么多年过去了，与饭瓜为伍的许多场景，我依然记忆犹新。

生产队时，村里农田里也种过饭瓜，主要用来喂猪，有时收成好了，还会家家户户分一些。

我还记得，在打谷场上，把饭瓜按村里的户数分成堆，大小配对，然后把稻草掐成段，放在队长或会计手中，让各户当家的抽长短，俗称“捻揪段”，抽到最长的那户，可以先挑，毕竟饭瓜大小不一，不可能分得整齐划一的。

后来分田之后，饭瓜主要栽种在自留地里，尤其靠河的高埂地种的多，主要是为了省地方，饭瓜藤可以向树上，向河滩漫延，这也算是农民的小智慧吧。

到采摘的季节，奶奶或母亲一人负责在地里摘，爷爷和父亲负责用苗篮挑回家，我早殇的小弟弟跟着或奶奶或母亲，在家堆放饭瓜，我和弟弟则喜欢两人吭哧吭哧地抬一筐。

每年秋天，家里的墙角甚至一堵墙边，都是堆放的饭瓜，这是秋冬之后，猪的主要食粮。

如今，切饭瓜喂猪的岁月一去不复返了。

生活就这样在不知不觉中改变了。

吃饭瓜的时候，倒也还有。

我在北京，岳母也喜欢买一些南瓜，蒸上给太太和丫头吃，我很少吃蒸的。

北京的那些饭店里，也有蒸南瓜，但我从来不吃。

我还是怀念饭瓜饼，怀念饭瓜粥汤，怀念故乡的清炒饭瓜藤。

“一个顽固的守旧派。”朋友批评我。

其实不是守旧，而是对失落的生活的追怀，虽然自己可能无意中也给这样的生活涂抹了玫瑰亮色。

难忘童子鸡

1

童子鸡是我故乡苏南地区的一道名菜，做法简单，味道鲜美。

更为关键的是，老家人代代口耳相传，童子鸡营养好。

童子鸡做法很简单。

主料是一只即将长大尚未阉割或配种过的小公鸡，拾掇好后，加些姜、盐、味精、黄酒，讲究些，再加些香菇枸杞之类的，一起放入砂锅炖煮。

火候掌握得好，这童子鸡的味道鲜美，确实令人垂涎欲滴。

做童子鸡这道菜，讲究的是尚未阉割或配种，以及小公鸡。

按传统中医和中式食疗的说法，未阉割未破身的，都隐含有巨大潜力，且气力尚周全而未泄漏。

小公鸡正在发育过程，本身向上长大的力量蕴含在体内骨骼肌肉里，正是朝阳初起，而非日薄西山。

武侠小说电影里常有童子功一说，其实其背后的中式哲学与童子鸡背后的中式哲学是一致的。

阉割或破身之后的公鸡母鸡，按中国人的传统说法，就是元气破了，一旦元气已破，真气就易泄漏，真身就难成不世之材。

所以，吃鸡补身讲究用童子鸡，火力旺元气足啊。

2

我吃过很多童子鸡，倒不是因为童子鸡是名菜。

我小时候家里生活困苦，营养不足，还有哮喘（乡下人俗称嘿斗，方言，指哮喘气管炎病人），所以身小体弱。

我村里一位老大哥朱加华，看我的模样，给我起了一个外号——黄姜巴。

黄姜巴是我们周围前桥村边一条主要水运河道——永安河岸边一种特有的沙土板结后的泥块。

这沙土泥块板结了，很硬，但硬度不如砖石，形似生姜，色微黄，故称黄姜巴。

加华大哥看我瘦骨嶙峋，身无几两肉，面黄肌瘦的，给我起了黄姜巴这个绰号。

加华大哥曾是我的救命恩人，把我从西浜头河里捞出来过，如今已经退休在家，但他无论如何想不到，经年之后，原本那个骨瘦如柴的黄姜巴，竟然如此肥硕。

春节回家，加华哥总是跟我开玩笑，说："赤佬，油水太多了，分点你爸爸多好啊。"（父亲有些瘦）

我上前黄中学初中时，周围的熟人乡亲都会跟我父母和爷爷奶奶念叨："你们家老大，这么小的小孩就上前黄中学啦？"

我如今几乎难以想象我那个时候有多瘦小，如今找不到一丝吻合处。1980年代初期，我拖着极其瘦小的躯体，挎着书包，每天单程步行六华里去前黄上学。

初中时代，我在前黄中学的座位，永远正中间第一排，离讲台最近。

后来成绩还不错，我又考上了前黄中学高中部。

周围的乡亲和同村当老师的叔伯婶婶们，都跟我父母爷爷奶奶念叨，说你们家老大，成绩忒好，但块头太细啊，考大学还得称体重，他那个样子，一定不够重量，赶紧让他多吃几只童子鸡，补补身体啊。

促狭的同村长辈和老大哥们，还跟我开玩笑，说将来要是考大学体检，学东你就悄悄地在腿上绑上铁沙袋，穿厚一点鞋底的鞋，垫张厚鞋垫……

总之，都是拿我瘦小的身体说事开玩笑。

不过，父母爷爷奶奶倒是听在了心里。

那个时候，已经分田到户了，家里的经济条件大有好转，父母曾给我买过麦乳精，但我不喜欢那味道，一直没吃，都给了奶奶。

高一的寒假，家里的培元固本工程开始了，童子鸡自然是主菜了。

虽然那时每年暑假我都跟父亲叔叔出去摸甲鱼，不过，甲鱼还是要三块多钱一斤，很贵的，舍不得吃，而鸡，反正就是自家养的，方便，便宜。

母亲在社办厂上班，家里主要就有爷爷和奶奶负责做童子鸡了。

当热腾腾的童子鸡上桌的时候，我的两个弟弟都会噘着筷子，眼巴巴地看着热气腾腾的童子鸡，口水都流下了。

但爷爷奶奶叮嘱过，这是给我补身体的，谁也不准吃，

小弟弟年龄小，胆也小，大人叮嘱过后，虽然馋得很，但却不敢逾雷池。

大弟弟比我稍小，性格比较外向，平常也顽皮，心里不忿，总是要趁大人不注意，伸出筷子偷夹。

啪的一声，奶奶的筷子不是打在他手上、筷子上，就是打在他脑袋上。

大弟弟不服，嘴里嘟嘟囔囔的。

“嗲宁喊你弗好好念书咯（意即谁叫你不好好读书的）？你要好好念书，也有你吃咯。”

弟弟只能撅着嘴了。

而爷爷奶奶总是夹着堆我碗上。

弟弟们和爷爷奶奶们，也就只有吃我剩下的童子鸡了。

从高一的寒假，到高三的寒假，我家对我的培元固本工程一直在进行。

这中间，家里养的公鸡有多少只成了我的盘中餐，我记不得了。

反正，到我高考体检时，我的体重终于突破了一百斤！

3

我已经很久没吃过童子鸡了，我的爷爷奶奶和小弟弟也都已不在了。

我自己的体重，如今几乎一直在一百八十斤附近盘桓，再也不会有人能把我当年的外号和如今大腹便便的形象挂起钩来了。

也许这有当年童子鸡打下的底子吧！

清季以来，苏南地区盛产读书人，龚自珍说常州是江南士林第一。

我的记忆之中，苏南地区乡下多是耕读传家，对于家里能够读书的人，都是怀抱着万分的期待。

不惟是我的父母祖父母如此，我们村里我们周围都是这样。

家里的孩子要是读书好，长辈们都会竭尽心力，捧出他们最大的爱，来给喜欢读书的孩子。

也就是在这样的环境中，我和大弟弟走上了不同的人生道路。

至今，我的弟弟弟妹教育在前黄中学读书的侄女的时候，也同我父母祖父母当年对我的期待一样。

只不过，如今生活条件更好，再也不会有人用童子鸡给读书的孩子固本培元了。

童子鸡的时代过去了。

但曾经的生活能够抹掉么？

曾有许多人问过我的立场，我只说一句，我要为我的父母兄弟所在的阶级说话，为我的女儿侄女的未来说话。

不做这个，还是人么？

窜条鱼

窜条鱼是故乡最常见的野生小鱼，状若杨柳叶，细长，扁平，中间稍宽大。

“探春把丝绳抛下，没十来句话的工夫，就有一个杨叶窜儿，吞着钩子，把漂儿坠下去。”《红楼梦》里探春钓的这杨叶窜儿，其实就是我们所说的窜条。

我过去一直习惯于把窜条写成“蹿条”，是因为我觉得，这窜条鱼行动起来，头一摆，尾巴一摇，就像蹿出去一样，速度很快。

窜条鱼一直是我们童年和少年时代重要的生活伙伴。

如果没有了窜条鱼，我们的童年和少年时代，不知该有多乏味。

幸好，历史不用假设，窜条鱼在我们成长的岁月里，一直伴随着我们，给我们欢欣。

1

窜条鱼跟人一样，有一毛病，初听到响动时，会吓得一下子窜走，但一会儿，又会回来看热闹。

每天上午或傍晚，大人或者稍大一些的小孩，就会在村边小河的埠头上淘米洗菜。

每到这个时候，听见响动的窜条鱼就会汇聚在一起，争食淘出来的米虫之类的东西。

小孩喜欢光脚站在没在水里的埠头台阶上，窜条鱼就会咬你的腿脚，痒痒的，好玩得很。

更小一些的小孩，光着屁股坐在台阶上，更常常会被调皮的窜条鱼咬得一惊一乍的。

不过，不用担心，窜条鱼的嘴还是很柔软的，咬着了，也就痒痒而已。

这也是我们最早的鱼疗吧。

不过，年长一些的小孩，他们最喜欢的，不是站在或蹲在水里鱼疗。

他们从家里拿来了鱼网兜，看着水里密集的小窜条，猛地一兜插下，抄捞起来，难免有几条来不及窜出去的小窜条就成了“阶下囚”。

这多少有些煞风景。不过，小孩可不管这个。窜条鱼河里多的是。

网兜抄插只是埠头上捉窜条的一种方法。

另一种是用自制扳网。

小男孩自己捡块纱布，用两根细竹竿，火烤之后（竹子火烤之后更有韧性，容易折弯而不会断），十字交叉，中间用绳子绑住，四头分别系在纱布的四角，然后再找一根稍粗长一些的竹竿，绑扎在十字交叉处，同时拿根较长的绳子，也系在交叉处。纱布正中间，缝一块小铁块，这是为了让扳网能够沉入水中所用，这就是老家的扳网，不过，小孩做的，具体而微而已。

准备好后，在纱布中间放上几块剁碎了的河蚌肉，把纱布沉入水中，把粗长的竹竿或插在埠头的石块缝隙里，或插在岸边的泥里，手里抓着绳子。

一会儿，看见窜条鱼游了过来，去啄河蚌肉时，猛地一拉绳子，扳网出水，有些窜条也就跑不出去了。

不过，因为小扳网体积小，这样的方法，通常抓大窜条较少，鳑鲏鱼和窜条鱼苗被抓的最多。

不过，这个捉鱼的方法，充满了情趣。

2

过去开春以后，周边野河里的水还是清澈的，河边总会聚集不少忙里偷闲的乡人钓鱼。

不过，大人们钓鱼，很烦窜条鱼。

一来窜条鱼个小肉少，就算钓上了好几条，也不够做个菜的；即便钓了很多，收拾起来也挺麻烦的。所以钓上了大多最后喂猫喂狗。

窜条鱼吃起鱼钩上的蚯蚓，可一点都不含糊。碰上窜条，鱼饵浪费得很。这是钓鱼者不喜窜条鱼的另一个原因。

“一早上钓了不少吧？中午有下酒菜了吧？”大人钓鱼，在河边呆了一早上，回家碰上熟人相问。

“触霉头，今早上钓的全是窜条。”通常钓者会这样回答。

钓上窜条，竟然“触了霉头”，这也说明窜条鱼对于钓鱼的人来说，印象有多不好。

但在小孩的世界里，钓窜条，却完全是另一种天地，另一种情趣，有意思得很。

我们小时候，会专门去钓窜条。

窜条是杂食鱼类，钓窜条很简单。

窜条鱼的习性，通常成群结队地在水面上来来回回游荡。夏天的时候尤其喜欢这样，俗称漾青。

春天菜花开后，摘一朵菜花，用鱼钩钩好，取下鱼线上的铅坠子，把鱼钩往河面上一甩。

不一会儿，馋嘴的窜条便来吃菜花了。

胆大又贪嘴的，往往容易成为牺牲品，成为别人的佳肴。

张开嘴一咬那菜花，便觉疼痛，上当了，想吐出来，可不那么容易了。

吐不出来，便窜开去，想逃，但鱼钩还扎在嘴唇上，怎么挣脱得了！

鱼线被拉得笔直了，照样逃不脱，一扽，窜条鱼还不乖乖地随着鱼线出水，虽然还在半空中活蹦乱跳，但被捕的命运大多是逃脱不了了。

有两种情况，窜条鱼会逃脱被捕的命运。

一种是没咬住鱼钩，这是窜条的幸运，一种是强烈挣脱，把馋嘴挣豁了，方得逃生。这也是嘴馋的代价。

除了菜花，苍蝇、牛虻、米虫、蚯蚓都能用来这样钓窜条，不过，有时会觉得用蚯蚓太浪费，蚯蚓通常是正儿八经钓鱼用的鱼饵。

天暖之后，菜花、苍蝇、牛虻通常是钓窜条的主要鱼饵，我们偶尔还会用树叶。那馋嘴的窜条，就像瞎了眼一样，听见动静，就先扑过来，咬住，哪管瞧清楚没！

这也是窜条的悲剧一生。

3

故乡黄梅天时，河边的河泥塘里，积了很多水，河泥塘通常与河相通，起码是通过沟渠与河道连着。

黄梅天发水之后，河里的小鱼都在沟渠里逆水奋进，游进了河泥塘。

这个时候的河泥塘，还没有积河泥，只有水。雨水渐少之后，游进塘里的小鱼回不去河里了，只能在河泥塘里生活了。

这个时候，它们的命运，通常掌握在我们这些小孩手中了。

说不定哪天一高兴，几个小子扛着水桶和勺，桶抬勺舀的，筑起堤坝，就把河泥塘里的水差不多弄干了，窜条也罢，鲫鱼也罢，肉激浪（一种肥肥的小鱼）也罢，统统成了小孩们手中之物。

故乡灌溉沟渠里的水，大多是河里打出来的，被从河里抽出来的小鱼和鱼子不少，它们进入灌溉沟渠后，也只能在沟渠里落脚生活，或者进入稻田。

那个时候，水还没污染，土地也还足够肥沃。我过去一直讲鱼米之乡，说春天挖个塘，秋冬鱼满塘，不是吹的，它就是这样由排水系统带来的。

待到灌溉季一过，沟渠里的水渐渐干了，涵洞附近的低洼处，变成了窜条鱼、小鲫鱼和鳑鲏鱼以及泥鳅的积聚处，常常不费吹灰之力，就能捞到好多小窜条之类的鱼。

灌溉沟渠边上还有辅渠，主要是辅助蓄水排水用的。小孩无事可干时，就会几个人约着，两头用泥土筑坝，把沟渠堵出一段来，然后，把堵住的沟渠里的水用勺，甚至用手舀干——那个时候，我们最常用的弄干水的工具，就是自己的手——双手摊开，并在一起，站在堤坝前，用双掌把水泼出堤坝。

就这样，把辅渠里的一段水弄得差不多了，开始捉鱼，依然是窜条鱼为主。

故乡原来还有一种战排沟，比灌溉用的沟渠大，也有与河相通的地方。

过去备战，主要是准备用来沦陷敌方的坦克的。坦克没沦陷过，倒是里边长了许多水草，后来还种了许多茭白。里边到秋冬季节，水也会放干，那里的鱼也就很容易捉了，不过，放干之前，大人们早已把里边的大鱼抓走了，留下给小孩们的，也就只有小窜条和小鲫鱼了。

4

故乡是物华天宝之地，所以过去哪儿都能有活物存在，那些活物在，就不会有真正的饥荒。

那个时候，只要哪儿有水，哪儿就会有小窜条小鲫鱼在快乐地游来荡去，哪儿就会有兴奋的小男孩。

这才是我记忆中的故乡。

小时候，无论是钓到的窜条，还是弄干水捉到的窜条，我们都会用杨柳条，从窜条的腮帮子里穿进去，从窜条的嘴里出来，一根杨柳条上，通常是一串小窜条。那还不行，经常是好几串啊。

不过，家长们并不喜欢你逮了这么多窜条回家。

小时候大人常说，砍柴富，捉鱼穷。

若要吃小窜条，捯饬起来挺麻烦的，刺多肉薄，又费油盐，所以大人不喜。

不过，小孩的思维方式跟大人不一样。大人觉得费事，那我们来做。

不用小刀剖鱼腹，直接用手一挤鱼肚，窜条的内脏都会从鱼腹下端的一个排泄口被挤出来，然后用手一掐，把鱼鳃掐掉，省得麻烦。

油炸窜条很好吃，费油，那行，我就把窜条弄好后，放进碗里，滴上几滴油，加上些许盐和料酒，搁在饭锅上蒸，也挺好吃。

不过，那个年代，我家可不缺鱼，窜条终究太小，更多情况是猫鱼。

后来生活好了，我在南京吃到了苏北风味的乱炖小杂鱼，里边就有窜条。直到今天，我一直认为，乱炖小杂鱼，会是窜条被捕后最好的结局。

不过，不知道如今故乡的小孩们是否还会去钓窜条？不知道他们是否还会像我们似的，自制扳网去扳鱼？不知道他们是否还会在黄梅天去截断沟渠捉小鱼？……

也许，沟渠里早已没了鱼了。

但若河里没了窜条鱼，没了窜条鱼的故乡，还是我认识的故乡么？

我不敢想。

我爱大头青

我爱大头青。

大头青是故乡最普通的一种蔬菜，青菜中的一种。

故乡苏南地区的青菜品种不多，但也有几种。故乡对于青菜的称呼，通常用大小来分别。比如上海人口中的鸡毛菜，我们乡下人叫小青菜，其实也只是小青菜中个最小的一种而已，还有比鸡毛菜个大的小青菜。大头青也只是大青菜中的一种。

不过，故乡人永远不会分不清鸡毛菜、小青菜和大头青的，因为都是当季蔬菜。比如夏天，大雨多，暑气被雨水压在地下，土之下闷热得很，菜根容易腐烂，不易生长，所以蔬菜都长不好。那个季节，连乡下蔬菜也少，以小青菜为主。

第一拨便是鸡毛菜，然后是小青菜。

其实这些青菜，相比大头青，味道都差远了。

打个不恰当的比方，鸡毛菜就像小孩子，娇嫩倒是真的，但也只是娇嫩而已；小青菜则像还未发育好的少女，瘦骨嶙峋的；而大头青，则既是含苞欲放的青年女子，也是优雅的少妇，到开花长菜薹，还是半老徐娘呢。

虽说乡下人不讲究，但什么时令吃什么蔬菜，却是乡下人天然的食材优势。厨艺再高，没有好食材，也只能靠油盐酱醋来调味，结果失却了食材本身的美味。

我夏天吃小青菜肉馅馄饨，其实就是嘴馋尝鲜，真正美味的青菜肉馅馄饨，毋庸置疑得选大头青。

虽然都是青菜，但小青菜和大青菜的种植方法是不一样的，这也决定了它们后来的味道。

先把菜地翻开，把土块敲细碎，自然越碎越好，这才算精耕细作。

平整好菜地之后，播撒上菜籽。不同的青菜自然选择不同的垄地播撒。

小青菜、鸡毛菜是密播密长。撒下菜籽后，浇水，待得菜籽发芽破土后，定期浇水浇尿。一般到长势差不多时，只浇水，不再浇尿了。

我小时候没少干这样的活。

播撒菜籽时，全凭手感，一把撒下去，有的地方长出来难免过于密集。过于密集的地方，还要拔掉一些，以让阳光空气能够透进去。

小青菜、鸡毛菜的种法大体如此。

小青菜、鸡毛菜的季节过去后，就轮到大青菜了。夏天已经过了好长时间了。

大青菜包括大头青就不是小青菜这样简单了。前期同样的撒播种子，不过那是专门用来育菜秧的地块，然后待时令一到，菜秧苗长好，便把秧苗挖出，重新栽种，每一棵菜苗之间，前后左右，距离大致一致，所以一般一块地种下来，像我爷爷奶奶他们种的，都是齐整得很。

栽下菜苗之后，浇水是少不得的。第一次浇水，一定要浇透，但还不能让种下的菜苗根部虚空。若菜苗根部虚空了，夏日骄阳一晒，必死无疑。

一棵菜苗死了，中间就有空档，要抓紧补栽。若自家没了菜苗，还得向邻居村里人家讨要。

种下菜秧苗之后，定期浇水很重要。故乡夏天炎热，水分蒸发快。

一般栽种时间都有讲究，总是选择在夏日黄昏，这也是日积月累的经验。黄昏时的夏日故乡，虽然依然闷热，但已没有中午那般酷热了，所浇之水，也不会烫死刚种下的青菜了。

要知道，故乡夏天的河水，在火辣辣的太阳下，都是热的，中午浇水，一定是没干过农活的，那会让菜死掉。

有人会说，那早上栽种不是更好么？凉快啊。

其实，种下的菜秧，刚从地里拔出来，伤了元气，栽下之后，就像受伤的人一样，需要静养，可白天却是毒日当空，伤不仅得不到静养，有限的养分还被毒辣辣的太阳攫取剥夺。

傍晚栽种，晚上天气凉快，更适合修养复原和生长。

刚种下的菜秧苗，通常都蔫着，失去了精神，耷拉着稀拉两三片叶子，趴在地上。

第一次水浇透之后，菜秧苗在夏虫的鸣叫声中，在萤火虫的翩翩的舞姿中，跟自己的兄弟姐妹互相守护，在暗夜的天空下，疗伤静养。水和土中的养分渐渐被根须吸收，一点点地往上流淌。

慢慢地，过了午夜，大地渐渐开始复苏，菜秧苗原本耷拉的叶子，经过恢复补充养分，伸展开了，抬起了胳膊，抬起了头。

待得旭日将升，朝霞漫天，菜秧苗已然容光焕发，昂首挺胸了，全然不同头天傍晚栽种时的死气沉沉，了无生气。

这就是自然界的奥秘，也是青菜们成长中鲜为人知的奥秘。

但我知道，我跟着种过。

接下来的活，就是定期浇水浇尿，青菜对水的需求量很大。青菜们在骄阳和阴雨天气中一天天长大。

忽然之间，原本跟小青菜相似的“面黄肌瘦”的菜苗，变成了绿意盎然胖嘟嘟的大姑娘。

大头青长相与其他青菜品种都不同，矮墩墩的，青白的菜帮子鼓鼓的，稍细的腰身却明显往里收拢，像是中世纪西方妇女的束腰一般，叶子宽大厚实，菜地里一棵挨着一棵，挤挤挨挨地，把栽种时留下的空地全占了。

大头青经过一段苦夏折磨，又经过初秋仲秋的滋养，如今已经饱满且充满精神了，天生有一股向上的生气。它的一生苦难与幸福，都收藏在饱满的菜帮子和绿叶中。

收获的季节到了。

暮秋初冬以后，是大头青的旺季，也是吃它们最好的季节。

若是霜降之后，白霜下来，大头青经过霜打，感受到寒意，开始收藏自己，这个时候，大头青却甜了，自然甜，极其美味。

要吃青菜的时候，用手拔或用镰刀割都可以。弄回家，把菜根切掉，把外面的烂叶或虫蛀过的坏叶子和老叶子去掉，好一些的喂猪羊兔，把菜叶一张张掰开，到河边或井边一洗，然后想怎么吃就怎么吃了。

冬天下雪之后，雪压住了大头青。划开雪后，可以看到地上的大头青有了黄叶，也蔫了。

割下回家，从井里吊桶水，倒在木盆里，虽然外面天寒地冻，但井水却在木盆里冒着热气。把大头青倒在木盆里，井水一泡，原来萎缩蔫着的叶子，一下子舒展开了，在水里显出了晶莹的嫩绿来，令人垂涎欲滴。

大头青无论怎样做法，我都爱吃。

最简单的一种做法，就是炒青菜。

洗净切成块，放点素油，大火一翻炒，几个来回，放些盐，出锅，青绿青绿的。要点是火大手快，烧柴火的大铁锅炒最好。刚出锅的青菜吃起来细嫩爽口，清甜回甘，清香满嘴。

炒青菜千万不能盖锅盖，否则容易变黄变烂，虽然味道还不错，但品相已失。

我特别喜欢炒青菜。虽然每年冬天回家过年，已经过了大头青最饱满的季节，但这时的大头青，多了一份回味，我总喜欢在饭碗上堆得满满的。无论去哪儿吃饭，我都会要求炒一份大头青。

若是在家，中午炒的大头青没吃完，搁了一下午后，大头青自然蔫了，烂了，但我依然喜欢，而且不愿意回锅或加热，直接冷菜倒在热饭上，照样的美味。

北京过去没有这种大头青。1989年春节之后，弟弟跟我来北京，去同村老乡家吃饭，老乡炒了一个香菇油菜，其实就是香菇炒青菜，弟弟不知，私下问我：“这油菜能吃么？”

在我故乡，油菜特指产菜油的油菜，而非青菜。我向弟弟做了介绍。

吃饭的时候，弟弟尝了一筷子，便再也不肯吃炒油菜了。后来我回老家，弟弟老是讪笑我，北京人吃油菜，都是吃的半生不熟的，咬不动嚼不烂，哪像我们家的大头青啊。

我在北京快三十年了，对北京的青菜也是这个认识。

我母亲在北京帮我带小孩时，也被北京的油菜困扰，直到我搬到了现在的住处。母亲有一次从菜市场回来，高兴地说，买到大头青了，市场上买的人很少，说什么是上海青。

母亲给我扎扎实实炒了一大盘，并做了青菜肉馅馄饨，我的至爱。

我这才知道，如今条件进步，北京也有大头青买了。

我喜欢青菜肉馅馄饨远胜于名气更大的荠菜肉馅馄饨。无他，因为青菜嫩，水分足，有自然甜味；而荠菜，纤维粗，干涩，略有苦味，所以，我更喜欢青菜做馅。

青菜做馅很简单，水焯之后，剁碎，用纱布把水分挤出，把肥瘦相间的碎肉做熟（或油渣），跟菜馅放在一起，搅拌匀开，放进适量精盐，菜馅就完成了。

至今，我一直对青菜馅馄饨念念不忘。

我小时候还喜欢大头青的菜帮子炖豆腐、炖肉。

这种菜过于粗鄙乡土，生活条件改善后，如今很少人家做了。

大头青的菜帮子炖豆腐如今偶尔还能吃到（可不是白菜帮子哦，若是白菜帮子，味道可差了十万八千里），这菜的口味不仅跟菜帮子的质量有关，还跟豆腐品质有关。

不过，如今我能够吃到故乡风味的菜帮子炖豆腐，总是千恩万谢了。能有得吃，解馋，就不错了，还挑剔什么呀。

菜帮子炖肉，我印象最深的，还是生产队时期，秋收之后，队里集体聚餐，一大桶里，新鲜的猪肉切片和青菜帮子一起炖的，我记得吃了好几碗，再也忘不了那个味道。

只可惜，我上高中之后，似乎就再也没有吃过。

当然，大头青用来烧咸粥、菜饭，用来做菜团子，都是上品之选，都是我的至爱。

太太跟我结婚之后，每年春节都随我回苏南乡下。太太是老北京，吃青菜少白菜多，即使是炒青菜，也是被我弟弟嘲笑的那种炒不烂嚼不动的青菜，那种青菜是不会有大头青炒熟之后那种飘香的。

过去我们坐火车回家多。每年春节，一出常州火车站，便能闻到那种大头青炒熟之后特有的菜香味。

就像秋天的桂花一样，满城飘香啊。回到村里，每天中午，这种菜香味更浓。

我总是贪婪地呼吸着这熟悉而又难得闻到的香味。

但太太却一直跟我的朋友抱怨说，一下火车，便是那不习惯的青菜味!

我总是哈哈一笑。那才是一方水土养一方人的标记啊。

南北习惯差异，可见一斑。

我无法跟太太解释清楚为什么自己喜欢这种满城满村飘荡的菜香味。

但我知道，我喜爱的德语诗人里尔克用他神奇的笔，早已写出我想表达的乡愁：

这般甜蜜又深沉；
被它感动的心灵，
欣喜得想要哭泣。

当一个儿童
在土豆地里呻语；
穿过长夜守望者的梦，
它的清唱来临。

纵使你远远离开，
到世上最寂寞的所在，
往后的岁月，它执着的声音，
仍然会萦回在你的心里。

那童年养成的味蕾，那菜地里的咿语，和稍年长时的劳作，早已经化作生命的一部分。纵使我远离故乡，关山万里，海角天涯，在世上最寂寞的所在，那执着的声音，永远会在自己的心底萦回缭绕。

我爱煎糍团

我爱吃糍团，虽然已经好多年没有吃到母亲做的糍团了。

大概是2005年秋天，母亲还在北京给我带孩子。有一天晚上回家，母亲笑眯眯地跟我说：“朱学东，猜猜，今天我给你做了什么？”

从咸粥到馄饨到团子，从糖醋排骨到母鸡炖笋，我猜了许多我喜欢吃的，都不对。

母亲神秘兮兮地拉着我到厨房，掀开锅盖，锅里保温放着一盘油煎好的糍团！

竟然是煎糍团！我自然猜不到。

“这儿还有生的。”母亲指着搁在洗衣机上方的苇垫，掀开纱布，整整齐齐地排着几圈白乎乎的糍团！

看我惊讶的脸色，母亲说：“我看从家里带来的糯米，你们也不会弄，我想了想，今天就给你们做几个糍团尝尝鲜吧。你不喜欢吃糍团么？”

这是我离家多年之后，第一次吃到故乡的煎糍团。

我小时候爱吃糍团，多少年了，母亲没有忘记，她又怎能忘记！

1

糍团的材料很简单，是用糯米做的。故乡方言“搓糍团”。

先淘好糯米，倒大铁锅里，煮一锅糯米饭，煮熟后把糯米饭盛出，亮晶晶地，闪着糯米饭特有的油光，然后把糯米饭放在洗净晒干的竹匾里。

竹匾里通常要先撒上一层粳米粉。如此一为防止米饭粘在竹匾上，二是为搓糍团时方便，也有防粘黏的作用。

待竹匾里的糯米饭稍凉，女人们便开始使劲搓揉糯米饭。

糯米饭是越搓揉越粘黏，原来虽黏却几乎一粒粒可数的糯米饭，饭粒渐渐被揉搓捣烂，更加粘黏在一起了。旧时造桥，据说就要用捣烂的糯米饭做粘黏的材料的，可见其黏性好。

揪下一块米饭团，继续搓揉，最后搓揉成饭饼一样，流行的月饼大小，但没月饼厚，最多也就一指厚吧，然后把它往边上的粳米粉里一滚，两面都沾上一层粳米粉后，把它放在另一只竹匾或筛子里排好，待到一竹匾或筛子满了，接着换，直到把糯米饭都做掉。

生糍团到此就做好了。

有些人家搓糍团时喜欢放上些芝麻，一滚，两面都沾了芝麻，黑白分明，倒是好看。

不过，我不太喜欢，我更喜欢糯米纯粹的芳香。

搓糍团是件辛苦活，也是大事，乡下人厚道，也讲人情，一般农闲时搓了糍团，除了留下自己吃的，总会给亲戚朋友左邻右舍送一些，尝鲜解馋。

生糍团做好后，通常要用油煎才好吃。

把大铁锅烧热，淋上点油，让锅滑溜不易粘东西，然后把糍团一只只放下去，多少只合适，一般看锅大小以及火旺程度。通常家里人都有经验，总是会放得恰到好处，既省油，又能最大限度地利用锅的容积。

糍团放下锅后，先让火烧一会儿，看火候差不多时，把锅里的糍团一面面翻身，原来紧挨锅底那一面，因为沾着锅上的油，已经泛出些金黄色来了。

都翻身之后，再在锅周边淋上油，让油从锅周围慢慢流到锅底。这样，每一只糍团都沾了油。

随着温度升高，锅里发出嗞啦嗞啦的声音，再给糍团翻身，若干回后，糍团熟了。

若油足，则两面金黄剔透，泛着迷人的油光。

吃的时候，喜欢甜的，可蘸着白糖或黄糖吃；喜欢咸的，则可撒上几粒细盐。

我和弟弟们都喜欢吃甜的，奶奶也是。

不过，吃的时候却要小心，一来外面油光，烫嘴，二来里边被搓揉烂的糯米，烫心。

糍团还容易粘牙，牙要是松动了，吃糍团可要小心。

一不小心，牙就被粘了下来，这可不是说笑，真的曾经发生过。

一顿吃不了，已经煎好的糍团，放在桌橱里，第二顿或第二天接着吃，吃的时候放锅上蒸一下即可。不过，饭锅上回锅蒸时，热气化水，容易把糍团弄得湿漉漉油乎乎的，不若第一顿好吃。

没煎完的生糍团则好放，放在筛子里篮子里都可以，只要摊开放就行。想吃的时候就煎一下。

虽然生长在鱼米之乡，但小时候家里人多，我们兄弟仨长身体，生产队时口粮却不足。若是难得有一次吃糍团，简直就是天大的喜事。

分田之后，吃煎糍团就简单多了。

我们兄弟几个，不仅喜欢吃煎糍团，还喜欢吃糯米饭，糖一拌，好吃得很啊。搓糍团时煮的糯米饭，通常都有锅巴，这糯米锅巴比其他米的锅巴好吃多了，我们兄弟几个都是一人抢一块，嚼着吃，而且还喜欢拿在手上转村头，在村里炫耀着吃。

这是永远难忘的记忆。

2

不过，虽然煎糍团是我们的至爱，但父亲却不喜欢吃。

父亲胃不好，糯米做的糍团黏性大，不易消化，所以父亲不喜糍团，也不喜糯米饭。

但分田到户之后，虽然糯稻产量低许多，父亲还是每年都拨出几分地，专门种糯稻。

因为糯米好，家里人也爱吃。

糯稻是故乡传统种植的水稻品种，产量不高。不过，每年糯稻成熟的时候，糯稻的稻穗外形显得要比其他粳稻、籼稻漂亮丰满得多，沉甸甸的，看起来扎着得很。

糍团是故乡旧物，传统风味。

旧时风俗，每年秋天，秋收之后，新稻入仓，新米上来，都要烧香许愿，祭祖感恩。虽然破四旧破了这风俗，也只是破了形式，新米饭新米粥还是要煮的。

那时节，村村户户都是新米的芳香。

其中最隆重的，要算搓糍团了。

糯米新上来，正赶上故乡旧俗，找个闲天，主妇们围坐一起，搓了糍团，一敬天地祖宗，感谢保佑丰收，也祝愿来年丰收；二是犒劳家人，一年辛勤劳作，总有收成；三则送予亲朋好友，分享丰收成果和喜悦。

时间流逝，旧俗渐淡。

后来在我家，糍团除了家人喜欢，择空闲时搓一匾以解馋之外，还剩下了另一个功效，强力劳动时才搓糍团。

比如罱河泥时，挑脏头（粪）时，等等，早饭会准备糍团。因为糯米不易消化，能扛饿。

我家造楼房时，那时油也多了，粮食更多，给造房的大小师傅及衬匠（打下手的人）的预备的早饭，经常就是糍团，当然这个时候搓糍团也就不会送人了。

糍团真扛饿啊。

早上吃了糍团，干了一上午体力活，到中午时竟然还不怎么饿，省了中午不少饭菜。

这也是乡下人的精明算计。

其实干活的人也是心知肚明的，很多人家懂得这个道理，不过，搓糍团也是麻烦活，自已家嫌麻烦，通常做的很少，所以，有的糍团吃，也就不计较了。

除了胃不好的，人人都爱煎糍团。

每年春节回到故乡，总是喝不完的酒，吃不完的佳肴，都是情谊。

即便在自己家也是如此，团子、咸粥、馄饨……都是我的至爱。

这来去匆匆，需要功夫搓的糍团，竟然排不上了。

虽然每年回家，父母总在我的行囊中塞进糯米，但我一顿糍团也没吃过。

虽然小时候看奶奶和母亲堂姑等搓糍团好多回，但我也不会弄，麻烦。

若不是母亲在北京给我做的那次煎糍团，恐怕我再也不会吃到煎糍团了。

我爱肉丸子

11月底，因故回乡，在故乡的饭馆里吃到了猪肉丸子。

坦率地说，在嘉泽镇上饭馆吃到的，味道要比在淹城吃到的地道得多，更有自己家做的猪肉丸子味道。

或许，越土，味道越足吧。

此行回家，没吃到家里做的，因为尚未到家里做肉丸子的季节。

1

猪肉丸子是我特别喜欢的一道故乡土菜。

在故乡，过年的时候，这道菜家家都有。

每到年底，无论是否杀年猪，村村户户，都要弄上一刀肥瘦相间的五花肉，用来做肉丸子。

最初的时候，没有绞肉机，做肉丸子，全凭手力，辛苦。

把洗净的肉切成小条块，放在刀砧板上，像剁肉馅一样，剁碎。

剁肉馅是个苦活。

一般人拿一把菜刀，噼噼啪啪地剁着，开始还是兴致盎然，时间稍长，便觉手掌震得生疼。

时间再长，耐心渐失，只想着怎么还不碎啊，怎么老剁不完啊。

小孩要求参与剁馅，大抵如此。

厨师或者刀工好的人，都善双手使刀，剁起肉馅来，听着让人觉得像战鼓催阵，看着让人眼花缭乱。

一会儿工夫，刀声停下，刀一翻一铲，便用刀把剁碎的肉馅抄起，搁到了放肉馅的瓷盆里。

然后继续。

我小时候也是从单刀练到双刀的，也不错，不过，比我当过厨师徒弟的弟弟相比差远了。

后来有了绞肉机，主要用来绞肉馅，装在长凳上，绞肉馅，就轻松多了。

我们也愿意帮忙，或摇绞肉机，或负责加肉条，一般加肉条时通常还要经常加些酒，以滋润肉馅和机器。

不过，双刀的手艺，渐渐就撂荒了。我现在单刀剁馅都觉得累疼。

剁好的肉馅，撒上切碎的姜末。姜末不能多。

南方人对姜味略有些排斥，去腥味主要靠酒。

一般少用买的料酒，而是用家酿的米酒，倒进瓷盆，加上盐，滴上些酱油，打开，拌匀了，先放着等一会儿。

其时，酒味和着肉香味已经散发开来了。

做的时候，拿把小汤匙，往瓷盆里的肉馅中一挖一汤匙，倒在手掌，手掌通常是蘸了水，湿的，把肉馅搓圆了。

柴火灶台上，大铁锅里清水已经烧开了，把搓圆的肉丸下在锅里，盖上锅盖，开锅，肉丸已经色变，在锅里翻腾着。

稍候，待火候一到，肉丸熟了，便把肉丸捞出来，一般此时灶台上会放着一个暗红色的陶瓷罐或瓮头，把肉丸子放在陶瓷罐中，加上煮肉丸的汤水，端一边去放好，晾着。

故乡天冷，通常到第二天早上，晾透了，罐头里的肉丸子上有一层厚厚的白色的猪油。这个时候，盖上盖子，可以收起来了。

因为要放时间长些，所以，刚开始做的肉丸子会略咸一些，不容易坏。

一个冬天，这罐子或者瓮头里的肉丸子，都是宴客或者犒赏自己的当家荤菜。

通常，做肉丸子的时候，家里的小孩都愿意围在灶台边，打下手之类都是名义，最渴望的是肉丸子熟了，出锅时，家里的大人会赏每人一粒先尝尝。

小孩端着碗，小心翼翼地用筷子夹着，肉丸子还是热气腾腾的，烫啊，但顾不得了，小孩子们尝试着一点点咬下去，咬到嘴里的，要在嘴里翻滚着解烫，但对美味的欲望，压过了一切……

通常，一粒丸子下肚后，小孩们总是眼巴巴地望着锅台，望着大人，意思再明显不过。

大人通常会说："去，尝了一粒还不够啊，现在都吃了，过年吃什么啊？"

我至今对这样的场景记忆犹新，自己也是这样啊。

2

做好的肉丸子，吃的时候，通常从罐头或瓮头里捞出来，放在饭锅上一蒸，当年便是一份乡下宴客的硬菜。

从我记忆起，到今天，春节走亲访友，只要在家吃饭，无论中午还是晚上，这份菜都在。

不过，与小时候相比，也出现了两个变化：

一是一碗全是肉丸子的少了，通常还会加一些猪蹄之类的，猪蹄和肉丸子混烧。

二是与过去上桌时满满的一碗肉丸子，一顿饭下来，颗粒不剩相比，如今肉丸子通常动的比较少了。

不过，如今我回家，在自家吃饭，一顿饭总是要吃上三五粒，父亲母亲看了很高兴，弟弟则目瞪口呆，太太则怒颜相向……

仿佛从来没吃过似的。

除了全肉丸外，肉丸还可以和青菜一起笃，甘甜的大头青菜吸纳了肉丸的油咸，绝对的美味，我很爱。

小时候家里做的山芋粉丝，用来烧汤，若是放上几粒肉丸子，出锅的时候，再撒上切碎的青蒜，加半汤匙酱油，这肉丸粉丝汤，超级美味！

可惜，现在自己家里已经不做粉丝了！

当然，吃火锅或汤锅的时候，这肉丸也是百搭的料，能让汤味浓郁，能让其他菜更香。

我前些年春节，离开家的时候，母亲总是会用饭盒装上一两盒肉丸子，让我带回北京。

回北京后，或烧汤，或单蒸，或炖豆腐青菜，都是上品之选。

3

我故乡的肉丸子不若官派淮扬菜系中的狮子头名气大。

各式著名的狮子头我其实没少品尝过，但我真不觉得咋样，常常吃不完。

无他，徒有其名。

你只要一想，那最有名蟹粉狮子头的料，肉丸子要靠蟹粉来撑门面，还是肉丸子么？

况且，肉味和蟹味其实不搭啊！搅混在一起做丸子，其实是真正的暴殄天物，让两个好东西都毁了！

狮子头最有名。

从古到今，推荐名菜都是以王公大臣名流之味为准，大谬。

我的口味，从不会以他人来判定。好坏都是自己的感觉。

所以，在苏系饭馆，若我点菜，我永远不会点狮子头，更不会点蟹粉狮子头。

狮子头永远也无法取代故乡的肉丸子在我的味蕾中的位置。

水 芹 菜

师妹自美国回来探亲，言及常读我的《江南旧闻录》，好奇我为什么没写水芹菜。我说还没来得及。今天写水芹，希望师妹能够读到，将来在遥远的异国他乡，对故乡芹菜淡淡的清香，常思常念。也算是我这做大师兄的，薄献芹微。

1

水芹菜，是故乡一种蔬菜。老了开白花。

今天大大有名的溧阳白芹，不过就是芹菜中的一种，属于水芹旱种的品种。

故乡的水芹菜原来有两种，一种名唤春芹，一种名唤冬芹，都是水生蔬菜。

顾名思义，冬芹即是冬天上市的芹菜，溧阳白芹，其实是冬芹的一种。

春芹即是春天上市的芹菜。

芹菜不值钱，但种芹菜人的苦，却不是常人所能忍受，尤其是种冬芹。

我家种过冬芹，也种过春芹。

我家后门口的竹园边紧挨着河的，是我家自留地，下面有块很小的低地，种不了其他，所以父亲种了些芹菜。

一开始种的是冬芹。

冬芹是秋天种的。

秋天，父亲把那块低洼地翻开，平整好，浇上一层农家肥，然后挖出一条条浅浅的小垄沟，把买回来的芹菜种苗埋下，在浅垄沟里一根接着一根，俗称“排芹菜”，然后盖上稻草。

温度低时，芹菜长得慢。稻草可以保温，腐烂后也可做肥料。

种冬芹时地里是干的，种下之后，就要每天浇水，还要浇粪。

芹菜长出新芽后，对水的要求就高了，要让芹菜泡在水里。

冬天故乡种麦子，不再打水，沟渠里是干涸的，所以只能自己担水灌溉。

种芹菜时，最苦的有两样，一是灌溉。冬天河水浅，用勺舀水（方言音为“框水”）很麻烦，水凉手冷，所以更多是挑水灌溉。

如今想起冬天给芹菜田弄水，还是不寒而栗。

另一个苦的，是给芹菜拔草。

芹菜地里也会有不少杂草，冬天穿着高帮胶鞋，踩在水里，一畦畦地拔过去，把杂草拔掉，是个很辛苦的活。

在家里人的辛苦中，冬芹一天天长高了，我家种的是青芹，青翠碧绿。

不过冬天天冷，小时候很早就结冰了。一结冰后，芹菜叶子不仅打蔫了，而且有铁锈色。

防冻是没招的。不过，父亲还是会在芹菜上面薄薄撒一层稻草，权当是保温。估计意义也不大。

寒冬腊月，快过年时，芹菜就可以上市了。

故乡习俗，春节请客，每家每户必有一道凉菜是芹菜，所谓冷盘。

做法很简单，把芹菜叶子和根须掐掉，择洗干净，切成寸段，用开水一氽，熟了，装盘，边上放一碟酱油，喝酒时青芹蘸酱油，爽口得很。

不仅家家户户请客时都做这样的冷盘，芹菜冷盘也是故乡喜宴上必不可少的，做法也一样。

当然，一般家里请客喝完酒，吃米饭时，必然还要炒一份芹菜。

芹菜中空通畅，所以，吃芹菜路路通。

这就是冬芹的市场。

可以上市的时候，父亲和爷爷穿着高帮胶鞋去芹菜地里拔芹菜。天太冷，有高帮胶鞋的时候伺弄芹菜，已是极大的幸福了。最苦的时候，是双脚各自踩在粪桶里移动着干活，也只是因为冬日太过寒冷。所以，一般会在下午太阳还很高时去拔芹菜，地里冰化了，水不算刺骨。不过时间长了，是很不舒服的。

拔下的芹菜，挑到河边的埠头上，奶奶和母亲穿着胶鞋就在埠头上把芹菜洗干净，摘掉枯叶，然后挑回家。

晚上父亲还要把芹菜装箩，按顺时针一把把盘起来，卖相好，俗称“盘芹菜”。

种冬芹实在太苦了。所以卖芹菜的价钱，比春芹高两倍，我记得小时候大概是一毛一斤。

每次看到村里人从街上买回来的冬芹，冰到家还没化完。

分田时，村里有几亩低秧田，紧挨着我家那块低洼的自留地，种稻麦产量都极低，所以没人要。父亲要了其中两分，种芹菜，种春芹。

我家那两分低秧田，春芹冬种春卖，卖完春芹又种上藕，卖完藕种春芹。

卖冬芹经常跟父亲打鱼相冲突，打鱼钱多一些，还有饭鱼呢。所以，后来父亲决定不再种冬芹，那两分承包地加上自家的洼地，都改种春芹，洼地边上的自留地，种一些旱芹。

春芹种法和冬芹类似，不过大致是冬天才排芹菜种苗。

种春芹要比冬芹稍微好一些，也不过是五十步和百步。

所谓好一些，是最冷的冬天没有像种冬芹那么苦，躲过了最冷的时候下地。

一般春芹上市的时候，已是农历二月底和阳春三月。

农历三月，故乡四周节场集市多，节场周围的村子都要请客，而春芹是最当季的蔬菜，量大便宜。

便宜到什么程度?

我记忆中，最便宜的时候，是三分钱一斤!

拔春芹的时候，天气已经有些暖和，尤其下午，父亲和爷爷那个时候已经不穿胶鞋下水了，而是光脚下水拔芹菜，水其实还是蛮凉的。

我后来想，爷爷腿上的青筋痉挛成块，静脉曲张，俗称“胖缠筋”，大概跟受凉有关。

我也跟父亲下过芹菜田拔过芹菜。若是父亲爷爷有其他活，这拔芹菜的活就会落到母亲和奶奶身上，尤其是奶奶（母亲还要上班），我们就会跟着奶奶下田拔芹菜。

拔芹菜讲究把根拔出来，不能拔断，有点类似于到淤泥里用手指挖一样。

弯腰拔芹菜也是个苦活，拔好还要挑到埠头上洗干净，晚上父亲再来盘芹菜。

第二天天不亮，就在自行车后座横着绑根棍子，把两大苗篮春芹分挂两边，赶去集市。

那个时候，父亲常去前黄、南夏墅、庙桥、港桥、政平，三月十二前，还会去礼嘉！

集市上卖春芹的人很多，比如前黄，杨桥那边种芹菜的人很多，我家的芹菜种苗就是去杨桥买的，父亲种芹菜的手艺，其实也是从杨桥偷师的。

卖芹菜的人一多，芹菜卖相和价钱都很重要。父亲常常是咬着不降价。有时在集市上卖不掉，他便骑着自行车转村头，到村里去卖，相当于送货上门，一般最后也不会剩下。

走亲戚时，也总会拎着一大捆相送。

那个时候，我们天天吃水芹菜，我们兄弟几个都厌死了。

十多年前，父亲把两分低秧田转给了村里人，不再卖芹菜了。

我家还种一些芹菜，在低洼地里，在门口葡萄地边上的水沟里，主要是自己吃了。

2

不过，水芹菜于我，可谓有莫大的恩情，我一直铭记于心。

即如父亲种水芹挣钱，供我们兄弟仨读书。

那时父亲常到前黄集市卖芹菜，父亲总是天不亮就赶到前黄镇上，为卖芹菜抢个好地盘。

前黄中学我的那些师长们，都认识我父亲，很多人是我父亲的客户。

前黄中学管理很严，我在前黄读初中时，走读，有一次搭着父亲的自行车去前黄，父亲后座上有两苗篮芹菜，我就坐在父亲自行车的三角杠上到了前黄。

父亲抢好地盘后，交待我几句，让我帮着看一会儿摊子，自己先去办点事。

我在芹菜摊边，从天黑到天发白，身边的摊贩也越来越多，人声开始鼎沸喧嚣，但父亲还没回来，已经开始有人来问价钱了。我也不会卖。

其中我的一位师长看到我站在苗篮后面，很惊讶地问我怎么不去上学，然后叮嘱赶紧去上学。

父亲回来后，我匆匆赶去学校，已经早自习了，我算迟到了。

老师没有批评我，第二天上街找到我父亲，跟我父亲说："你怎么能让你儿子帮你看摊呢，他上学都迟到了。"

本来不以为意的父亲觉得有些羞愧，从此后再也没有让我看过摊。后来父亲跟我聊起来，还是百般感谢我的老师。

我上高中时，早自习偷偷通过课桌上的窟窿，读小说《在黛色的波涛下》，被班主任王琦仁老师发现了。

其时我书桌上竖着一本打开的书，正低头专心读着小说，突然间脑袋上被敲了个"毛栗子"，我还以为是同桌，刚想发火，一抬头，王老师的大眼睛透过镜片，死命地瞪着我："拿出来。"

我乖乖地交出了这本小说。

王老师的宿舍就在我们教室的后面，他叫上我跟他走。在他家里，他一边在煤油炉上熬粥，一边教育我："你父亲天天卖芹菜供你上学，你上学就读小说？你父亲容易吗？对得起你父亲么？"

我惭愧地低下头，默然不做声。王老师说，书我收了，我还要告诉你父亲。

我央告王老师把书还我，我保证不看了，这书是学校图书馆的，要还的。

但王老师不允，说除非我期末考试考好才还我。

第二天，王老师果然去找了我父亲。

晚上回家，父亲没有责备我。父亲也喜欢读小说，他只是跟我说，看小说要有节制。你要是考不上大学，就跟我捉鱼卖菜吧。

到了期末，王老师终于把书还给了我。我考大学也还不错，终于没有跟父亲捉鱼卖菜。

3

小时候家里种水芹，春冬两季，水芹菜太常见，尤其春芹，都吃腻了。

但我北上读书工作之后，对水芹菜的思念，却越来越强烈。

北方不种水芹，只有大芹菜，大得骇人，我不甚喜欢。

所以，每年春节回家，总喜欢吃些炒芹菜。

至于水芹的美味，《周礼》中 “芹菹兔醢”一词，可见一斑。而《吕氏春秋》认为：“菜之美者，云梦之芹。”

后来工作，认识了些朋友。一位金坛的朋友，弄了些芹菜之类的故乡菜蔬到北京，其中就给我送了芹菜，但我却回家过年了，芹菜放在了单位的传达室，传达室的同事是北方人，不识得水芹，后来水芹被值班的同事带走了。春节之后上班，传达室的同事就跟我开玩笑，说：“哟，朱学东，你们老家给你送的芹菜，怎么那么秀气啊。”

在北京的老乡聚会，常去故乡风味的餐馆，比如常州宾馆等，若是冬天，都少不得要点芹菜。

我吃水芹，最喜素炒，连香干之类都不放，纯芹菜，原汁原味。

我尤喜春芹，败火，入口嫩脆，满嘴清香。

我后来在湘菜馆里，吃到豆豉辣椒一起炒的芹菜，倒也味道蛮好。

我小时候一直以为芹菜太土，所以太便宜。及年岁稍长，方知自己的经验是错误的。

少时读《西游记》，读到“尸魔三戏唐三藏，圣僧恨逐美猴王”，尸魔化身花容月貌的俏姑娘，假意送斋饭，“如不嫌弃，愿表献芹”，实为要吃圣僧肉。

因为有熟悉的芹，我因此学会了“献芹”这个词，更懂得水芹菜其实蛮不错的。

更大一些，读的书了多，方知这水芹端的不一般，许多文献都有记载。中药典籍里更多，都是谈水芹之功效的。

《诗·小雅·采菽》里有“觱沸槛泉，言采其芹。君子来朝，言观其旗。”

《诗·鲁颂·泮水》里有“思乐泮水，薄采其芹。鲁侯戾止，言观其旗。”

原来古人帽上插芹是君子所为。有泉水的地方，必有美芹!

《尔雅》里说芹也叫“楚葵”，这个名字我是很晚才知道的。

献芹之外，我更学会了许多与芹菜有关的敬语谦称：

芹敬、芹诚、芹意、芹曝、芹藻、美芹……

辛弃疾曾写《美芹十论》：“故罄竭精恳，不自忖量，撰成御戎十论，名曰美芹……典冠举衣以复韩侯，虽越职之罪难逃；野人美芹而献於君，亦爱主之诚可取。”这一切皆是源其复国之思。“臣闻事未至而预图，则处之常有于；事既至而后计，则应之常不足。虏人凭陵中夏，臣子思酬国耻，普天率土，此心未尝一日忘。”

辛弃疾的野人献芹，典出《列子·杨朱》：“昔人有美戎菽、甘枲茎、芹萍子者，对乡豪称之，乡豪取而尝之，蜇于口，惨于腹。众哂而怨之，其人大惭。”

辛弃疾把自己的策论，称之为芹论，献于皇帝，自比“野人美芹而献于君”，可惜，皇帝小儿不识货，就像那乡豪土鳖，视美芹为苦药。

野人献芹里，美芹之人被众人嘲笑，其实今天来看，也当翻案，该被嘲笑的，实在是乡豪。

村野之人当年所好，搁今天，却是一种时尚，皆是绿色食品啊。

如今讲究食疗养生，这芹菜据说能降血压，也成了时尚的养生菜。

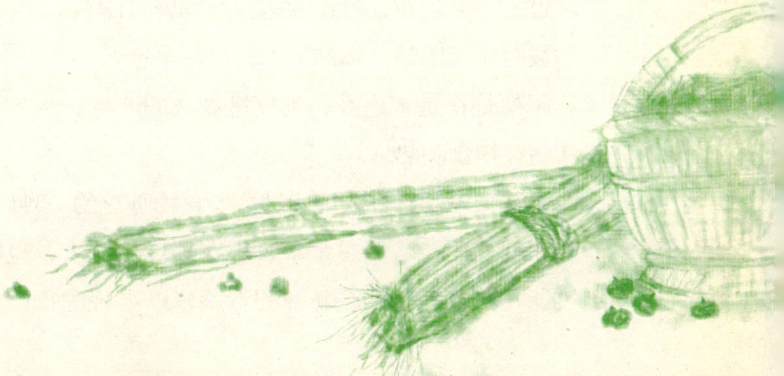

难忘水腌菜

最近几次同学老乡聚会，朋友们多次跟我提起水腌菜，希望我写一下。

今晚聚餐，兄弟们纷纷忆旧，我心软，不得不放下我的既定计划，先写水腌菜。

水腌菜是故乡旧物，至今仍是故乡冬天常见的菜肴。

每年春节我们回家，每天早上喝粥，总少不得夹几筷子生水腌菜在或黏稠或稀薄的米粥里。

故乡本地所产大米熬粥，有两样菜肴分别搭配，都是绝配。

其一便是水腌菜，其二便是家酿萝卜干。

一物降一物，故乡的米粥，若无故乡的水腌菜或萝卜干相配，绝对差味。

1

我乡下的同龄朋友中，无论男女，都亲历过腌制水腌菜的过程。

今晚酒局之上，兄弟们七嘴八舌，纷纷回忆起当年旧事，煞是热闹。

其实很简单。

晚秋之后，故乡便要考虑过冬食物。

过去不若现在，科技发达，万物皆可储藏。

彼时生活困顿，物产不丰，严冬难过。

即便是在鱼米之乡，为度过凋敝的严冬，人们也像冬眠的动物一样，想方设法储存粮食和热量。

水腌菜不过是乡人为度过严冬食物匮乏的一种储备。

深秋之后，青菜总是丰收。在那片土地上，也断无不丰收的可能。但人们不可能一时消耗这么多新鲜的青菜，以丰饶的物产交换必需品也是那个时代难以完全完成的。

多余的物产没有出口，又不愿浪费，不易腐坏的水腌菜便成了一种可靠的选择。

我不知道水腌菜何时才有，我有记忆起，故乡便有水腌菜，便做水腌菜。

在我的记忆深处，做水腌菜其实很简单。

其时故乡的青菜非常茂盛，个大汁多。

把自留地上种植的青菜割回来，剁掉菜根，择掉黄叶，挑到河边埠头上洗干净，然后撑起竹竿，把每一棵青菜分开，挂在竹竿上沥干。

沥干，其实就是将洗过的青菜上的水滴干，属于阴干，而不是“晒”。

找一口水缸，在底上撒一层粗盐，然后把沥干之后的青菜，一层层在水缸里排起来，排完一层青菜，撒上一层粗盐，然后再排上一层青菜，接着又是一层粗盐……一层菜一层盐，水缸里渐渐满了起来。

青菜帮和叶都比较疏松，于是，踩青菜（俗称“踏青菜”）便成了做水腌菜的一道不可或缺的工序。

踏青菜的工序是在每一层青菜和盐粒铺好之后必做的。

做水腌菜的时候，家里的小男孩们早已迫不及待了，他们早早地洗完脚，就坐在水缸边的凳子上等着。

当第一层青菜铺下的时候，小男孩们便兴高采烈地翻进水缸，就一件事，踩踏刚铺下的青菜。

水缸虽不小，但像我们家，搁下三个小孩，也是很紧张的，我们都不管，很开心地使劲在里边踩踏。

小孩踩踏青菜是没有技法的，后来大人告诉我们，先从四周往中间踩，然后再从中间往四边踩，踩实了才管用，踩出水来最好。

踏完一层之后，又铺上第二层，洒上第二层盐，小孩们接着，吭哧吭哧，愈踩愈高兴，直到水缸里的青菜愈积愈高。

这个时候，小孩踩不动了，男人们才开始踩踏。毕竟小孩力气有限，腌制青菜，需要把菜“踩熟”了。

不过，故乡规矩，除了小孩，成年人是不允许光脚进水缸踏踩青菜的。我的记忆中，无论爷爷父亲还是堂叔，踩踏水腌菜时都是穿着洗得干干净净的半高或高腰胶鞋的。

青菜踩熟之后，只剩下一件事，就是将洗干净的石臼或者青石墩子，压在水缸里的青菜上，直到把青菜压在水面之下。

这青石墩子，个不大，却敦实，平素即可当凳子，也可当搓绳时把稻草砸熟烂的垫子，做水腌菜时，也是一把好手。

2

故乡冬天天寒地冻，加之在青菜上密密麻麻地洒了不少盐，浸泡在盐水中，自然不易腐烂了。

这是故乡做水腌菜的优势。

一天天过去了，水缸里的水渐渐变了颜色，浑浊起来了。

过了大概二三十天时间，这水腌菜就可以食用了。

此时正是隆冬严寒，早起喝粥就水腌菜，最相宜。

不过，从水缸里拿出水腌菜时，都要用清水洗一下。

彼时水缸里，面上漂浮着一层白乎乎的东西，大概是盐和青菜腌出来的脏物的混合物，大人从来不急于把这白乎乎的似乎是脏东西弄掉，只是把水腌菜拿到井边，用井水一冲一洗，然后拿到灶台上，用菜刀切碎，放碗里，便是早饭喝粥的配菜。

其时的水腌菜，无论是梗还是叶，都失去了往日的青翠，而是一身嫩黄。捞出，洗净，把水拧干，菜梗依然清脆，水分充分，喝粥相配，咸淡适宜，其味其香，实在无以描述，只叹词汇贫乏。

若是水腌菜能用菜油一爆，那滋味更没得说。

我小时候，除了早晚喝粥就着切碎的水腌菜外，更是喜欢趁大人不在家，挽起袖子，到水腌菜缸里摸菜心，把腌菜摸出后，专挑菜心撕下，到井边用井水一冲，然后从菜叶开始，一点点往嘴里吞，馋边上同龄的孩子。

反正，大人回家，也不会发觉水腌菜缸里的腌菜，菜心都被小孩偷吃了。

水腌菜不仅是配白粥，或者小孩嘚瑟的佳品，也是冬日烧鱼的佳品。

我小时候家里鱼太多，我对鱼厌食了，但故乡做鱼有一种做法，就是配上水腌菜。用鲢鱼之类，过油之后，倒进水腌菜做熟，第二天水腌菜和鱼冻，是当时烧鱼法子中唯一能激起我食欲的东西，这水腌菜居功至伟。

我的师弟，某著名大学的著名青年教授，我们一起回忆起水腌菜缸时，他提到童年时，看一口大缸里，都是山芋藤叶，以为是水腌菜缸，跳进去。

我抢过话头，说："结果是水淹过了你的脖子，还呛了水。"他哈哈大笑。

其实，当他说到水缸里的山芋叶时，我便知他后面的悲剧。这是喂猪用的水缸，只有上面漂浮着山芋藤叶，下面全是水，跟水腌菜缸里实实在在有水腌菜完全不同。

而他的经历，我们许多乡下的孩子都经历过，否则也就不会有司马光砸缸的演绎。

3

冬天之后，春暖了，水腌菜缸里的白乎乎的发毛的东西越来越多。

水腌菜在水缸里存放不住了。

于是，家里人把没有吃完的腌菜捞出来，洗干净，切碎，阴干，便成干菜、霉干菜，接着可以烧糠虾、豆瓣、黄豆之类，依然可以是可口的白粥配菜，也是过去乡下早晚饭的当家菜。

其实，在腌水腌菜的时候，故乡还有一种咸菜的做法，几乎是同步进行的。

那便是把青菜或者雪里蕻洗干净，晾晒干，在匾里切碎，然后撒上盐，搓揉成团，挤掉水分，接着把碎菜团子塞进瓮头，然后用棒槌往瓮头里使劲捅，把碎菜团子塞结实，一点点地，渐渐把瓮头塞满，一定是塞结实，然后把洗干净的稻草揉成团结，塞在瓮头口上不让出气。

过得几天，便可把稻草团抻出，掏出或青或碧或泛黄的青菜或雪里蕻碎叶碎梗，加黄豆过油一爆炒，喝粥时，青翠菜香，总吃不够。

离开故乡多少年了，但我对于水腌菜的味道至今不忘。父母至今仍然做着水腌菜。

每年春节回家，对于配早晚白粥的水腌菜，或者烧鱼的水腌菜，我都是甘之若饴。

虽然有科学爱好者警告我，说腌制品易致癌。

但无论如何，水腌菜都是我曾经的生活方式，我回到故乡，父母兄弟依然甘之若饴，我又怎能因为不能长生的恐惧而忘却刻在心中的记忆呢？

大爱猪油渣

晚上回家路上，看到有朋友在微博上给我发了有关猪油渣的图片。

图片里的猪油渣还泛着些黄白色，明显没榨透。

我玩笑说，这是富人家榨油的产品，太浪费了。

是啊，我小的时候看家里人榨猪油，都是要到逼不出油时才罢手，怎会让油渣还泛着白色！

简直是暴殄天物啊。

1

猪油渣是故乡旧时美味，也是穷人家的至爱。

小时候生活困顿，虽然生长在鱼米之乡，过的却是缺油少肉的苦日子。

可以说，猪油既是乡下冬天重要的油料，也是一解肉味之馋的佳品。一举两得，乡下人都爱它。

猪油渣，顾名思义，是猪油熬制以后留下的渣。

一般而言，渣是承载精华和汁液的物质，一旦精华或汁液被提取，渣大多便成一堆垃圾。

比如吃甘蔗甜黍，嚼透吸掉甜汁后，吐掉的渣便是垃圾。

不过，有两样食物，精华提炼之后，渣还能成为美味的，其一是豆腐渣。

豆腐渣加了青蒜碎末一翻炒，虽然吃起来有些干涸，呛嗓子眼，但好歹在穷日子中也算美味。

另一种便是猪油渣，是所有食物渣中的极品。我的家人——祖父母、父母兄弟以及亲戚朋友，还有那些我所认识的故乡人中，无一不爱它。

猪油渣是我的大爱。

记忆中，榨猪油在故乡也被称为熬猪油渣，或者炼猪油。通常是在天凉的时候，秋天、冬天和早春，夏天很少有人家炼猪油。

猪油分等级。我的父亲当过屠夫，我对猪肉猪油的品级自是了然于心。

榨猪油最好的，通常是板油。板油是猪肉里面、内脏外面的那层肥油，一撕一大块。

板油含油量最大，最能出油，是榨猪油的上品。但板油榨油，油渣少。

不过，一般要买猪油炼油，大人通常会买板油，经济啊。

通常一副板油能熬好几小罐猪油呢。

其次是化油，是猪内脏外面一条条的那种肥白的肥油，也出油，不过，一熬，因为细碎，通常猪油渣最小了。

杀猪的时候，很多主家是不要这化油的，可以用来给杀猪的冲抵部分工钱。所以，过去年底，我家化油也还是比较多的。

熬猪油最差的，就是猪肉的肥膘了。肥膘虽肥，出油比板油化油都少多了。不过，熬猪油的副产品——猪油渣却是最多的。

熬猪油的时候，把肥膘或者板油之类，切成寸丁，在柴灶台上，把铁锅用旺火烧热，然后把油膘倒在锅里。

冷油膘与热锅底一接触，锅里不断发出嗞嗞啦啦的声音，火正旺，寸丁大小的油膘慢慢收缩身子，锅底里渐渐渗出油来。

用锅铲一压渐渐漂浮起来的油膘至锅底，嗞啦声更是不绝于耳。

渐渐地，油膘越缩越小，白乎乎的油膘渐渐泛起了黄色。

待到黄色盖过了白色，拿把小铜勺，把油膘逼开，把油盛出来，放在早已准备好存放猪油的陶罐里。

一勺、两勺、三勺……一边把油舀出来，一边用铜勺底逼压油膘。

慢慢地，锅底的油越来越少，油膘失去了最初的白嫩，越来越黄，身子更是越来越干瘪。

油枯而膘未焦，成渣了。正好，熄火，把油渣用锅铲盛出，放在碗里，原来一大堆油膘，不多会儿工夫，成了一碗猪油渣。

浓缩的是精华。不仅盛放在陶罐里的猪油是今后食用的佳品，连剩下的那碗油渣，也是人人觊觎的宝贝。

2

小时候家里熬猪油，我们都愿意抢着帮烧灶。

一个草结添进灶膛后，便迫不及待站起来，兄弟仨排成一排，寸步不离，看奶奶或者母亲熬猪油，听着悦耳的嗞啦声。

很简单，不是有多勤快，也不是为了猪油，而是等着猪油渣出锅。

猪油渣刚盛放在碗里，看着我们死盯着的急切的眼光，奶奶或者母亲都会嘟囔一声“馋煞则格”，然后说声“小心烫”，便给我们一人分三五粒猪油渣。

猪油渣还很烫，我们一边左右倒手催凉，一边迫不及待地将还在发出低微的吱吱声响的猪油渣往嘴里送。

全然顾不上烫了，咔嚓一声，轻轻一咬，猪油渣便在嘴里开裂了，一股热气和香味迅速溢满口腔，倒吸一口凉气，把香味和烫热咽下去……

猪油渣也就给小孩尝尝鲜、解解馋，家里人可舍不得给小孩当零食吃。撒上一层盐，跟搁猪油的陶罐一起，放在竹橱里。

通常，趁大人不注意，我们都会去桌橱里偷猪油渣吃。

这猪油渣凉了之后，上面会有一层薄薄的淡白色的油层，这是油渣出锅时沾上的猪油，凝固以后，要是偷吃猪油渣，显然就破坏了原来猪油渣的形状，大人追问，总是逃不脱。

猪油凉了之后，也凝固起来，脂白如玉。吃汤面或馄饨时，挖一勺，放在热汤里化了，这个香味啊，连神鬼都会流口水的。

也有用猪油炒菜的，主要是炒青菜，非常鲜亮。

我老家有一种菜饭，俗称咸饭，总是要拌猪油的，白饭和青菜拌了猪油之后，晶莹鲜亮，白绿相间，在缺油少食的时代，那是皇帝不换的。

每年春节回北京，母亲总要在我的行囊中塞进一罐炼好的上好的猪油。而我总是能在太太错愕的眼光中，吃很长时间。

猪油渣则另有妙用。

炒青菜炒黄芽菜之类，都可以用猪油渣。炒菜时，将猪油渣放一勺进热锅，用锅铲挤压，还会逼出些许猪油，省了放菜油。

我更喜欢猪油渣和青菜一起，做馄饨馅；猪油渣和萝卜一起，做萝卜丝油渣馅米粉团子，这是我冬天回家，母亲必给我做的，也是催我乡愁的必杀技。没有比猪油渣青菜馅的馄饨和猪油渣萝卜丝馅的团子，更能激发我的乡愁了。

每每想到这，口舌不争气地生津。

对猪油渣的喜好，是我们这一代向上故乡几代人共有的记忆。

因为这种爱，男孩们冬天的一个重要的健康活动，挤墙角晒太阳的游戏，便被冠之以“挤猪油渣”的名字，这显然是对猪油渣热爱的一种移情。

虽然起这名字的不知名的前辈，并不会知道“移情”一词的意义。

如今城里的人，因为惜命，因为相信现代科学，觉得猪油猪油渣都是不健康食品，很少有人吃了。

但我依然喜欢。虽然我知道自己的行为不科学不可取。

但，这与科学无关，只与自己的情感有关。

当一个儿童
在土豆地里呷语；
穿过长夜守望者的梦，
它的清唱来临。

纵使你远远离开，

到世上最寂寞的所在，

往后的岁月，它执着的声音，

仍然会萦回在你的心里。

里尔克最得我心的，不是他那些流传很广的诗作，而是这首《民歌》。我常常把童年养成的味蕾，来替换捷克儿童土豆地里呷语，一而再再而三地引用。

还有比这更熨帖我心的么？

我爱冷荤猪肝

我小时候跟着大人吃喜酒，总是喜欢酒席上的一道冷荤：猪肝。

用筷子夹了，蘸着酱油，一点点细细地咬嚼着。

或者，干脆，大人给往手里夹几块，说："去，外面去玩吧。"

如获至宝，拿着几块猪肝便离开了酒席，出门炫耀去了。

后来年纪稍长，家里生活水平也改善了，每年过年杀年猪，大年三十年夜饭，猪肝作为江南冷荤的代表菜，自然是少不了的。

最穷的时候，大年三十也是过年，菜肴怎么也得搞丰盛，更何况后来生活改善了。

吃的丰盛，意味着猪肝可能有剩。

剩下的猪肝，通常放在灶膛间的竹橱里，插上插销，防止猫晚上偷吃。

冬天天寒地冻的，放在了竹橱里，剩猪肝不会坏，猫也偷不着了。

不过，我们兄弟几个，早上起来拜完年，没事的时候总是喜欢打开竹橱，拿一块两块的，"捻鲜捻鲜"（方言）。

反正少了一块两块的，盘里也看不出，家里人总不会去数晚饭后还剩下几块的。

不过，我们是兄弟仨，一人有此好，其他兄弟也一样，这样头晚上剩下的半盘子，到大人开竹橱时，已经所剩无几了。

好在新年不兴打骂的，我们总是能够逃过责骂。

我记忆中小时候的冷荤酱猪肝，通常在三种情况下能吃到，一是酒席上，一是年三十晚上，以及随后亲朋宴请吃年饭的时候。

自家宴请宾朋也有，不过，只要有人喝酒，猪肝通常所剩无几。

喜宴上的猪肝，来自于乡下厨师的手艺，亲朋家宴席上的猪肝，也是掌勺的亲戚的手艺，唯有自己家的，才是父母的手艺。

虽说各家手艺各不相同，但我还是偏爱父母的手艺。

通常做冷荤猪肝很简单。

把买回的猪肝洗干净，泡清水里，把血水泡出来。然后把猪肝洗干净，血水沥掉，放在饭锅里，加清水，没过猪肝。加姜和料酒，大火煮烧，把浮在面上的血沫撇掉后，改文火烧煮。文火煮烧时，再加些酱油和盐，使其入味。待到用筷子扎猪肝不再有血水，且能扎穿时，便差不多了。捞出来，切成片，盛放在盘里，放凉了，便是冷荤名菜酱猪肝。

酱猪肝主要是下酒菜，吃的时候，通常配一小碟酱油，这与北方配蒜泥酱油或醋不同，也是故乡饮食习惯。

一般乡下喜宴，怕第二天忙不过来，过去常要“做隔夜”，像猪肝这类冷荤，头天晚上早就做好了隔夜，只待第二天开席，端上放好即可。

我家平常有了猪肝不做酱猪肝，一般都是青蒜炒猪肝。

只有过年的时候，才会做冷荤猪肝，这冷荤猪肝，通常是杀自家养的猪的。

我家做冷荤猪肝与喜宴做隔夜或者平常做酱猪肝不同。

大年三十，我家通常都要“焐猪头”，把猪头放在锅里煮，弄干净的猪肝扔在锅里一起煮，然后再加白萝卜。

这叫一举多得。

煮好的猪肝捞出来，晾一会儿，不烫的时候，切出一盘来，当年三十的冷荤。

柴火灶台、大铁锅、自家养的猪，还有猪头等一起混搭着煮出来的，自然味道不同一般。

一般父亲切猪肝时，我们哥几个总会围在边上，眼睛死死盯着父亲刀下的猪肝。

父亲也知我们心意，总是会一人派发一块，以解我们的馋。

而坐在灶窠膛烧火的奶奶，总会嘟囔一句：“馋相，前世弗恩吃过啊。”

而我们总是顾不得奶奶带着怜爱的玩笑，迫不及待，却又小心翼翼地把手上那块猪肝咬着，一点点往下吃，一点点回味。

其他吃不了的，就收起来，反正天冷，自然冰箱，不用怕坏。

来了客人，随便切一盘，便是美味冷荤。

不过，若是时间放长了，猪肝也会干裂，冷荤也会不如最初那么美味。

过去乡下人讲吃啥补啥，吃猪肝补肝。

常说猪肝富含铁，是食疗补血常用的食物，所以，乡下人尤其男人都好吃猪肝，下酒用。

后来渐渐的，猪肝吃少了。

一来美味多了，就是补铁补血的食物也多了，猪肝这种土货也就渐渐不吃香不值钱了。何况科学养生，许多受过教育的人，都觉下水内脏是消化那些毒物的地方，脏。

更主要的是，后来的猪肉饲料激素及不知名的抗生素等，催着猪快速长大，这猪内脏不知道质变成啥样了。

过去说吃肝补肝，如今却心惊胆战，就怕吃了猪肝，不仅没补成肝，反而拖累了自己的肝！

我这些年在外面，很少吃猪肝，炝炒猪肝，熘猪肝等，我都很少吃，冷荤的猪肝，通常只有故乡风味的餐馆和上海菜馆才有，吃得更少，不过，我还吃些北方风味的炒肝。所配佐料让猪肝都失去了猪肝的味道。

我过去回老家在自己家里喝酒还是会吃冷荤猪肝，因为那是父母养的猪，收拾也都是父亲收拾的，猪肝自是干净。

放心。

父亲说：“谁会像我那样都用小麦大米和豆饼养猪啊？”

不知为什么，我在北京的故乡风味餐馆里，很少吃到上好的冷荤酱猪肝。

我只在一家店里，是在故乡企业的驻京办里，吃到过有家里味道的冷荤猪肝，比自家做的稍甜，已是很接近我所爱的味道了。

或许，这稍甜，还是大师傅得意的改良作品呢。

不过，我还是喜欢老家本味的冷荤猪肝。

那是味蕾的记忆，也是过去的生活。

记忆中的石磨豆腐

一早起来，看到小丫写的《柔软的绽放》，一下子勾起了我的回忆。

小丫写的是豆花，我想到的，却是豆腐。

朱自清说，说起冬天，忽然间就想起了豆腐。

我也爱豆腐。

小时候刚做好的还冒着热气的生豆腐，抄一块搁碗里，青蒜末一撒，酱油一拌，戳烂了，趁热吃……

那个美呀。

我爱吃豆腐。

如今我到哪个饭店吃饭，若是我点菜，老家风味菜馆里的红烧豆腐、川菜馆里麻婆豆腐、湘菜馆江西菜馆的豆皮之类，火锅店里的豆腐冻豆腐之类，都是我必点的。

我每次回家，总会让我弟弟给我烧一份改造了的红烧豆腐，加了青辣椒，叫尖椒豆腐，我自己总是烧不好，或许是豆腐不好吧。

但我至今犹记得小时候吃的似乎还冒着热气的生豆腐，青菜帮子白肉笃豆腐，虽然，都几十年没吃到了，但我依然怀想。

1

小时候穷过年，没钱，豆腐还是要做的。

毕竟黄豆村里有种，自家自留地田埂上也有种。

收了黄豆，又不能都炒着吃。榨油？那是绝对舍不得的。

所以，做豆腐，或者换豆腐，成了那个年代自己种植的黄豆最主要的出路。

豆腐是过年的百搭。

灵央祭祖少不了豆腐百叶；豆腐可以白烧，红烧，可以素烧，可以荤烧，可以单独烧，也可以跟别的菜一起烧，百叶还可以做百叶结……

因为有了豆腐，原本苍白空荡的年夜饭桌上，一下子丰盛起来了。

这多少可以给贫寒的年关增加不少幸福感。

所以，过年之前，或者自家单独做，或者跟邻居结伴做，做豆腐都是很郑重的事。

我的爷爷奶奶父亲母亲虽然都是村里非常能干的人，几乎什么都能干，种田自不用说，养蚕养鱼打鱼接种珍珠这些最辛苦的活都能做，也会搓绳编织卖，但却不会做豆腐。

我们村就一副磨豆腐的石磨，是我堂爷爷家的。过年做豆腐都要排队的。

堂爷爷跟我爷爷是姑表兄弟，两家搭柱头，共用一堵墙。

有这样的血缘亲情，做豆腐时，我们就是近水楼台了。

每年到农历年底前，奶奶或母亲就会用井水泡上一桶黄豆，黄豆都是自己种的。

黄豆经水一泡，渐渐发胀脱皮，一般泡个一两天之后，就可以磨豆腐了。

做豆腐一般选择在晚上吃完饭后。反正，冬天的晚上，总是很早就吃完了晚饭。

堂爷爷家的石磨，就架在他家前房大门口，两扇石磨盘搁在长凳上，石磨中间有个大窟窿，主要是磨豆腐时放泡开的黄豆的，石磨边上的耳朵上里边则插着推磨的木架。

推磨时，一般需要两个人，一个人推磨，一个人往磨盘中间窟窿里加豆子加水。

推磨是个力气活，不过，我一直很奇怪，小时候跟家里人去做豆腐，很少见我父亲爷爷去推磨，都是奶奶母亲或堂姑们，有时我们帮着做点小事，比如加豆烧火之类。

随着石磨转动，在吱嘎吱嘎的声响中，黄豆变成了白花花的豆浆，从两扇磨盘的缝隙里一层层流了出来，流进了磨盘下面搁着的桶里。

桶里浸泡过的豆子一点点浅了下去，另一个桶里白花花的豆浆越来越多。

虽是冬天，推磨的人却出汗了，解开了棉衣。

此时，灶台边的准备工作已经完成。

一口洗干净的大水缸上面，吊着一块大纱布做成的布兜，用两根棍子十字撑开。

磨好的生豆浆倒进了灶台上的大铁锅里，加进水，灶膛里已是烈焰熊熊，待开锅之后，用勺子把煮开的豆浆舀进纱布兜里，一边加豆浆一边摇着纱布兜，浆水通过纱布的细眼渐渐流进了水缸，但纱布兜里的浆水越来越多，扶着十字木架，转圈，把纱布兜一点点拧起来收紧，挤压出兜里的浆水来，浆水全部流进了水缸，挤不出浆水时，纱布兜里也就只剩下湿乎乎的豆渣了，而水缸里，便是我们平常喝的豆浆了。

不过，我虽然爱吃豆腐豆制品，却从小就不喜欢喝豆浆。

待馋虫喝过豆浆解过馋之后，堂爷爷便往缸里的热豆浆中加石膏搅拌，加石膏多少是有讲究的，做豆腐的大师傅水平首先是在石膏用量上（俗话说卤水点豆腐，那是北方的做法）。

搅拌匀后，在盖上盖子，豆浆点了石膏之后，渐渐成糊状，这便是豆腐花。

我小时候也很爱吃豆腐花。一般这个时候，便有人会抱过来一摞碗，堂爷爷拿着小铜勺，往每个想吃豆腐花的人碗里加一点，见者有份。

早有人准备好了青蒜，剁成碎末，加进豆腐花中，条件好的还放糖，不过，我们通常放些酱油就不错了，每人都尝鲜。

嘴馋的，眼巴巴望着还指望来第二碗，一般堂爷爷是不答应的，要做豆腐啊，这才是大事啊。

剩下的便是把豆腐花压成豆腐了。

做豆腐的木质托盘里，早已铺上了纱布，把豆腐花舀进木盘，以不出边沿为止，然后用纱布盖上，用木头来压。

压豆腐的，是一根粗壮的木头，一头固定住，另一头用担绳把石臼吊起来，往下压，直到把木盘里豆腐花的汁压干，过一段时间就可以松开，把纱布揭开，一盘豆腐就做好了。

堂爷爷拿豆腐刀，在木板里的豆腐上画上方格，然后挑起来放在篮里，干脆利落，丝毫没有拖泥带水的感觉，这是豆腐光滑的性格所致啊。家里人就可以小心翼翼地把盛着豆腐的篮子拿回家了。

豆腐刀划豆腐时，我也总是眼巴巴地盯着，那个时候，我爱吃生豆腐啊，跟豆腐花一般吃法，好吃极了。

一盘，两盘，依次而行，直到缸里的豆腐花全部用完。

做百叶也类似，不过是在木盘里一层纱布一层豆腐花的，同样的方法压制。

刚做好的百叶，蘸着酱油吃，也绝对是美味啊。

我们家那个时候做豆腐很多的，不是为了卖，而是过年时要吃。过去故乡的冬天很冷，豆腐放着也不易坏，一般豆腐老了之后，放在木桶里，浸泡在井水里，是不会散架，也不易变质的。这个储存方式，跟米粉团子的储存类似。

2

小时候的冬天，我跟弟弟都喜欢去堂爷爷家帮忙烧火，压豆腐的时候吊在木头上。

无他，主要是为骗一碗豆腐花或一块生豆腐吃。

在贫寒的岁月里，冬日的一碗热气腾腾的豆腐花，一块拌酱油的豆腐，都是恩赐，都有刻骨铭心的记忆。

永远无法抹去。

后来改革了，堂爷爷不仅在过年时帮村里人做豆腐，自己平常也开始做豆腐转村头卖了，生意还不错。

堂爷爷渐渐年岁大了，做不动了。我堂叔学了杀猪，在供销社杀猪，不愿意做豆腐，村里也就没有做豆腐的了，连工具也荒废了，堆在墙角。

后来东村我同学的父母做起了豆腐，生意也不错。因为乡下人大多爱豆腐。

堂爷爷的小女儿，也是我一位堂姑，比我稍大几岁，远嫁前黄南边人家后，家里走了一段弯路，后来捡起了堂爷爷的旧业，才翻身脱困。

当然，后来技术进步了，都不会再用石磨来推了。

石磨做豆腐是个特别辛苦的活，两头摸黑。我小时候也帮衬着奶奶母亲推过几次磨，对这苦有记忆。

要知道，堂爷爷家的石磨，已经经过了改造，利用了杠杆原理，不需要人走着推了，只要站在原地便可推了。

有关豆腐的记忆，我们小时候读书，都知道鲁迅笔下的豆腐西施，不过，我老家最有名的，不是豆腐西施，而是锡剧《双推磨》，一出爱情故事，女主角就是磨豆腐的寡妇，其实也算是豆腐西施吧。令人高兴的是，这出戏的结局倒是圆满。

“我们都喜欢这种白水豆腐；一上桌就眼巴巴望着那锅，等着那热气，等着热气里从父亲筷子上掉下来的豆腐。”朱自清在《冬天》一文中写道。

我没有过朱自清那样期盼父亲筷子夹来的豆腐的经历，如今我也不喜白水豆腐。但我眼前，依然闪过，在堂爷爷家的灶台边，我和弟弟们眼巴巴地望着堂爷爷，等着他铜勺里倒下的那一勺豆腐花，等着他豆腐刀铲出倒在我们碗里的那一块豆腐，让我们蘸着酱油吃的那一张百叶……

北京的一些北方餐馆里，也有据说是现磨的豆腐，我都很喜欢，我总是要吃好几碗，调料不够，酱油就行，这其实就是童年的记忆，虽然北方豆腐的味道与当年的有差异。

但没法子。我就喜欢。

茨维塔耶娃说，童年的力量比生命的其他时候都强烈，因为它们代表了一个存在的根源。

果然。

我爱新米粥

故乡秋播已经结束，打电话问候家里人时，忽然想念起新米粥来了。

就一碗新米粥，便让我没出息地牵肠挂肚，口舌生津了。

苏南故乡土地肥沃，灌溉便利，种植最多的是晚稻，生长期长，日照充足，品质很好，其实是不可多得的优质大米。

明时吴人吴宽有诗云：“绕厨香饭喷初成，吴下长腰旧有名。何事今年荒旱甚，贡余犹自饱新粳。”

可见吴地粳（方言音为geng）米品质早被重视了。

晚秋之后，便是收获季节。唐人钱珝写道：“万木已清霜，江边村事忙。故溪黄稻熟，一夜梦中香。”

此亦为故乡秋日旧时风景。

不过，有点煞风景的是，此时也正是家里米囤渐渐露底的时候。

记忆之中，每年秋收之后，新稻入库，留下该缴的公粮，生产队便把口粮分到各家。

一分到口粮，赶紧晒干了，然后家家户户忙着挑着箩筐去大队排队碾米。

新米碾完，抓一把在手心里，吹去稻壳屑，细细观赏，但觉通体白亮，晶莹如玉，色泽温润，散发着一种新米独有的香味。

每次跟着父亲去碾米，碾完之后，父亲总会这样仔细察看，也是看大米的成色。通常父亲审察完毕，会捻几粒放在嘴里生嚼，品其味，或点头，或摇头。

点头即说明大米质量好，摇头则一般。反正都是自己辛苦半年种出来的，好与坏自己心里清楚。

碾好的新米挑回家，按人头用升箩舀出用来做晚饭的新米，留在灶间屋，其余的全部倒进米囤。

舀出的新米，盛在淘米篮里，到河里细细淘洗，把稻壳屑洗掉，然后回家倒在灶台上的大铁锅里，加上适量的水，把稻草拧成草结，塞进灶膛，文火慢烧。

慢慢地，锅盖与铁锅边沿冒出了热气；慢慢地，热气越来越浓密，开锅了，“笃笃甸”了（方言，意指锅开之后，锅中沸腾起来），新米特有的粥香味开始随着热气发散出来，弥漫在灶间屋。

小孩们常等不及，迫不及待地去掀开锅盖，总是被热气熏得睁不开眼。

开锅之后，原来白米沉底清水其上两不相容的一锅物事，已经融合一起，分不清白米清水相溶成粥了。

但即便成了粥，新米的米粒还是清晰可辨其形，不像陈米，一煮便糟，顿失其形，看着胃口也会差不少。

开锅之后，通常还要盖着锅盖焖一会儿。刚打下的新米未经储放，性子硬，需要耐心才能变得柔软，入口即化。

火候到后，掀开锅盖，随着升腾的热气，粥香四溢，说不出的甘饴。

新米粥跟老米粥陈米粥相比，有粒形而不糟，有浓香而不腻，断无陈糟之米熬粥之后的腻烂。

更有一点，新米粥通常白中泛着一种淡青色泽，一点不像老米陈米的惨白，更易让人产生迫不及待的欲望。

我一直很奇怪，也没有问过父亲，为什么新米会泛着一种淡青色泽，至今我也不知。新米粥在锅里时间稍长，上面便会凝结一层粥衣，也很好吃。

把泛着淡青色的新米白粥，盛放在白瓷碗里，用咸菜或萝卜干相就，食在口中，香糯润滑，神仙不换。

新米上市时的晚上或早上，家家户户都发散出新米特有的香味来，弥漫在村子的空气里，沁人心脾。

离开故乡北上之后，我再也没见过泛着淡青色泽的新米粥，更不用说吃到了。我如今早已变成了重口味，若能吃上新米粥，除了享受，按中医的说法，还可健胃清肠，通气利尿呢。

过去乡下不发达，化肥农药用得少，所谓“一畦春韭绿，十里稻花香”。

如今的乡下，虽然还种水稻，但环境有了变化。河水污染严重，长期使用化肥，土质也变了，更不用说农药打得越来越多，青蛙越来越少，稻花也远不如从前香浓了。

新米还有那般温润香甜么?

一夜梦中香，恐怕也已不再了。

我爱旺汤

旺汤是我故乡常武地区乡下的一道极其普通的家常汤菜。

与流行的川菜毛血旺浓烈的混搭之味截然不同，故乡的旺汤，是清淡中透露着秀雅细腻。

旺汤的食材很简单，就是猪血豆腐，讲究些的，用鸡血鸭血做。

不过，我在外吃饭，很少相信什么鸡血豆腐鸭血豆腐的，几乎可以肯定的是，这些托着鸡鸭血名头的豆腐，绝大多数都是假的。

要杀多少鸡鸭，才能有那么多鸡鸭血啊。

小时候过年，家里杀鸡鸭的时候，我们总喜欢跟在后面看。

父亲杀鸡或鸭的时候，把鸡头或鸭头往翅膀里一别，用杀猪刀割开鸡鸭的喉咙，地上放只海碗，鸡血或鸭血从血管里飙出来，溅得地上都是，不过，就算一滴不洒，恐怕也到不了一海碗。

把鸡鸭血或加开水，或放锅上一蒸，便成了鸡鸭血豆腐，然后可以做汤喝。

鸡血鸭血做的旺汤，自然要比猪血旺汤鲜美，毕竟鸡鸭相比猪长得更精致细小些，其血也少，即使做旺手艺差，做老了，也比猪血旺嫩。

物稀便贵么。

家里很少用鸡鸭血做旺汤，不是不想，是太少了，不够吃的。

所以，旺汤的主料一般选择都是猪血。相比鲜嫩的鸡鸭血的血旺，猪血旺自然要老不少。

一头猪的血很多。杀猪的时候，几个人把猪摁在长凳上时，地上放的通常是洗干净的洗衣服的大木盆，木盆里撒了把盐。

杀猪刀拔出猪的喉部时，随之飙出的是热气腾腾的猪血，这时，家里人要往猪血里加适量开水，热血热水混在一起，把盐融化，待凉后便凝固了。

手艺不一样，做出来的血旺也就有老嫩之分。嫩的自然爽口，但放不久长；煮老了，血旺里都有虚孔，但老的却易存放。

过年杀了年猪，血旺可是要吃一个春节的，每天的酒局上，要是少了旺汤，便不圆满，所以能够存放很重要。

过去故乡生活条件尚差，冬天寒冷，乡下也没冰箱，拿个木桶，把煮好的血旺切成较大的块，放在木桶里，浸泡在井水里，这样一个春节都不会坏。做旺汤的时候，拿块血旺出来做即可。

我也会做旺汤，做法实在太过简单。

拿块血旺，切成寸宽长的扁块，或者寸长的细条块，把水烧开，倒入血旺，开锅即可。

出锅时盛放在碗里，根据食客的口味不同，加镇江香醋，旺汤基本上就已经做完。

血旺色泽深红，加上香醋也是深色，口味虽好，品相却有些差。

所以，一般做血旺，通常会在出锅之前，择几根青蒜，蒜白拍松切寸断，蒜叶也寸断，旺汤一开，便把蒜段放进锅里一滚，迅速起锅，一清二白的青蒜色泽，让原本暗淡的汤色迅速明媚娇艳起来。

故乡冬天的青蒜，是做饭的百搭，不仅本身有蒜香美味，也可去荤腥，起调味作用，所以，放青蒜之后，旺汤的味道更加鲜美可口。

若是再加一小匙猪油，亮晶晶的油花漂浮在旺汤上，煞是可爱。

有时做旺汤，我不放蒜段，而是把蒜段拍松，和蒜叶一起切成碎片，出锅时往热气腾腾的旺汤上一撒，蒜香四溢。

在故乡的喜宴和餐桌上，旺汤不仅解腻，也是最好的醒酒汤，通常在最后才上。

青蒜炒肉丝

青蒜炒肉丝，是常武地区一道普通农家家常菜。

不过，故乡许多人爱吃。我们一群同学，在北京生活的时间已经超过了在故乡的时间，还好这一口，而且嘴还颇刁。

菜如其名，主材不过是一把青蒜和一块猪肉而已。

许多人做青蒜炒肉丝喜欢用里脊肉，但我家用肥瘦相间、肥少瘦稍多的肉，我也爱选这样的食材。

青蒜相对干涩，没有太多水分，肥瘦搭配，油容易被青蒜吸收，能让蒜段更为滋润爽口。

全是里脊肉，太柴，不够滋润，肉香更不够。所以用里脊肉炒青蒜时，通常为保里脊肉鲜嫩，用淀粉裹了，结果肉味被混杂，实在不是好法子。

我个人吃肉的习惯和经验，无论是鸡鸭鱼猪肉，只要裹了淀粉，定要油炸，一油炸，肉质全被毁坏，暴殄天物。这也是我不喜肯德基麦当劳之类肉食的重要原因。

除了肉材，青蒜的品质也很重要。

我老家种蒜，以食其干和叶为主，青蒜老了把蒜薹和蒜头腌了，也做糖蒜，当然，味道确实不如四川的糖蒜，但故乡的青蒜蒜香味极浓烈，个虽小，却是上品青蒜。

青蒜当主菜时，正逢其时，枝干由白而渐变浅绿，坚实丰满，苗叶青绿多汁。若经霜打雪冻，蒜香味收藏于枝干和苗叶中心，不易散失，去掉根部及黄叶外皮，内里清清白白，辛辣而清新的蒜香扑鼻而来。尤其刚从地里拔出，洗净之后，最是可爱。

其时用来炒猪肉，绝对佳品。

青蒜炒肉丝做法极其简单。

把拾掇好的青蒜切成段，寸长，蒜白和叶段分开，把肉洗净，切丝，这丝得稍大，太细了显得小家子气（我们还经常切成小片）。

油锅热后，先把肉丝倒入翻炒，倒入料酒，待肉色变、香味出来，倒入蒜白翻炒，然后再倒入蒜叶翻炒，蒜叶色变，即可出锅，出锅前加入盐。

一出锅，热气腾腾，一青二白（蒜叶青绿，蒜白和肥肉亮白），色泽分明迷人，令人垂涎欲滴。

一些人做青蒜炒肉丝，翻炒肉丝时也通常放姜丝去荤腥味，我不放。本身青蒜的蒜香味极重，若再放姜丝姜片，味道容易冲撞，反而折损了原本食材的美妙滋味。

有人做青蒜炒肉丝时，喜欢放酱油，我也不喜。我一直对做白菜之外的带叶蔬菜尤其是色彩鲜艳的蔬菜放酱油抱有抗拒之心。若青蒜炒肉时肉丝放了酱油，色泽浓烈，掩过了青蒜的娇艳。

不喜欢吃青蒜炒肉丝的人，通常是因为蒜味浓重，怕丢人。但只有吃过的人，知道其中味道之妙处。

青蒜炒肉丝实在太过普通了。因为普通，卖不出价钱，所以，通常不登大雅之堂。不过，北京故乡风味的餐馆饭店，大体都能做这道菜，但却常因食材问题，致所做菜品败坏了厨师名头，也让我们失望。

多年前的冬天，我们在朝阳门外的常州宾馆点了一道青蒜炒肉丝，其时亦农兄还未坐镇此地，兄弟们集体点了一道青蒜炒肉丝，青蒜倒是有故乡味道，但却没多少青蒜，其他全是肉丝！

兄弟们大失所望，叫来经理，让重做一份，结果青蒜更少，只有寥寥几根！

后来方知，青蒜没了。没了青蒜，自然炒不出故乡的味道来了。

秋冬之后，我在其他一些故乡风味的餐厅点这道菜，更是大异其趣，大失所望。这青蒜是洋青蒜，扁葱，毫无蒜味，一口发现味道不对，绝对不会动第二筷。

所以，青蒜炒肉丝，虽是普通菜，对材质却更为看重，全靠材质之味啊。

吃青蒜炒肉丝最重要的是一定要用极其新鲜的材质。

我家过去冬天都杀年猪，傍晚杀完猪，猪在铁锅里用滚水煺完毛，出锅，挂起来清理好，父亲的第一刀肉，一定是割下一块五花肉，晚上来两碗青蒜炒肉丝，或肉片。

父亲还给村里人帮忙杀猪，最初没工钱，割一刀肉算工钱，这一刀肉也是回家做青蒜炒肉丝。要知道，这是刚杀的猪，猪肉本身滚汤之后还是热的。这肉质鲜美就不用说了。至于青蒜，更是直接到地里拔了回来，收拾好，这晚上的青蒜炒肉丝，下饭啊。

虽然再也没有那么好的猪肉了，但好在，家里还种青蒜，有青蒜在，这滋味就在，就有念想，就有期待。

我爱红烧肉

因为一则名人八卦，勾起了我对红烧肉和白烧肉的回忆。

如今我身体肥硕，健康堪忧，太太再三劝阻我少吃肉，却无功。

我至今犹好红烧肉和白烧肉。不过，我好这一口，主要是回到故乡以后，喜欢家里的红烧肉和白烧肉。

老家的红烧肉其实做法极其简单。

买一刀五花肉，洗净，先用清水煮过，煮开，撇去血水污物，待猪肉颜色变化，发白，捞出，清水再过，切成食指长大小、食指厚的肉块。

将油锅烧热，先放入姜片或姜丝翻炒，然后倒入切块的肥瘦相间的五花肉，大火翻炒，翻炒多遍之后，倒入酱油、料酒、盐，再添加一匙白糖。

老家烧菜，凡放酱油红烧的菜品，必加糖，以中和味道。

加些水，最好是开水，盖上锅盖，文火慢煨。

出锅时，用大火收汤，色泽鲜艳，香气四溢，肥而不腻。

这份红烧肉，料简单，都是家常材料，既无须讲究放冰糖，也不需要像北方做红烧肉烧糖色，更不需要放什么桂皮大料大葱之类的，只是几片姜和一些料酒，以去荤腥味。

若红烧肉配料多了，喧宾夺主。尤其桂皮大料，气味浓烈，常常把肉的香味覆盖了，简直有些暴殄天物。

我一直很奇怪，为何别人做鱼做肉都喜欢放大料桂皮，后来我明白了，是因为主料的食材不行，肉质不新鲜，所以，才要用这配料的浓妆艳抹来为主材的不力文过饰非。

吃不完的红烧肉，第二顿放饭锅上一蒸，煮饭时夹杂饭粒清香的蒸汽飘落碗中，出锅时，必定是有很多油乎乎的汤在肉碗里，这油汤浇在米饭上，香甜得很。

而回锅之后的红烧肉，入口即化，和青菜一起，最是下饭。

有时，红烧肉还可以配其他菜，比如，加酒糟，就成了酒糟肉，更添了一分糟香；或者与自己酿制的甜面酱一起，便有了酱肉，酱肉就可以吃更长的时间了。当然还有红烧蹄膀。

故乡更有将红烧肉和豇豆干一起炖的。

晒干的豇豆干吸附了红烧肉溢出的油汁，开始重新变得滋润爽口，而红烧肉又平添了一丝豇豆干的清香。

我母亲在北京时，喜欢拿老家自己种植又晒干的豇豆干烧肉，我们全家都爱吃。

我一直爱吃红烧肉，我的家人亲戚同学同事都知道，他们都知道我好这一口。

从故乡来到北京之后，我依然好这一口。成家以后，自己也做过很多顿，虽然手艺未必有多好，但解馋是够资格的。

每年春节回家，我总是喜欢家里的红烧肉，我一碗米饭，通常要吃三五块猪肉，食指厚食指宽的猪肉，三五块啊。

父亲和弟弟总是笑话我，说我就像没吃过肉似的。太太总是批评我，不知死活，还拼命吃肉呢。母亲总是打圆场，家里的肉好吃，没事的。而丫头，也跟我一样，贪嘴。

我们就是喜欢啊。

自己家养的猪杀的肉啊，加上母亲或弟弟用铁锅柴火烧出的，这味道绝了。

根本无须上什么商学院。要知道我的母亲近乎文盲，弟弟虽有初中文凭，实际上连初中毕业都不能算。但他们都能烧一手好吃的红烧肉。

不过，这些年我在北京已经很少买肉做红烧肉了。因为材质的问题，做出来的红烧肉特别不好吃，要用浓烈的配料味道，方能盖过肥肉中的氨水味道。

虽然经常有朋友推荐，说某某处的红烧肉好吃，但事实上，我一口便知真好还是假好，肉不好，怎么做都难以下咽。

这最大的不好，是红烧过的猪肉，肥肉竟然通常不油，还很硬。我去长沙出差，就连以做某种红烧肉闻名的菜馆烧的当家菜，我吃了一口之后，都是强忍着吃下的。

无他，猪肉是工业化流水线出来的，没有猪肉的真正香味。

这些年，北京的大酒店小饭馆，没有一处的红烧肉能够称我心满足我口福的。

不是厨艺不行，而是人心不古，全是速成猪肉，自然也就失去了滋味。

北京的红烧肉，恐怕真的是永失我爱了。

腻头汤

“谁还吃腻头汤啊？我们都好多年不吃了。”

“现在家里附近的河都脏了，搪网（专门用来捞河里的螺蛳的一种网）都好几年没用了，螺蛳都是街上去买着吃了，谁还想起做腻头汤啊。”

夏天的时候，给弟弟打电话，我问起了小时夏天常吃的腻头汤，弟弟这样回答我。

腻头汤是用螺蛳肉、韭菜和面粉一起做的一种汤，有些类似北方的疙瘩汤。

腻头汤是我们武南地区乡下春夏时的名吃，我小的时候，家里老人小孩都喜欢。

连我家里都不吃好几年了，我多少有些沮丧。

要知道，小时候我们家也算半个渔民，大人小孩个个都是捞螺蛳的高手，我的奶奶和母亲，都能做出一锅绝味的腻头汤。

腻头汤的主料有三种。

首先是螺蛳肉。

螺蛳曾是故乡特产，高蛋白，每条河里都有，野生的。

那个时候，家乡的水都是清亮的，这河里打捞上的螺蛳肉，清水养过以后，不知道味道比篦街下酒的螺蛳味道鲜美多少。

最起码也有霄壤之别吧。

篦街那些下酒的螺蛳，都要用辣椒、葱姜蒜等辅料来调配，以掩饰螺蛳原始味道的不足。

我们的腻头汤和下酒的螺蛳，当年都是白味，纯靠螺蛳天然的肉香味。

捞了螺蛳回来，先拿木盆或瓷盆用清水养上，让螺蛳把螺壳里的泥土和脏东西吐干净，最起码要养一晚上，讲究些的，养上两晚，当然其间是要换水的。

清水养河里捞回的螺蛳，如果不养干净，是有一股土腥味的。

后来有了香油，盆里滴上一两滴香油，螺蛳吐脏速度更快。

养好后，用老虎钳或剪刀把螺蛳的屁股剪掉，洗干净，然后用水煮熟。

如果要下酒，直接加点盐，让它有些咸味即可。

不下酒的，用针把煮熟的螺蛳肉挑出来，放在盘子里。

这时螺蛳肉的香味还是蛮诱人的。但此时的螺肉，通常连盐都没放过，没咸味。

不过，做腻头汤的主料螺蛳肉已经准备好了。

第二种主料则是韭菜。

韭菜也是故乡名菜。故乡的韭菜长得密而细，不若今天菜市场卖的韭菜，粗壮杆硬，却无韭菜味。

故乡的韭菜是用有机肥种出来的，韭味浓郁悠远。

我至今仍然喜欢吃韭菜，哪怕明知道买的韭菜是用了很多毒药杀虫剂种出来的，忍不住还要买着吃解馋，跟小时候养成的味蕾是分不开的。

从自家菜地的地垄上割把韭菜，回家收拾好，切成寸长。

第三种主料是面粉。

盛一点点面粉，用水和了。

这时灶台上的铁锅里的水也烧开了，把和好的面糊打成小块下锅，面块自然细碎的好，然后加入螺蛳肉，一起煮开。

待锅开，略放些盐，使有些咸味，然后加入韭菜。

有时，腻头汤里也会加些自家种的丝瓜。

摘两根新鲜的丝瓜，去皮，切段，再切成条，放在一起烧。

丝瓜出汤也有些腻，煮烂了的丝瓜很好吃的。

用铜勺在锅里一搅拌，把螺蛳肉、韭菜丝瓜和面块打匀。

于是乎，韭菜的重味、丝瓜螺肉的清香和面粉特有的味道交杂一起，厨房香气四溢。

小时候趴在灶台边看大人做膩头汤，到这个阶段，口水恨不得下来了。

一般人家也就做好膩头汤了，可以出锅了。

不过，讲究的，认为这时膩头汤还没真正做好。

面块虽然也会有糊有膩的感觉，但此时还不够膩。

白面块、黑白相间的螺蛳肉、绿色的韭菜丝瓜，算得是清清白白，黑白分明，汤水有些清。

很简单，用些淀粉，勾芡，一下子就挂汤了，真的成了膩头汤。

这才是真正的膩头汤。

好吃与否，全在火候，螺肉煮老了，嚼不动，影响膩头汤的口味。

我家的膩头汤，因为家里大大小小的人都能摸些螺蛳回来，做得多，对其中的火候自然掌握得要好，所以，我家的膩头汤，是全村最好的。

小时候吃膩头汤，都是在晚春和夏天乃至初秋时节，而且选择不太忙的时候。

一般家里中午做了膩头汤，就绝对不会再煮米饭了，大人孩子，一人两碗，饿饱都是它了。

其实汤汤水水的，如果要干体力活，这是撑不住的。

我记得小时候做了膩头汤，我和弟弟总喜欢端着碗在竹园里“摇饭碗”（方言，意即端着饭碗串门），显摆，我邻家堂叔或堂姑看到了，总是要去我家盛一碗。

其实做膩头汤虽然费些工夫，但更多的是借助了自然材料和种的蔬菜，目的也是为了省些口粮。

我从大学老师转行做公务员到现在，几乎很少再在夏天回家，而即便是在有螺蛳的时候回家，父母兄弟也不会想着给我做一份膩头汤吃。

膩头汤虽是故乡美味，但毕竟，膩头汤是穷苦时讨生活被逼出来的一种方法，用家里人的话说，上不得台面。

如今生活条件好了，难得回家，父母兄弟更愿意端出他们认为最好的东西来招待我这个远离故园的游子。

而如今，故乡村周围的每条河，水质几乎都有问题，即便河里有螺蛳，父母兄弟也不愿意去打捞了，他们自己吃的，都是上街上买的了。

父亲说：“去河里钓鱼，钓上的鱼都有味，这样的螺蛳还能做腻头汤么？”

连父母兄弟都不吃腻头汤了，我知道，或许，我真的再也吃不到这腻头汤了。

可我的味蕾呢？

记忆中的苦瓜

今天早回家，路上花三元钱买了四根苦瓜。

我现在很爱吃苦瓜，不过不是清炒芥末凉菜或者炖排骨之类的做法。

我的做法很简单，就是放点酱油放点糖一炒，条件好的放几小片肥肉。偶尔也会放些辣椒丝一起炒。

就这样简单，但如同癞痢头的儿子自己爱一样，夏天我特别喜欢这样吃。

我已经记不起来何时喜欢吃苦瓜的，大概是在印刷学院当老师时吧。

那个时候空闲时间多，生活节奏慢，也不再喜欢读书了，倒是有空琢磨些“家庭煮男”的手艺。

不过，苦瓜这种菜品，我是到了北京才听说的，而且是在大学毕业之后。

记不起哪一年了，我到大学同学家蹭饭，同学是湖南人，炒了份苦瓜。

乍一入口，苦死了。后来听同学说败火，我心火旺，勉强坚持了下来。

但当我在北京看到老了的苦瓜之后，我恍然大悟，这苦瓜不就是我老家的茎粒子么！

小时候，大概每年三四月份的时候，家里会种植一种植物瓜果，名为“茎粒子”。

茎粒子通常种在篱笆边，或者与黄瓜秧种一起。

每年夏天，茎粒子秧苗就会跟黄瓜秧苗一样，沿着篱笆攀缘上升。

其叶子有点像葡萄叶，说它像西瓜叶也可以。

慢慢地到了开花的季节，它便开出了黄色小花，跟黄瓜花似的。

花掉落之后，果形出来了。

与故乡所有瓜果不一样，这茎粒子的外皮全是坑坑洼洼的，像重度麻子，密密麻麻。

从来没有见过外形如此丑陋的瓜果。

每次看到，总是忍不住打个哆嗦。

太丑了。

这也是我小时候不甚喜欢茎粒子，没对它过多留心的缘故。

虽然当年我在前黄中学初中读书时，是生物兴趣小组的成员，但对茎粒子一直有一种拒斥感。

这种拒斥感不仅是因为茎粒子外面都是坑坑洼洼的瘤子，还在于它成熟之后的果实。

当茎粒子的藤叶开始发黄收缩的时候，也是茎粒子成熟的时候。

茎粒子熟的时候，它的颜色是很漂亮的金黄色，有些像老玉米。

因为它长得丑陋，所以不像一般瓜果受乡村里喜欢偷瓜果的小孩的青睐。我真没听说过偷茎粒子的。

我偷过别人家的桃、梨、葡萄、香瓜等，就没偷过别人家的茎粒子。

所以，茎粒子通常能成熟到挂在篱笆上，开裂，绽出血红的果实来。

茎粒子成熟之后，里边的果实像血块，“血块”里边有个硬邦邦的核仁。

“血块”黏糊糊的，弄在手上，像一把血，难免有些心理上的厌恶。这是拒斥茎粒子的第二个原因。

不过，茎粒子的血块似的红色的果实，却很好吃，甜甜的。

把血块嘬进嘴里，噗，把核仁吐出来，就这样。

掉在土地上的核仁，到秋天雨后，保不齐还长出新苗来，不过这个时候的秧苗是不会再结果了。

虽然我们不喜欢，但爷爷总是种。种了之后结出果来，虽然有些厌恶，但还总是把篱笆上开裂的茎粒子的血块般的果实全吃了。

一边讨厌，一边嘬着。

我家种的茎粒子，不像北方的苦瓜长得那么长，它就像个纺锤。

这是我最初看到苦瓜，虽然见它也是满身麻瘤子，特像茎粒子，却心生疑惑，不敢让它们认祖归宗的缘故。

不过，我从来没记得小时候家里把茎粒子当菜吃过，它永远只是小孩子解馋还不甚喜欢的甜浆果。

永远只是甜的像血块般的浆果。

我也一直很奇怪，为什么小时候我们不在茎粒子嫩的时候炒着吃。

可惜爷爷去世多年了，我也无人相询了。

我的父母兄弟们照例不喜欢炒苦瓜，还是怕苦。

一辈子辛苦，吃菜也就不喜欢吃苦味的了。

我家的茎粒子总是爷爷种的，他老人家当年种很多蔬菜瓜果秧苗，挑着转村卖。

爷爷过世之后，家里似乎再也没有种过茎粒子了。

我只是在2006年在马家堡附近一个菜市场，在一个菜摊上见过一次老了的纺锤形的茎粒子——苦瓜。

当时我已经知道苦瓜就是茎粒子了。我还很稀奇。

不过终究没买。

这么些年之后，我再也没有尝过茎粒子的甜“血块”。

写下这些文字的时候，我依稀看到当年我和弟弟们分着黏糊糊的“血块”，放进自己的嘴里，还依稀有些甜味。

我今天只是喜欢炒苦瓜，素炒荤炒都喜欢，只是有些重口味，而且还喜欢稍微放些白糖。

炒菜放酱油加糖，倒也有些故乡做法的残存。

不过，我还是希望有机会再掰开那金黄色纺锤形的茎粒子，嘬嘬里边那些甜丝丝的“血块”。

我爱春笋

前两天岳母买了几株笋，按我母亲常做的方式，跟排骨一起炖了两锅，我很是喜欢。

太太问：“这是冬笋吧？”

“不，这是春笋。”我回答。

岳母也说，买笋的时候，她跟卖笋的交流，人家也告诉她，这是春笋。

过去我们家附近有一个菜市场卖毛笋，这个季节在北京的时候，我们家是这个市场毛笋最大的消费者，因为我爱吃，我父母也爱吃，虽然父母的胃不太好，而笋性凉。

从小习惯了春笋味道的人，哪怕隔了多少年，又怎会分辨不出春笋和冬笋！

我的眼前闪过了那些熟悉难忘的场景。

1

小时候，我苏南故乡小村上，几乎家家户户都有竹园。

我们家有三块，屋前一块，以淡竹为主，屋后一块，在牛塘边上，以江竹为主，在村东口原来的打谷场边上，还有一块，全是细竹。

虽然每一块竹园都不大，但每年供应我们家吃的笋还真不少。

当然，自己家吃的春笋，以淡竹笋为主。

淡竹笋炖咸肉，绝对是应季的绝品。

记忆中，为了第二年笋多，每年冬天，父亲就会到地里挑几担土，覆盖在竹园里，名曰填土。

我没问过父亲这么做是为什么，想来一是为了冬天给竹鞭保温，二来增添些新鲜的养分。

待春节一过，爷爷和父亲的首要任务，就是砍些荆棘和树枝，先在竹园周围密密围上一圈，然后在竹园里散乱扔上一些，过了春天，再把这些荆棘树枝收拾掉当柴烧。

因为夏天来后，竹园是村里人主要的纳凉歇息之地。

围上荆棘树枝，不外两个原因。

一是新笋娇嫩，刚露出地面的时候不容易被发现，万一人进去踩了，会颗粒无收的。

二是乡里人顺手牵羊的多，路过的时候，乘人不注意，偷偷进去折几根笋带回家，这在过去很常见。

笋跟韭菜不一样，折断了就不会再长。

如果有竹林而不围起来，在春天这个季节，几乎有了诲淫诲盗的味道。

所以，那个时候，家家户户的竹园都会用相似的方法围起来。

当然，荆棘和树枝围栏，也是防君子不防小人的。

2

每年到家里开始给竹园搭围栏的时候，我们就开始盼望有新笋的日子。

不仅仅是为了吃。

几乎每天，我们都会去竹园边观察，竹园里边是不是有小笋尖冒了出来。

少见的虔诚勤快。

家里长辈都会笑话我们：“痴呆头，还未到笋出土的辰光啊，天还冷啊。”

但我们就是那样，从春节之后，就盼啊盼啊……

忽然有一天，有人看见竹园里裂了一条缝，高兴地向伙伴们报告，说笋要出来了。

其实，不过可能是一段时间没下雨雪，地干裂的缘故。

就是在这样的焦灼的期待中，我们终于看到，竹园外路边，出现了细小的新笋，然后，看到竹园里新培的土开始松动，一个小尖尖从土里挤了出来，探头探脑，接着，第二个，第三个，越来越多。

心里那个兴奋，实在按捺不住。

待到晚上，一阵惊雷之后，春雨淅沥沥地下来了。

挨着靠近竹园窗户睡觉的人，在梦中似乎都会听见竹叶的欢笑声，听见竹园里地面张开嘴吮吸雨水的叹息声，听见地底下竹鞭上新芽生长的噼啪声。

第二天一早，在竹园里，几乎可以看到原来冒尖的，仿佛突然间蹿了起来，而更多的新芽出土了。

雨后春笋，那是真的。

春雨一下，家里的老人起得很早，爷爷会穿着蓑衣草鞋戴着斗笠去几个竹园边转转，主要还是怕赶早路的人顺手牵羊。

这个情况在当年还是蛮严重的，尤其我们村里的人比较勤劳本分，种的东西都比较好，周围尤其西边村子的人，常常觊觎我们村的那些东西：春天的笋，夏天的瓜蔬……

3

虽然春笋长了起来，但现在，我们还只能看着它们。

按照过去的习惯，第一批的春笋是不吃的，相当于留种，要让它们长成竹子，这样也是要完成新陈代谢，传宗接代。

除非两枝竹笋紧挨着长，家里人才会小心翼翼地用铲子把其中一枝铲下来。

第二批春笋起来的时候，父亲或爷爷奶奶，大清早就会挎着竹篮，小心翼翼地解开围着的荆棘树枝围栏，进去用铲子挖笋。

一开始是不会让我们进竹园的，虽然我们早已迫不及待，因为怕我们不小心踩坏了新笋。

后来看我们也是小心翼翼的，也就放心了。

就这样，我们学会了用割草的铲子挖笋。

挖笋是个技术活，挖浅了，笋根部留在地里太长，浪费，挖深了，怕伤着竹鞭。

一般挖笋，都挖在土下一寸左右处，这个时候的笋根部还能吃。

我们一般吃的是淡竹笋，淡竹产笋产量比江竹高，味道也比江竹好。

淡竹笋条形很好，粗细适中，既不像毛竹那般敦实粗厚，也不像细竹那么瘦削少肉。

挖完笋回家，把笋壳剥掉，光溜溜地惹人怜爱，怜爱到要吃它下肚。

在灶台边，母亲把淡竹笋用斜刀切条，切上几块咸肉，一起炖一锅竹笋咸肉。

用不了多久，便满室都是笋混合着咸肉的香味，真是馋人啊。

吃笋分老头嫩头。

老头其实就是土下一寸的笋的根部，一般这个地方比较容易老，不好吃，但烧汤的时候无所谓，也有笋味。

嫩头即是笋尖，常常还带着笋衣，跟咸肉一烧，皇帝不换。

笋衣其实就是嫩的笋壳，非常好吃。

走笔至此，已是满嘴生津了。

可惜，当时淡竹笋的产量并不高。

4

淡竹笋季节即将过去的时候，细竹笋接上了，它们要比淡竹晚几天露出地面。

细竹园有个奇怪的特点，那种竹林里最多的是小黄雀，少有稍大一些的鸟会驻足，连麻雀都少，更不用说白头翁了。

我至今没搞清楚这是何故，也许跟这种竹子的品种以及它散发出的我们无法分辨出的味有关吧。

细竹笋也是好味道，不过，笋肉不像淡竹笋那么丰满迷人。

细竹笋与所有笋一样，只要是与肉和鸡鸭炖，都是极其美味的。

细竹笋炖汤的时候，有时会切段，有时是整枝的，都很鲜美。

细竹笋大量可吃的时候，肉大概不多了，加上笋本身就细小，所以，常常切成小段，甚至丁一般，用来炒咸菜，炒雪里蕻。

现在北京那些餐馆炒雪里蕻的，都是冬笋，味大不一样。

除了细竹笋，还有一种野生的竹笋，我们唤作水竹。

水竹特别细小，最粗的也不过铅笔粗，一般都是比圆珠笔芯稍粗一些。

我一直以为老家河边的水竹大概也随着环境污染早已灭绝了。

去年春天回家，父亲陪我去高埂上的自留地边钓鱼，我赫然发现，河边高埂上的杆棵荡里，全是野生的水竹和新竹！

野竹笋是炒咸菜的好料，家里过去常常从河边割一把回去。

之所以割一把回去，一是因为野水竹不值钱，也多；二是因为野生的命贱，生命力强，不怕糟践，第二年照样蹿出地面！

回家剥壳洗干净后切成细丁，炒咸菜，就白粥吃，十分地适合，比橄榄菜不知强了多少倍。

江竹笋也吃，但我吃得很少，我已经想不起江竹笋的味道了，大概也和淡竹笋相差不多吧。

竹笋也有丰年和歉收年之分。

一般是一年丰年，新笋很多，第二年基本上是个歉收年，笋很少。记得过去家里为了改变这种情况，唯一的办法就是填土，培新土，情况会好一些。

5

无论是淡竹笋、江竹笋、细竹笋，还是野生的水竹笋，都是我们本乡本土的产品。但这些笋产量都不高，远远满足不了爱笋者的口福。于是毛笋就充当了这一角色。

我们家附近没山，没山就没有毛笋。

但每年春夏之交，毛笋在我们老家的消耗，也绝对不是个小数字。

老家消费的毛笋，当年主要来自两个地方，一个是宜兴溧阳，一个是浙江浙北地区。

我记得即便还是很困难的时候，毛笋几分钱一斤，买毛笋都是用大筐买的，论担买。

买回家后，留下最近一段时间要吃的（毛笋的壳不剥的话能存放较长时间），把剩下的其他毛笋剥好，切片，用开水一焯，晒干，收起来，以后再吃。

新鲜的毛笋主要是炖咸肉吃。那也是极品。

我曾专门写过一篇文章《春笋炖咸肉》，专门回忆当年难忘之美味。

在老家，到了冬天，夏天晒过的笋干可以煨肉，可以和鸡蛋一起烧，也是美味。

还有一种，就是罐装的，不新鲜，不过在当年也是稀罕物。

不过，这些毕竟不是新鲜的了。

后来经济发展，冬笋开始有了。

不过，冬笋都不是我们本地的，而是浙江福建的。

最初的时候，冬笋很金贵，因为故乡的人爱吃笋，加上产量不高，所以价格很高。

炖个鱼头，切几片冬笋，和鸡毛菜、菠菜一起一烫……

哗，神仙也要流口水的。

我当时年轻，很奇怪为什么吃冬笋。我的理解，冬笋是在土下竹鞭上挖下的，挖掉了，第二年要绝收的啊。

可能是我杞人忧天了。我很晚才听说，如今的冬笋不是这样收获的了，现在几乎是用现代化的无根栽培培育出来的，所以，我现在也很少吃冬笋了。

6

小时候家乡顺手牵羊偷笋的事很常见。

我们家的淡竹园就在路口，所以经常挨偷。

但我小时候也偷过别人家的笋，不过，那个时候偷笋确实不好，不是用铲子去挖，而是看中了，偷偷溜进去，用手折，所以浪费极大。

那个时候，我们把偷折的笋藏在书包里或者草篮里带回家，虽然家里大人会骂几句，但骂完之后，也还是把笋烧着吃了。

几乎都是这样。

我爷爷奶奶和那些被我偷过笋的人家的长者，都像鲁迅的《社戏》里的阿发的娘和六一公公一样，会站在场上骂人的，虽然他们并不知道是谁做的坏事。

他们骂，倒不仅仅是笋被偷了，更是看到折断的笋根戳在哪里，就像戳在自己的心窝里一样。

后来家乡的乡镇工业越来越发达，尤其化工业。

竹子是很敏感娇气的植物，它是故乡化工业最早的受害者之一。

先是江竹园再也不见新笋出来了，接着，江竹一棵棵变黄，渐渐死去，屋后牛塘边的几家合在一起的一片竹林，是我们村里第一个消失的竹林。

接着，屋前的竹园的新笋越来越少，竹子死得越来越多，过去可以乘凉的地方没了，最后只剩下了杂树，屋前最大的一片承载着我们少年梦想的竹林也消失了。

倒是我们家那片细竹园还在，可是每年的新笋很少，家人已经多少年不吃本地的笋了。

因为没了。

前年回家，我们家邻居在屋后又种了几簇竹子，这两年似乎活了。而细竹园中，细竹笋又有得吃了。

也许，跟周围化工厂渐渐搬迁也有关系吧。

“不知道什么时候才能吃上自家的大笋了。”去年春天，我问父亲。

父亲苦笑着摇摇头：“不知道还能不能吃上啊，竹子不好种啊。”

我默然。

一方水土，一方物产，一方味道。

我曾经斗胆把里尔克的《民歌》篡改成吃笋的记忆：

当一个儿童
趴在桌上对着海碗里的春笋炖咸肉呷语；
穿过长夜守望者的梦，
当春笋破土而出，
纵使你远远离开，
到世上最寂寞的所在，
往后的岁月，它执着的味道，
仍然会萦回在你的舌尖、心里。

我的那些仍在故乡的兄弟们，竹园毁了，你们后悔吗？

我的那些在异乡漂泊的兄弟们，你们可还曾记得那春笋的味道？

那属于我们童年和少年的味道，你们可还记得？

我爱吃菜饭

“今天是小寒，按南京的习俗，小寒吃菜饭，所以买些青菜和咸肉回家，准备做菜饭。”早上看到微博上我的老乡兼弟妹，跟我也算是有师生之谊的“七荤八素”说。

我的馋虫不由得有些蠢动。

菜饭！

我的眼前迅速闪过一个场景：

暖融融的冬日太阳下，一个大海碗，碗里满满的青菜咸饭，拌了猪油的青菜咸饭，在太阳下明晃晃地闪着刺眼而又诱人的光泽！

这就是我喜欢的菜饭，在我老家，也称之为咸饭，对应于咸粥。

至于是不是小寒吃，我倒是没有记忆了。

不过，现在吃菜饭，倒是应季。这个季节，正好到了老家青菜最好吃的季节了。

虽然我爱咸饭，但大学毕业之后，就应该没有吃过了。

不过，儿时的味道，常常冒将出来，就像小猫抓挠，让你心里痒得难受。

其实，做菜饭并非是为了享受，而是为了省时省钱。

我的老家，主食是白米饭，白米饭最少也总是要有一两个菜就着才能吃。

这么多年，我见过吃馒头不吃菜的，却真没见过吃米饭不就菜的。这可能与米面两种食材的味道有关。

过去农业社会岁月艰苦，烧菜需要油盐酱醋。

农民手头紧，菜、大米都可以出自自家地里，油盐酱醋却是要实打实地花钱去买。

而把菜和米饭混搭在一起烧出菜饭来，却是农民的创举。

一来省了油盐酱醋钱，最多花些盐钱；二来省了炒菜的时间。

所以，说菜饭省时省钱，一点不假。

在我老家有句俗话，说“吃三年咸饭，买一条黄牛”，其实就是因为菜饭省钱。

我小时候，爷爷奶奶常教育我们说，吃三年咸饭，可以买头黄牛回家。

在我老家，我小时候乃至更早以前，菜饭是节俭的一个重要标志。

我故乡先贤高晓声先生的成名作《李顺大造屋》里，就有吃咸饭省钱的典故。

其实，当我阅读《李顺大造屋》这样的作品的时候，我看到的，都是我的父亲这一辈人省吃俭用造房子的影子。

当然，我们后来吃咸饭或菜饭的时候，生活条件已不是那么不堪了。

有时，家人会在菜饭里加上腌过的咸肉。

腌过的咸肉，跟大米一起煮过，米饭的颜色会泛出油汪汪的金色来，加上青菜煮过，或青或黄或白，看着就吸引人。

没有咸肉的时候，就加些盐，吃的时候拌上猪油，照例青白混搭，泛着油汪汪的亮色，煞是迷人。

我小时候就常常被这样的食物迷住。

以至于今天，虽远隔千里，几十年没闻过味了，但一看到文字，一听说，依然不由得口舌生津。

遥向往之。

我爱菜饭，我爱咸饭。恐怕这辈子都不会有什么东西能改变这种偏好了。

拆猪头

过了元旦，离旧历新年就越来越近了。

那才是中国人真正期待的新年啊。

搁过去，那是团圆、美食、穿新衣的代名词。连一无所有的杨白劳，也惦记着给闺女扯根红头绳。

像我这样的饕餮之徒，虽然平素山珍海味早把自己搞得脑满肠肥的，但一到旧历新年，肚里的馋虫便不争气地开始闹腾了。

过年，那是故乡的味道啊。

这不，我又馋起了拆猪头。

拆猪头是故乡乡下大年三十的一道习俗。

我小的时候，过年再穷，买个猪头也是必须的。实在买不起，便和邻居家合买一个。

猪头既可用以祭祖灵央，这使命完成后，也可以当成荤货中的美味佳肴，可谓一举两得。更重要的，是猪头要比其他猪肉便宜。

分田之后，条件始好，每家每户都养猪杀年猪。大年三十拆猪头，便在20世纪80年代后期到90年代，在我的故乡农村，盛极一时，家家户户都焐猪头拆猪头。

1

无论是自家年猪的猪头还是市场上买回的猪头，拆猪头首先要把猪头收拾干净。

猪头上的细毛很多，很难去掉。收拾猪头很费劲。

不过，这难不倒我们。

把猪头洗干净后，放在一张宽凳子上，先用杀猪时用来褪毛刮毛的卷刀（专用刮长猪毛刀，方型，刀刃不锋利，刀背是用刀铁卷成的铁卷筒，以便手握），把猪头上的长毛刮掉。

卷刀刀刃不锋利，适合刮拔长毛，但猪头上细毛特多，不是卷刀所能对付。

当时给猪头脱毛还有一种石头，形似手雷，椭圆两头尖，表面也是坑坑洼洼，全是细麻点，这石头主要用来对付猪头上那些刀刃镊子无法对付的坑洼里的细毛。

方法很简单，就是拿着这石头，使劲朝猪头上坑洼里的细毛砸。说来也怪，这石头砸下去，就是不伤猪脸，倒是能砸下许多细毛。

还有就是用镊子拔猪毛。老太太们帮忙收拾猪头，主要就是用镊子拔猪毛，拔得可仔细了。

不过，用镊子的效率实在不高，年轻人和小孩是没有这个耐心的。比如我和弟弟，就喜欢用卷刀刮和石头砸。

但父亲若有空，则另有法子——用松香烫。松香滴在猪头上，一撕，连着猪头外面猪毛下面那层淡黄色的特别薄的皮也撕了下来，一撕一大片，猪头却不受伤，真正的高效。

不过，并不是所有时候都有松香的。

没有松香的时候，我们曾经用沥青代替过，虽然沥青拔毛也高效，但沥青有一股难闻的臭味，拔完毛洗好多次，都似乎隐隐有其味。

所以，没有松香的时候，我们更多是靠卷刀和石头，靠人力来完成猪头脱毛的工作。

一般拔猪头毛的时候，小孩们都愿意围在边上，七手八脚的，争抢着指点动手，好在猪毛是拔一根少一根。

有时杀猪早，或者买猪头早了，收拾完后，抹上一层盐，挂在院里的屋檐下，任日晒风吹，到年三十下午，便开始焐猪头。

2

大年三十这一天，中午饭后，收拾完灶台，便要开始焐猪头了。

焐猪头就是把灶台上的一口大铁锅里放上清冽的井水，把猪头沉进去，放些姜片，倒进自家酿的米酒，搁上枕腰（用稻草篾条编织的草环，放在锅盖和锅沿之间，木头锅盖和铁锅沿都是硬物，两者之间很难熨帖，热气容易跑掉，耗烧火用的柴。搁上一条草编的柔软的枕腰，就舒服了，热气不易跑出。这做法无意中也让锅里蒸煮的食物增添了自然的稻草清香，故乡一般需要长时间煮的东西，习惯放枕腰），盖上锅盖，先用大火攻。

旧时边上还有风箱，还拉风箱以把火催旺。

乡下烧灶，所谓大火攻，不外是用树枝木材当柴火，这些柴火，火旺耐烧，远胜过稻草，烧麦秸火虽也旺，却瞬间即没，不经烧。

锅开之后，火势就不必那么旺了，搁上几根树枝，放上草结慢慢烧即可。

慢慢地，灶间的热气弥漫开了，肉香味开始钻出锅盖缝隙，钻出枕腰，飘散在灶间，看不见摸不着，但吸一口，香气扑鼻，沁人心脾，浑身舒坦。

故乡焐猪头，很少放其他调料，比如八角大料之类，多以姜片和自酿米酒当家，偶尔会放些茴香。

不过，故乡那个时候的猪头，即便如此清淡，其味之香，充盈天地间，连菩萨也会流口水，更不用说早就在灶间以帮忙为名盯着猪头锅的我们了，吸溜的，都是口水。

几滚之后，母亲或奶奶就会把锅盖打开，热气蒸腾中，弥漫的香味更是馋人，但这时是没我们的份的。

拿根筷子，一戳，筷子戳进去了，拔出来一看，没血丝，烂了。

于是便把猪头先捞出来，盛在一个大瓷盆里，盖上锅盖，暂时把火灭了。

白乎乎冒着腾腾热气的猪头，撅着大鼻子，耷拉着大耳朵，安静地卧在大瓷盆里。

那边外屋，父亲和祖父忙着关上门，摆放小桌子，上面放上碗筷，摆上酒盅，端上豆腐百叶、豆渣饼、猪肉、鸡肉、鱼肉等，然后把稍凉了的猪头端上来，放在中间。

对着猪脸的地上，放上一个草结，这是用来下跪垫膝盖的。

这是祭天地请祖宗，当然少不得要请自家的灶神，俗称灶家菩萨的，保佑来年健康平安五谷丰登。

礼毕，便把菜肴撤下，把猪头端到灶台，倒进锅里，继续用文火焐煮，这个时候，通常可以放蔬菜，比如萝卜。大年三十的猪头萝卜汤，绝对是美味。

有时焐猪头时，通常也会搁上鸡、猪肝、猪心之类，一锅煮了。

3

猪头放进锅里后，很快又滚了几滚，此时，天色已经渐渐有些暗淡了。

父亲来到锅边，挽着袖子，把锅盖掀开。

拆猪头了！

满屋的热气满屋的香味，小孩们兴奋极了。等了一下午，终于等来大戏上场。

刚刚从锅里捞出的猪头烫得很，父亲饱经风霜的老手也难敌这烫。不过，拆猪头的乐趣，便是从烫开始的。

父亲是杀猪的大师傅，自然知道拆猪头的诀窍。

他先一手一只筷子，使劲把猪头分开，然后放下筷子用手去掰开。

依然很烫。父亲用手拨弄几下，吸口气朝手指吹两下，接着又整。

父亲一手扶着猪头，一手用刀切下猪耳朵，切下猪舌头，然后把那些相对完整的猪头肉完整地割下。

父亲的手就像庄子笔下解牛的庖丁一样熟练，刀尖过处，剔骨肉下。

切下的肉、舌头、耳朵放在另外洗干净的盆里。

在当时，这切下的是我们不能动的，母亲会把猪舌头、猪耳朵、猪头肉各切出一盘，作为三十晚上的下酒菜。

去掉大块的肉后，猪头已经只剩骨架子了，但骨架子上还是有些残余的肉和脆骨。

哗啦一声，父亲撕下一根带着牙齿的猪骨头，谁谁，你先啃这一块。然后又哗啦一声，撕下另一根，给另一个人。我是老大，通常要到最后才能分到。不过，父亲分这个，一定会很均衡，反正都是猪头肉，大家都有得啃，倒也不计较。

后来我上了中学，父亲拆猪头时倒是很偏心我，总是先给我。

有时拆猪头的时候，父亲也会逗弄我们兄弟仨。先在骨头上扣下一块纯猪头肉，说谁谁，你拿着，另外俩兄弟急了，纷纷要求，父亲笑着说，别急别急，都有的。

然后悠笃笃地从猪头上扣下另外两块，分给没拿到的。

我和弟弟小时候都极其爱啃这猪头骨，仔细到用手在这骨头上都找不到一丝猪肉。

也难怪，那个年代，只有这一天，或许可以稍微放肆一下啊。

父亲把猪头骨最后分给我们的时候，我和大弟弟都还愿意一边用手撕扯着骨头上的肉，一边招摇着在村里转悠，显摆。

那个年代这个幸福感啊，一直让我认为拆猪头是人生最美好的感觉。

4

如今生活条件大大改善，吃肉已经不算什么美事了。

甚至，今年我父母也没再养年猪了。

但这些年回家，我依然喜欢拆猪头。

虽然，人模人样的，不像小时候那么馋得死盯着不放过。

如今春节回家，父亲也算退居二线，灶台上拆猪头的，换了弟弟，有时干脆是母亲。

我依然喜欢站在灶台边，跟母亲和弟弟说话，一边看着他们拆猪头，一边等着母亲弟弟给我一块猪头肉或者骨头。

我依然像小时候一样，小心翼翼地啃着，撕扯着。

我的女儿也喜欢拿一块然后跑开，就像我们小时候转村头一样，不过丫头断无炫耀之念，她只是爱吃。

有时偶然家里会闯进一个村里人，一看我在啃拆猪头骨，便会大惊小怪地嚷嚷，说：“哎呦，学东啊，你现在是北京人，山珍海味都吃过了，怎么还喜欢像小时候啃骨头啊。”

若过几天在村里碰上，一群人中，这见过我啃骨头的人，就会说：“你们看看，学东在北京这么多年，竟然还喜欢拆猪头。还是家乡好，北京没有吧！”

然后一片“学东没忘本”的叽喳惊讶声。我总是呵呵一笑。

故乡许多人家已经不像过去似的拆猪头了。但我家还弄着。父母每年依然祭祖灵央，用得着猪头。

父母更清楚，我们兄弟至今仍然喜欢这些东西，所以，只要我们回家过年，年三十的焐猪头拆猪头总是少不了的。

哪怕满嘴流油，双手油腻，但齿颊留香，味道永存。

这也算是人生之幸吧。

蒸团子

故乡进入腊月，过年的气氛越来越浓烈了。

乡下人的传统观念根基深厚，虽历经政治运动及经济活动的冲击，却摇而不倒。

所以，古有“礼失求诸野”之语。

过年的传统，在中国，如今也大致只能在乡下才有所见闻了。

蒸团子，便是我苏南故乡乡下古老生活方式的一种。

有多古老，我不知道。从我有记忆起，哪怕最穷的年代，过年时也少不得蒸些团子，往上，过去应该也是一样吧。

我很怀念小时候经历的蒸团子的场景，烟雾缭绕中，发自内心的欢声笑语，其乐融融，甚至比过年都热闹。

1

蒸团子在过去是非常隆重的一件事。

进入腊月之后，家里的长辈们就要为过年蒸团子做准备了。

男人负责砍柴，把无用之树劈开，树枝折断，弄成可以塞进灶膛的枝团，捆好，放在屋檐下让太阳晒干。

然后就是买回白萝卜。那个时候买白萝卜，是用苗篮买的，这萝卜不仅可用来做团子的馅，还可以当过冬的主菜。

剩下的，主要就是女眷们的活了。

每到这个时候，我奶奶和母亲便会张罗着，把晚稻米或者糯米淘洗干净，把洗干净的匾放在两张长凳上，把洗干净的米倒进匾里，摊开，让冬日阳光晒着。

之所以不把匾直接放在地上，而用凳子架起来，是怕狗踩踏，怕人走过带起的脏东西。

晒干以后，便是把米磨成米粉。最初的时候，磨米粉也是要用石磨的，不过，这石磨跟北方用驴拉人拖的大石磨相比，要小许多，可以放在匾里，一边磨，一边用一把特别小的专门用来掸扫米粉的笤帚，把米粉归聚起来，再用一面小“绷筛”（筛子的一种，专门用来筛米粉，底是一种特别的有弹性的材料，俗称绷纱，筛眼特别细小，比针尖还细，所以只能漏最细微的米粉末），颗粒稍微大一些的，便过不去，于是重新倒在小石磨里磨。

这是一个非常苦的活，男人们通常不干的，我家都是我奶奶、母亲，以及没出嫁的堂姑帮着磨。

想想当年，做一次团子十几蒸笼，需要磨多少米粉啊，这工程确实够大的。

所以，难得一次这样做团子，自然足够隆重热闹的。

后来有了碾米粉的机器，由爷爷、父亲或者堂叔挑去灌溉站碾成米粉，奶奶、母亲她们才稍微得到些解放。

除了准备好米粉、柴火之外，蒸团子的蒸笼，也要从收藏间翻出来，去年过年用完之后，除非办酒席，一般蒸笼是用不着的，所以通常都收藏在储物间，一年下来，上面灰尘等都有不少，甚至还有蜘蛛网。拿到河里去清洗干净，同样搁在阳台下，靠在墙上晒干。

到蒸团子的前一天下午，女眷们挎着篮子，到河边自家的高埂地上的杆棵里，用剪刀剪回一大篮子或青色或淡棕黄色的杆棵叶子回家，到家后把它们用剪刀剪成半尺或八寸长短的段子。剪的时候要小心翼翼地，这杆棵叶子边沿很锋利，拉手，一拉一条口子。

剪好的杆棵叶子，先用河水清洗，然后回家浸泡在井水桶里。

蒸团子的前奏工作，准备就绪了。

2

蒸团子一般要挑选日子，故乡人选择腊月廿六的最多。不过，如今做团子对日子已经没有过去那么讲究了，过了腊月二十，只要有闲暇，就有人家开始做了。

过去我家做团子时，一般都会提前定下日子，选腊月二十六比较多。我家人多，做团子时通常要找人帮忙，所以，得提前定下日子。

头天晚上，家里人通常就把白萝卜擦成了丝，用纱布或毛巾包住把萝卜水挤掉，满满一大脸盆，过油简单炒一下，然后拌上猪油渣（或肥瘦相间的碎肉末）、酱油、盐，味道要略咸一些，因为包在米粉里，要过一个春节，若现在味道合适，时间长了，会没味的，当然也不会咸太多。

拌萝卜丝肉馅的时候，通常会拿几根青蒜，切成碎末，撒在里边，顿时蒜香味夹杂着萝卜味和油渣肉末味，扑鼻而来，食神心动。

这个时候，我们小孩总是少不得以尝尝的名义，要求大人夹几筷子给我们吃，一副馋相。

尝完之后，大人通常会把脸盆放在桌子上，用盖剩菜剩饭的竹盖盖上，防止猫和老鼠偷食。

第二天上午，早饭之后，把青菜洗好，开水焯过之后，剁碎，用纱布或毛巾包住把水挤掉，然后加上油渣、肉末、盐之类，在大脸盆里一拌，便做成了青菜猪肉馅。

剁馅也非易事，时间长了，手掌疼，胳膊疼。我年轻时也会使双刀剁馅，但不如弟弟灵巧。

做团子时，量最大的通常是萝卜丝肉馅，接着是猪肉青菜馅。

还有两种馅也要准备好，一种是黑芝麻馅，一种是豆沙馅。

黑芝麻和豆沙的原料赤豆都是自家种的。做法简单，却也费事。

比如黑芝麻馅，先把芝麻洗干净，沥干，然后把芝麻炒熟，接着放在碗里用木勺头捣碎，芝麻本身是油性的，能榨油，捣碎的过程，也能出些油来。

芝麻成碎末之后，加糖，也会稍许加些猪油，猪油香啊，拌匀了，馅差不多就好了。

做豆沙馅时，把赤豆洗净，先浸泡，到做馅的时候，把赤豆放锅里加水煮熟，此时汤色浑浊，赤豆也已变软烂，然后捞出来，放进淘米的竹箩或者盆里，弄细碎，把颗粒和豆皮过滤掉，然后用纱布毛巾之类包住，把汤水挤干，再加糖过油，油不用多，豆沙馅大致也就做好了。

我个人不太喜欢豆沙和黑芝麻馅，吃得少，所以家里人做的过程，关注少，或许做法记忆有误差。

我的最爱是萝卜丝肉馅的，其次才是青菜肉馅，这两者都没有的时候，青菜青豆馅和黑芝麻馅才是我的选择。

过去做团子时，还要做青团。我家原来也种一种植物叫“绿苎头”，学名是什么乡下人也不懂，但它的叶子叶绿素很多，是故乡过去天然的食物色素。

做团子时，把绿苎头捣烂，用纱布或毛巾包着把叶子的汁水挤出来，做团子时，就把这汁水混杂在米粉中，揉成粉团，做出来的团子便是绿色的。

我小时候也爱吃绿苎头团子，不过绿苎头通常用来做黑芝麻馅和豆沙馅，做萝卜丝肉馅的少。

我女儿很好奇，也很稀罕，很喜欢绿苎头团子。

如今家里已不种了，冬天做团子时，都是父亲去街上买几张绿苎头叶子回来，街上有卖的。

3

准备妥当之后，吃过午饭，天气暖和，家里人和请来帮忙的亲戚或者村里邻人，都洗净了手，围拢到屋里来。

灶台上的几口大铁锅里，都已经加满了水，灶膛边上堆满了树枝柴火和豆秸草结，火开始烧起来了。爷爷今天的主要任务就是负责烧水。

这边厢，灶间的外屋，几张长条凳已经摆开，上面搁着门板。

两面大铜锣匾（形似铜锣，主要用来晒米、米粉之类的）架在门板上，铜锣匾四周一圈也是长凳方凳的，主要是做团子时人围坐而用；地上放着米粉袋子，袋子里开着口子的地方可以见到里边放着升箩（一种盛放东西的衡器，形似斗状，比斗小许多，是斗的具体而微，通常容量比海碗要大许多）；旁边的长凳上叠放着一摞蒸笼，地上放着一个木桶，里边有清水，清水里浸泡着剪好的杆棵叶；桌子上一溜排开萝卜丝肉馅、青菜肉馅、黑芝麻馅和豆沙馅。

一开始动手的人少。通常奶奶或母亲首先动手，用升箩盛了满满的一升箩米粉，倒在铜锣匾里，嘴里还念念有词的，算是开工。

通常主家做团子之前，今年要做多少笼团子，是有筹划的，所以，加米粉的活，必得主家当家女人来做。

袋子里的米粉越来越浅，米粉袋子上半段开始耷拉了，两面匾里的米粉却越来越多，出现了尖顶，奶奶和母亲通常会对望一下，商量似的说，差不多了吧。

于是，把形似尖顶的米粉堆摊平，尤其是在中间留了一个大洼地，然后弄米粉的人躲开，那边就有人喊着“热水来啦，让开点，小心烫着”，用大铜勺端着一铜勺热水便倒在了匾里米粉堆的低洼处。

几勺热水下去，匾里热气蒸腾，边上的人赶紧上去，把周围围着的米粉推盖到开水上，然后开始揉米粉。

米粉这东西也怪，必得用开水才能揉成团。于是，这边厢两面大铜锣匾里，各有一双有力的手在揉着米粉，边上站着的人随时准备加水添粉。有些人家经验手艺不足，水加多了就加粉，结果越弄粉团越大，远超了预期。

我奶奶和母亲都是细心管家的人，自然不会由着浪费，一般都掌握得很好。

加水之后，米粉越揉越有韧性，一开始米粉团外面毛乎乎的，就像散开的鱼鳞般，还在不断地簌落落地往匾里掉碎块，随着开水的滋润，这些散落的鳞块也就一点点被揉进了粉团，粉团外观开始变得顺溜了，还得继续揉，累了换人揉，直到揉熟了，一掰开，米粉全成一体，再没有一丝干米粉的模样，这米粉团就揉好了。

揉米粉是个累活，通常揉的人都出汗，要脱棉衣。

当然，灶间烧水的热气也能发散过来，使外屋温暖如春，虽然外面是三九严寒。

气氛越来越热烈了。

4

米粉揉好之后，做团子正式开始了。

通常首先做的是萝卜丝肉馅团子。把馅盆端着放在铜锣匾里，或者匾边上的门板空档上，盆里插着几双筷子，这是用来夹馅的。

女人们围坐在两面匾周围，准备动手。

每面匾里，都有一把菜刀，菜刀是用来切米粉块的。边上还放着浅浅的半升箩生米粉，这主要用来撒在匾里，以免揉米粉、切米粉块时粘在匾上。

大人把蒸笼搁在凳子上，小男孩们已经迫不及待地把木桶里的杆棵叶段铺排在蒸笼底部。这杆棵叶主要功能是防止团子熟后粘在蒸笼底上拿不下来。

通常奶奶和母亲各坐一面匾边，堂姑和其他亲友乡邻坐边上。奶奶和母亲切下一块米粉团，再揉几下，一点点搓长了，粗细跟我手腕差不多，然后用菜刀切成一块一块的，其他女人就拿着切下的米粉块合在掌心搓揉，把它先搓圆了，然后用两个大拇指往中间一压，压出坑来，再用两个大拇指压着粉团的内侧，其他手指分别压着外侧，一边转动一边压着，大拇指压着的坑洼越来越深越大，粉团的四壁却越来越薄，当然，也不能太薄了。

做团子时，粉壁厚薄还是很讲究的，涉及做团子的水平。太厚了，团子不易熟，且里边能包的馅太少，不好吃；若是太薄了，里边包的馅太多，容易破漏。

萝卜丝肉馅的团子底部是圆平的，然后捏出一个近似圆锥形的形状来，都是有尖顶的。这是为了把萝卜丝肉馅团子与其他馅分开。至于为什么过年的时候选择萝卜丝肉馅团子做成圆锥形，我也不知道，只知道打记事起，就是如此了。

做好的团子，边上的小孩就拿过来，放在蒸笼里的杆棵叶上。通常先沿着蒸笼的边沿摆放，形成一个大圈，然后再摆里圈，一圈一圈，整整齐齐的，直到摆满。

摆满之后，大人又在上面搁上一个蒸笼，小孩们重复着把杆棵叶子铺上，接着摆放团子。

做团子时很热闹，除了家里人就是亲近的朋友和邻居，算是一项以家族内部女性为主的集体活动。彼时各种八卦传闻、各种说法，都在搓团子时热闹地表达了出来，真的有过年的气氛。

一般摆满三四蒸笼后，一直在灶膛里默不出声烧火的爷爷，便把铁锅上摆上稻草枕腰，铁锅里都是满满的干净的开水，然后过来把装满团子的蒸笼端过去，叠放在枕腰上，盖上专门的蒸笼盖，然后坐回灶膛，专心添柴烧火。蒸团子需要旺火，火越旺越好，所以用的都是树枝柴火。

萝卜丝肉馅做完后，接着做青菜肉馅团子。做法大致与萝卜丝肉馅类似，不过，青菜肉馅团子形状不是萝卜丝肉馅的圆锥形，而是圆形的。

青菜馅团子熟后，当时吃最好，那个时候，菜馅还是青绿诱人的，但放的时间一长，尤其一旦回锅，菜馅必然变成了烂黄色，一口下去，再也没有青绿，而且馅太柔烂，卖相就不好了。

不过，因为青菜都是自己种的，不用钱买，所以过去青菜馅团子做得其实不少。好不容易能够有好吃的，还穷讲究什么呀，能有吃就不错了，这是当时的普遍想法。

做黑芝麻馅团子时，也以圆形为主，不过，若是做了青菜肉馅的团子，芝麻馅团子通常要委屈一下，就以扁圆居多了。

至于豆沙馅，大多是用绿苎头汁液糅在了米粉里，用染绿了的米粉做成团子，通常就说是绿苎头团子，大多是豆沙馅。

为何这么分，我也不知，只能说是农民世传的智慧吧。

5

这边一蒸笼一蒸笼的团子做了出来，尖顶的，圆乎的，扁圆的，白的绿的，蒸笼不够用了。

那边灶间热气腾腾，满屋雾气，米粉熟透后的清香随着热气也弥漫到了外屋。

外屋里的女人小孩都是满脸通红，浑身发热，似乎有使不完的劲。

爷爷在灶间喊一声“好啦，把地方挪出来”，这边便赶紧腾出几张长凳来。

爷爷掀开蒸笼盖，热气轰地扑面而来，先紧闭眼睛，然后睁开，使劲吹几下，把蒸笼盖放在边上，双手扶着蒸笼两侧的把手，端下，端到前屋空出来的长凳上，一屉屉排开，外屋也顿时笼罩在蒸腾的热气中。

小孩们拿着大蒲扇，使劲扇着，把热气扇开，给蒸笼里的团子降温吹凉。

稍微凉一些，嘴馋的女人孩子，便已迫不及待用筷子夹起了团子，或者用手拿着杆棵叶，团子就粘在杆棵叶上。

“馋煞哩，小心烫着！”奶奶和母亲关切的吩咐隐含着笑意。

咬一口，哇，一边嘘溜溜地吸凉气，一边不停地让咬下的那口米粉团子在嘴里翻滚，免得烫着。

待蒸笼里的热气渐渐散尽，做团子的女人们都放下手里的活计，每人夹起一个尝鲜，连爷爷也拿着筷子过来了。

若是有村里人过来借东西，看到了，也随便尝。

这滋味，真是快意在嘴里，更美在了心里。

冬天天冷，团子晾着，很快就凉了下来，小孩的任务便是把凉了的团子连着杆棵叶放到另外洗净的匾里，继续晾着，腾出的蒸笼，则重新铺排上新的杆棵叶子，继续放团子。

灶间里，爷爷则继续开火，蒸团子。

我们家最多的时候通常要蒸十几蒸笼，算是量非常大的。

凉透了的团子，若是暴露在外面，天冷风吹，容易裂开，所以通常都是连着杆棵叶子放在水桶里，水桶里盛着井水，用井水浸泡着，不易坏，可以经过一个春节。

做好团子以后，每天做早饭时，问好家里人每人需要几个团子，用米粉熬点清汤“糊粥”，把团子加在糊粥里热透了，便是极其简单的美味。

如今冬天，许多人家不愿意熬糊粥了，就是用清水将浸泡的团子一煮，熟了即可。

有时也会加几个团子在熬的米粥里，或者蒸饭时，在饭锅上蒸上几个。

除了做带馅的团子，那时过年家家户户还要做没馅的团子，当然个小了，比我们小时候玩的玻璃弹子稍大一些，称为细团子，俗称“谢宅子子”，蒸熟之后凉了都缠在一起，造型就像一串串巨大的白葡萄，通常也要浸泡在水里，吃法与有馅的团子同。

之所以称“谢宅子子”，是要用来谢宅的，谢宅是故乡一个古老的风俗，类似于炅央。

我小时候不喜欢吃没馅的细团子，长大后吃糊粥里的细团子，就着咸菜，觉得韧性蛮好，还是很有米粉的自然香味的。

过去做团子时，家里还做年糕，也是用米粉做成宽长条的形状，蒸熟后储存的方法跟团子一样，吃的时候切成片跟糊粥米粥一起烧，至于上海本帮菜里用年糕来烧菜，我家乡下人过去没见识过，所以没做过。我至今也不喜。年糕是米粉做的，有黏性，炒菜有点黏黏糊糊的，不清爽，没劲。

不过，倒也有把年糕切片晒干，等爆炒米的来了，用来爆炒米的，但这多少有点奢侈了，我们很少这样做。

6

团子全部蒸好，过来帮忙做团子的人也吃饱了。临走的时候，通常还会带几个走，回家让家里人尝尝。

春节前，母亲通常还会准备一些干团子，让父亲送给他的那些有镇上的居民户口的朋友，他们平素都没少给我父亲帮忙。

镇上那些吃公粮的人家，虽然过年也会做些团子，但绝对不如乡下人家做的可口，数量也不会多，不像乡下人表现得“豪奢”。

虽然几个团子不值钱，但礼轻情意重，这只是一份心意。

我后来客居北京，都会想念故乡的团子，尤其是母亲做的萝卜丝肉馅团子，是我的至爱。

每年春节回家，都要吃好多母亲做的萝卜丝肉馅团子。通常每顿早饭都要吃四五个，弄得村里的壮劳力都惊讶咂舌。

我节后返京，母亲总要在蛇皮袋里给我装上二十来个萝卜丝肉馅团子，死沉死沉的。不过，到京之后，没几顿，便给我消灭了。

我老是嫌麻烦，不愿带。后来岳母知我好这口，也学着给我做了两顿，不过，因为环境关系，因为做法的差异，虽然也是美味，却与我记忆中的味道还是有些距离。

但解馋还是可以的。

其他季节回家，母亲有时也会给我做几个青菜馅团子做早饭。如今在北京，我去常州宾馆吃饭，总会吃一个青菜肉馅团子，同样只能解馋。

毕竟，只有那柴火灶台上蒸煮出来的味道，飘散的才是故乡的味道、亲人的味道啊。

年 夜 饭

打我记事起，年夜饭一直是我人生中最为期待的一顿饭。

从年少时对肆无忌惮享受美味的期待，到年华渐去对山珍海味也厌倦之时，年夜饭几经变味，却始终是我这个饕餮之徒一年中最重要的一顿饭。

虽然西风东渐，新风浩荡，但在我的故乡，苏南常武地区乡下，年夜饭依然残留着一些古老的传统。

年夜饭是一年中一家里最盛大隆重的一顿饭，仪式感也极强。

通常，年三十午饭之后，家里的女人们都要忙乱起来，准备年夜饭了。当然，猪头是要早早焐上的。

其实很多东西早都已经准备好了，但女人们照例还要忙乱一番，尤其是收拾那些蔬菜，青蒜、青菜、水芹菜。

小孩们则屋里屋外跑来跑去，兴奋热烈，焦急地期盼着夜幕降临。

到得傍晚，是炅央的时候了。大人们关上门，用猪头、鸡、鱼、豆腐百叶、豆渣饼（故乡用豆沙做的一种特色小饼，也可入菜）等，安静地请过祖宗，谢完老宅，敬过灶家菩萨（灶神），收拾完，年夜饭就要开始了。

按最古老的传统，年夜饭其实就是一家人围坐，食用的是用来炅央祭祖的菜肴。先敬先人仙人，后犒赏自己，也是一举两得，没有浪费。

我和弟弟小时候不懂事，除夕夜常常不愿吃炅央时摆放的菜肴，认为上面有“祖宗的口水”，老惹我祖父母生气。后来父母息事宁人，把炅央过的菜再热一遍，也就折中了。除了豆渣饼依然不肯碰外，我和弟弟也就兴高采烈地吃起炅央过的菜肴了，再也不忌讳“祖宗仙人的口水”了。

年三十的晚上，按照老规矩，无论兄弟几个，是否分门立户、开枝散叶，年夜饭都要在一家中辈分最高的人家里吃饭。所以，过去经常有年三十要坐几桌的情况。这种情况如今也有，但已经比较少了，很多长辈的权威不在了，也有年轻人不太孝顺不买账的情况。

我父亲是独子，不过爷爷有兄弟，过去也曾有多次请堂叔堂姑们一起过年的情况。

我小的时候，江南人家，过去都用八仙桌，平素座位有讲究，就像忠义堂上要论资排辈似的，年三十也不例外。

一张八仙桌，碗筷调羹摆正，我们兄弟几个早早地占据了两侧的几个位置。坐北朝南，是中国最重要的位置，通常是家长坐的，当年我家这位置，自然是我祖父一人独坐。父亲和身为长孙的我坐侧面，东向而坐，祖母和大弟弟西向而坐，背向门口的位置，留给了年三十仍要操持辛苦的母亲和小弟弟。

不过，如今家里已不讲这些老规矩了。年三十晚上，通常是我和弟弟兄弟俩放肆地高踞面南背北位置，父亲和母亲东向而坐，女儿则或跟我太太面西落座，或跟她婶婶背南而坐。

过去是母亲现在则是弟妹坐南面北，主要是为了便于往返灶间和厅堂之间，热菜热酒，端菜上菜，都是她们的任务，看起来，多少还有过去男性社会古老传统的残余。

男人小孩落座的时候，桌子上已经有许多菜了，但女人们还是不断地从灶间把一道道菜端上来，除了青菜。

过去过年的时候，尤其是分田之后，乡下家家都会杀年猪，所以，年夜饭的饭桌上，当家菜品，大多与猪肉有关，冷盘更几乎全是以猪身上部位为主的荤货。

比如我家年三十的冷盘，至今最多加些海蜇花生之类，与过去相差无几。

不外乎猪鼻子、猪眼睛、猪耳朵、猪舌头、猪尾巴、猪肝、猪心、猪吊子、猪肠子，等等。当年乡下，人心尚古，假冒伪劣几乎没有，更何况猪算自产自销，品质更有保证。配上酱油碟，至今犹是我的挚爱。每年春节回家，我总是管不住自己挑剔的嘴。

冷盘素菜只有一份，冬芹，洗净切段，水一焯，在盘子里码放整齐，边上放上一碟酱油，便是一道爽口好菜。

芹菜好吃，可天寒地冻的季节，种冬芹挖冬芹都是无比辛苦。我家当年种冬芹的时候，平素都舍不得吃，只在除夕和过年来客时才吃。卖芹得钱何所营？身上衣裳口中食。颇有“遍身绫罗者，不是养蚕人”之味。年三十吃芹菜，一来爽口，二来也算自我犒赏。

与北方猪蹄常当凉菜不同，常武地区的猪蹄，俗称猪脚爪，多是热菜，尤其是年三十的猪蹄，有讲究。

猪蹄烧熟后，大多和猪肉圆一起炖，年三十通常要用猪前蹄。猪用前蹄刨地，往回收拢。用猪前蹄做菜，以其功能，取其意，俗称“扒财”菜，所以，猪前蹄通常会剁成多块，让家里人都能吃到，尤其是当家的劳动力们。吃了猪前蹄，招财进宝，来年定发财。

穷苦惯了的乡下人，对财富自然有渴望。

除夕夜的餐桌上，另一个与财富有关的菜品是百叶，也有地方称千张、豆皮，是豆制品。故乡过去有用豆皮包着肉做成春卷形状的菜，俗称百叶结。不管是百叶结，还是豆腐烧百叶，还是怎么烧，豆腐百叶都是年三十不可少的一道菜，炅央祭祖都要用。

百叶是一层层压出来的，年三十做菜取其形意，像一张张钞票一层层钱财，吃了百叶，也是发财之意。

当然，豆腐百叶成为除夕夜的当家菜，除了豆制品好吃，也讨口彩外，还有一点，毕竟本地家家户户自留地田埂上也种黄豆，可以交一点工钱用黄豆做豆腐百叶，也可以直接用黄豆换，省了现金，这也是农民的精细之处。

至于肉圆，在当年平时荤食很少的时候，那是绝对的美味，而且，肉末搓成圆，除夕之夜上桌，取其形音，也有团团圆圆，完完美美之意。

鱼自然是少不了的，取其音，年三十吃了鱼，年年有鱼，年年有余。

与许多人家除夕夜都用大鱼烧菜不同，我父亲是打鱼的师傅，平素吃鱼较多，年三十时，我家更多烧鲫鱼、鳊鱼或白条，这些鱼在故乡，过去都算淡水鱼中的精品。或红烧，或用青菜、水腌菜配着烧。

在蔬菜里边，有一种菜是大年三十的餐桌必不可少的，那就是豆芽菜。

豆芽菜尤其是黄豆芽，形似中国传统器物如意。豆芽菜很多，平素算得上是灰姑娘菜，不算值钱，取其形意，年三十一步登天，恍若穿上水晶鞋的灰姑娘，一下子变成了餐桌上必不可少的如意菜。吃了如意菜，年年吉祥如意。遇上小孩挑食不喜欢吃蔬菜，大人也会强逼着小孩吃口如意菜。

除了这些寓意着发财、团圆的吉祥如意的菜品外，除夕夜的餐桌上，故乡的那些传统菜品，扣鸡、青蒜炒肉丝、猪头煨萝卜等，都是必不可少的。

萝卜便宜，其量够大，大铁锅里和着猪头一炖，味道鲜美，随时可以添加，不怕三十晚上空碗出现。

喝完酒吃饭的时候，还可以随意添加，炒个青菜或者芹菜之类的。现在条件好些，除夕夜的餐桌上还经常有些虾、冬笋等，过去也是珍贵菜品，我们小时候想都不敢想。

前些年父亲还捉黄鳝时，他老人家总会把几条野生黄鳝养着，有觊觎缸里养着的黄鳝的朋友，父亲严肃地告诫，这是留给我北京的孙女的，谁也不敢动歪念。等我们回家时，除夕夜烧了，或红烧，或清汤，都是至美之味。

除夕夜，全家围坐，酒自然是少不了的。

我的故乡虽然不产什么名酒，却也盛行做酒，尤其米酒，故乡过年之前，乡下人家，几乎家家户户必做。

我祖父酒量不大，但好酒；我母亲善饮，也爱做酒，所酿米酒，年年都是佳酿。虽然家里也有各种各样的酒，甚至有我送给母亲的名酒，但除夕夜，我们都喝母亲家酿的米酒。

在凉菜上桌之后，酒其实也早已在八仙桌后面的长案上准备好了。过去常用的是铜壶烫的酒，后来时间长了，铜壶破了，乡下人用的越来越多的是煮水用的铝壶，现在干脆用盆盛着。

我祖父喜欢温酒，不过他老人家在世时，也就是用盅子小咪。母亲、我和弟弟都喜欢凉酒，故乡有说，“凉酒热肚皮”。我们喜欢用碗喝。

一家人围坐，第一轮酒必定得全家一起举杯，不喝酒的小孩用饮料，庆祝一年辛劳有得，全家平平安安。

虽然都是一家人，也少不得来回敬酒，年轻人向父母长辈表达感谢问候，长者也用酒表达对晚辈的关心爱护。

一边喝酒，一边会聊些一年中各自遇到的事情，身体怎样，生活怎样，工作怎样，平素信件电话里都不谈的事情，年夜饭喝酒时，都会竹筒倒豆子般流泻出来。

故乡冬天很冷，没有暖气，热菜很快就凉了，男人们一边喝酒一边聊天，我母亲也陪着我们兄弟俩喝酒，女人们忙乎着热菜倒酒。

按故乡的规矩，凉碟即便空了，可以叠起，垫在其他菜碗下面，也不能撤下桌，只有热菜吃完了，才能撤走。可大年三十，家里又怎会让餐桌上的碟子碗里空着！

通常，大年三十那顿酒，是我一年中最放松的一顿，尽管我每年都喝得醉醺醺的。

酒酣耳热之后，最后一道菜，常常是血旺汤，猪血烧汤，加点醋，成了酸汤，那是故乡有名的醒酒汤，至今都是我的挚爱。

我的太太是北方人，北方人年三十吃的是饺子。在我的故乡，不吃饺子，带皮的，只有在小年夜或除夕中午吃馄饨的习俗。

馄饨有皮有馅，按老辈人的说法，吃了馄饨，来年就有新衣服穿。这是困穷年代讨口彩的说法，也是对美好生活的向往。

至于除夕夜的年夜饭，一定要煮米饭。我曾经跟太太开玩笑地辩论，年夜饭年夜饭，不吃米饭哪叫年夜饭。不过，故乡除夕夜的米饭，却另有说辞。

按过去的习惯，年夜饭到最后，全家每人都要吃一点米饭。我们小时候菜吃撑了，常常不想再吃米饭，但长辈一定会劝诱着多少吃一点，哪怕一筷子也行。

无他，年三十吃了年夜饭，一年才算圆满，这也意味着来年一定有吃的，能吃饱，不会饿肚子！

虽自小生长在鱼米之乡，上天眷顾，物产丰饶，但在过去，我们经历过很长时间吃不饱的生活。

一年之中，也只有在大年三十的餐桌上，孩子们才得以放纵地吃着荤食，家里的大人们也只有这个时候，才不会去管孩子们胡吃海塞，相反，是用怜爱高兴的目光，鼓励孩子多吃。

多不易啊。所以，我们年少的时候，才会那么期待那顿年夜饭。一年才一顿啊。

今天的孩子们，我的侄女和女儿，以及她们的同龄人，他们自小生活在富足的环境里，可能很难理解我们当年那种期待过年的感受了。

今天我依然对故乡和母亲弟弟做的年夜饭充满着期待，但我更期待的是，大年三十，全家老少，围坐在故乡大屋的八仙桌边，一起喝着自家的米酒，一起话家事叙亲情。

这才叫过年，才叫团圆、完美。

记忆中的地盘青

地盘青，大名金花菜，学名苜蓿，也称黄苜蓿，别名草头、秧草。

地盘青是我常州武进老家的叫法，也可叫土名。从小叫习惯了，也就顺嘴叫了下来。

前些日子太太回武进，从家里带了些过来。

按太太说法，绿得那么可爱。

太太连续炒了两次，我连续两次回家吃饭。只是此前我未教太太地盘青做法，太太老北京，不太会炒南方菜，不过虽然简单，倒也是原汁原味的。炒的地盘青，大多是被我吃掉的。

1

我曾经写过有关荷花郎的记忆。

地盘青是荷花郎的近亲，它们都是苜蓿，属豆科。

据说苜蓿产自印度，由张骞出使西域时带回的。

《汉书·西域传》记载：“汉使采苜蓿归，天子益种离宫别馆旁。”亦可见苜蓿栽种历史之悠久。

荷花郎开的是紫花，所以也称紫云英。

地盘青开的是金黄色的花，所以也称金花菜。而且，地盘青相较荷花郎，茎显得单薄纤瘦，个也没那么高大，多伏地而长，所以俗称地盘青。

地盘青秋冬撒种，如今不需大棚，春节也可食用。

待其开花，一片翠绿之上，一抹金黄色小花，风过摇曳，光艳夺目。

荷花郎在江南，主要用来肥田喂猪，人民公社时期，各村都大面积栽种。地盘青其实也是一种绿肥，不过，我小时候很少见有大面积栽种的。只是在房舍自留地边角有些栽种。

地盘青和荷花郎一样，均可食用。我小时候也吃地盘青，不过吃得不多，还不如从生产队地里顺手牵来的荷花郎多。

所以，我对地盘青的熟悉程度，远不若荷花郎。

谁让我们小时候从来没有偷过人家的地盘青，却都偷过生产队的荷花郎呢！

我到北京之后，看到北京花坛里有一种绿植，常犯迷糊，太像地盘青了！

茎叶像极了，伏地而长之势像极了，连春天开的，也是黄花！

有笑话说，北京朋友到苏南，苏南朋友用地盘青做主菜配菜，招待远客。

北京朋友夸地盘青好，问为何物。

几番连比画带解释之后，北京朋友点点头，说知道了，问，有照片么？

有。

北京朋友带了张地盘青的照片回京。

过了几天，北京朋友给他苏南朋友打电话说，那玩意儿他们小区有的是，他晚上顺手从花坛里薅了一把回家，洗净一炒，味道还蛮像的。

当然这是一个善意的笑话，但别说笑话里的北京朋友，连我见了都还被迷惑过呢。

我至今不知道北京路边花坛或树底下那长得极像地盘青的绿植为何物，但想来，它跟地盘青应该也是近亲吧！

2

地盘青的做法，通常有素炒、烧河蚌肉，及烧河豚时当配菜等等。

素炒地盘青，我通常是洗净沥干，切段，把油烧热，倒入地盘青，快速翻炒，先加料酒，后放精盐，待色泽变深，便可起锅了。

素炒地盘青，若是能放入家乡自酿的米酒，味道更好。这才是真正的原味。

我太太不知道放些酒可以调味，我也忘了叮嘱她。

不过，北方许多人不习惯素炒的地盘青，嚼在嘴里，似有些淡然乏味，既没有经冬的青菜那般甘甜易烂，也没有马兰荠菜之类的有一种独特的涩味，颇像清汤寡水似的。

我家丫头便不甚喜欢地盘青。但那是她少不更事。连我太太对地盘青当下还只是好龙的叶公，还没真正品尝到地盘青的好来。

其实，故乡的那些菜蔬，都是别有特点的。地盘青清口解腻，沁人心脾。

如今已是早春二月，地盘青烧河蚌正当季。

把河蚌切小块，与豆腐、地盘青一道炖，那是故乡名菜，神仙过往，闻到也要流口水的。

虽然我打小不甚喜欢吃河蚌肉，但我去北京朝阳门外的常州宾馆，还是常常要点一份河蚌豆腐地盘青，以慰馋虫思乡之苦。

吃河豚如今在北京都已经滥大街了。很多所谓做河豚的饭店，做的河豚都不配金花菜（地盘青）的。

比如河蚌，若没有地盘青，也可用菜薹，味道也不差。但若红烧河豚不配地盘青，总是差强人意。

须知，早年北京还不允许公开售卖河豚怕中毒时，故乡贪嘴之人相约，总说有金花菜来了，其实就是吃河豚去。

红烧河豚所以配金花菜，一来金花菜去油，清口解腻，更重要的，还在金花菜解毒。

这金花菜，是粗纤维植物，有助于消化。古人便说其“利五脏，轻身健人。洗去脾胃间邪热气，通小肠”，吃了容易消化排泄陈食，当然也算是有解毒功效了。

分田之后，家里荷花郎和地盘青都不种了。

当绿肥，虽无害，却不经济。当食物，也不若青菜产量高，同样不经济。

不过，这些年，家里的地盘青又种得多了起来了。不是要当绿肥，而是当食物。

我家地头场前和葡萄地里都有，春节回家时就长得很喜人，弟弟差不多每天都炒一份。

不过，每次我看到北京花坛里的那些形似地盘青的绿植，想起那个善意的笑话，心里也总有一番暖意。

好歹，在远离故乡的地方，还能见到如此貌似熟悉的旧物！

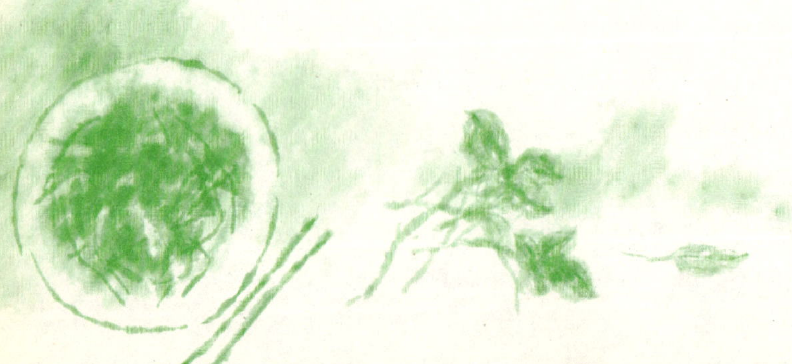

挑荠菜

1

日日思归饱蕨薇，春来荠美忽忘归。

传夸真欲嫌荠苦，自笑何时得瓠肥。

人人都爱荠菜。

连大名鼎鼎的陆游，都爱春荠而忘了归乡之思。可见荠菜之讨人喜欢。

在许多人的印象中，荠菜是江南故乡的特色菜肴。我原来也一直这样认为。

早年在北京，春夏时节还出去踏青野游的时候，我在北京的公园及野外的河道边曾经发现过它的踪影。

不过，彼时国人饥饿的记忆尚未远去，还在全民追逐吃肉的时候，荤腥油水尚不足，自然无多少人关注那些野草野菜，尤其在城市里。加之彼时经济还不够发达，环境尚好，野外空间尚有这些野草的一席之地。

就是在那个时候，荠菜，主要是野生荠菜，成了故乡餐桌上的美味。

除了江南人日子过得精细之外，这荠菜还是一种救命之菜。《中华药海》介绍说："荠同齐，齐者济也，此草饥荒时能果腹延生，战伤时可止血活命，功勋颇大，作用齐全故名。"

我从小知道马兰叶揉软色变后贴于创口可以止血，但荠菜亦可止血，小时候却从来不知道，没有听大人口耳相传过。

不过，荠菜能果腹延生，倒是自小知道。经过饥饿年代的人，谁人不知那些能够救命的野草、树叶，又岂止荠菜！

晋人夏侯谌有《荠赋》，写荠菜品质之高洁：

钻重冰而挺茂，蒙严霜以发鲜。

舍盛阳而弗萌，在太阴而斯育。

永安性于猛寒，差无宁乎暖燠。

我倒是从来没觉得荠菜这么高大。荠菜从小就在我们的生活中，伴随我们度过了童年和少年时代。

挑荠菜，便是一种童年和少年时代的记忆。

2

我很小的时候，就跟着祖母堂姑屁股后面去挑荠菜。

苏东坡遇天旱种菜不生之困窘，说“时绕麦田求野荠”，多少与我们挑荠菜的场景有些相似。

挑荠菜，是故乡方言对采摘荠菜的统称，不过就是挎个竹篮，拿把镰刀或者割草的刀铲，去割一些野生的荠菜回家，然后挑拣干净的过程。

那个年代，家里吃的荠菜，都是野生的。

路边那些野生的荠菜，风吹雨淋，太阳曝晒，伏地而长，个矮体小，叶子常有铁锈色。常生长在路边、篱笆边、竹林边。

这路边的菜，若在村头，难免人走脚踩、羊吃鸡啄的，所以长相不好。

不过，这种荠菜量大，随处可见。

弯下腰，镰刀一割，或者铲子一铲，连根割断，捡起来扔在篮子里，没有一点怜香惜玉。

还有一种荠菜，比较类似如今故乡种植的荠菜，个高，叶也肥大，色泽嫩绿，甚至，这样的荠菜有的叶子都不长锯齿。这种荠菜通常掩身于杂草丛中，或者水多阳光照射不到的河岸边，或者桑园里，或者在青菜莴苣地里，躲在青菜莴苣叶下滋长。

挑荠菜的人，最喜这种荠菜，吃的人也喜欢，按故乡方言说法，“哧嫩”，嫩且汁多，最是爽口。

不过，这种荠菜，如上所言，大多生长或隐秘或“危险”之所，找寻不方便。

不过，对于我们这样的乡下顽童来说，寻访起来倒是轻车熟路。

河岸边什么样的杂草丛中通常会有一簇荠菜，桑园里哪些地方会有荠菜，我们心里很清楚，除非被其他人抢得了先手。

最隐秘也是最“危险”的，通常在别人家的菜地里。尤其是青菜老了，割掉之后，青菜荫庇下的隐秘世界暴露在光天化日之下，原来躲在青菜叶子下滋长的荠菜，也就无处藏身了。

不过，一般村里人的菜地里，通常不愿意别人进去割草，更不用说挑荠菜马兰了。

虽然荠菜马兰都是天落天生天养，但这菜地是自留地，是有主之产，在主人眼中，这荠菜自然也算是自家财物，即便自家不去挑，哪怕烂在地上，也不愿意被别人采去。

这背后自然还有一层隐秘的逻辑，那就是那些进菜地割草挑马兰的，可能会顺手牵羊，偷把菜之类的，这在农村，过去常发生。

我小时候也经常会这样做。

所以，到人家菜地里挑荠菜，通常是偷偷摸摸的。

瞅准周围没人，轻轻解开篱笆上的绳索，弯着腰溜进菜地，看到菜叶下的荠菜，那是不用什么镰刀铲子了，菜地相对比较湿润，直接伸手一薅，一棵肥大的荠菜便拔了出来，抖落两下，把根上的土抖掉，扔进竹篮，接着找第二棵。

有时我们偷挖人家菜地的荠菜时，还学着电影里的镜头，不是解开篱笆，而是偷偷地把篱笆拔出一个窟窿，钻进去偷挖荠菜。

若是有人路过，便趴在菜垄里，仰仗小孩个小，菜高大，通常不会被注意到。

若是不幸被主家发现，那是要拎着篮子，撒开脚丫子跑路的，身后留下的是一地叫骂声。

跑路的时候，篮子是不能丢下的，否则就成了人家找上门的证据；镰刀铲子也是不能丢的，否则就亏大了，回家少不得挨骂。

那个时候，每年发生多少回这样斗智斗勇的故事啊。

几乎每个乡下的男孩都有这样的故事。

3

挑回家的荠菜，把根和黄叶摘去，洗净之后，便可当菜了。

野生的荠菜，有一种特别的味道，略有些涩，不过并不影响其爽口美味。

水一焯，滴上麻油，拌上盐，便可当成凉菜。

或者清炒，或者荤炒，皆是美味。

故乡常有人用荠菜做馄饨和团子馅，很多人特别喜欢荠菜馅馄饨，我倒是不甚喜欢全荠菜馅。

毕竟，荠菜的纤维较粗，我更喜欢青菜做馅。

有时烧什锦汤，笋片鱼头肉都有，锅开之后，把洗净的荠菜放进去，那个鲜美，啧啧。

过去乡下吃荠菜，倒不完全是因为其美味，而是一种食材补充，毕竟日子困穷，需要向自然讨食。

陆放翁诗云：

小著盐醯助滋味，微加姜桂发精神。

风炉歙钵穷家活，妙诀何曾肯授人。

写的是荠菜味美，可也说了这是穷家妙活。

当腻味大鱼大肉之后，荠菜这样清口的乡野土菜一下子便成了人间美味，变成了人人都爱，人人都会吹荠菜多好多美味。

北京的许多南方餐馆里，荠菜也是一种招牌菜。不过，在我看来，其中有不少泡沫，不少只是好龙的叶公。

因为喜欢荠菜的人多了起来，原来野生的荠菜远远不够了，商业栽种也就应运而生了。如今荠菜一年四季都有了。

我记不得故乡什么时候开始人工栽种荠菜的了，也记不得家里什么时候开始种荠菜了。

这荠菜四季都有了，倒也让我不那么期待了。

不过，我还是期待父母兄弟栽种的荠菜。

我家的荠菜，都是自产自销，不卖的，或自己食用，或送城里友人，品质自然不同。

每年春节回家，都能吃到新鲜的荠菜，无药无虫。

如今交通方便了，春天在北京，我也能吃到父母兄弟种植的荠菜了。情义千里。

荠菜老了，中心会长出菜梗，细而脆，易折，顶开白花。

花开之后，随风摇曳，哪怕是伏地而生的野荠菜，也是一种风情。

风过处，菜籽随风而走，不知落在何处，来年也能成就一番格局。

春天来了，能够出门踏春挑到荠菜，今天看来已是一种福分。

陌上柔桑破嫩芽，东邻蚕种已生些。
平岗细草鸣黄犊，斜日寒林点暮鸦。
山远近，路横斜，青旗沽酒有人家。
城中桃李愁风雨，春在溪头荠菜花。

辛弃疾金戈铁马的外表下藏着柔情，在他的眼中，荠菜花开的地方，那里才有真正的春天。

我爱豆腐花

突然间，发现“豆腐花”成了微博热词。

我有些不解。

我今天早上还在楼下的路边早餐摊花一块钱吃了一碗豆腐花，不，是豆腐脑。

豆腐花才是我江南故乡的称呼，把北京路边摊上的豆腐脑错认为豆腐花，那是辱没了儿时的美味。

虽然我经常会光临北京路边早餐摊，要碗豆腐脑，但这豆腐脑的味道，却没有豆腐味了，据说现在北派的豆腐脑都是用什么冲出来的，高产，自然味道差了不知几何，只能用浓汤咸汁，掩盖本味之不足。

别怪我埋汰北京的豆腐脑，那是因为儿时难得的味蕾记忆太重了，连浓汤重汁都无法掩盖。

记忆太深。美味培养的味蕾，顽固地埋藏在舌尖上、心幽处、脑海里。

其实，我记忆中小时候吃豆腐花的次数也是屈指可数的。

虽是生在鱼米之乡，故乡的黄豆青豆至今都是上好品质，在当年，却是吃不起啊。

我吃豆腐花最多的时候，是在冬天，尤其是临近年关的时候。

按照故乡旧俗，每年过年，家家户户都要浸泡黄豆，然后挑到做豆腐人家去磨豆腐，豆腐可是过年时的当家菜啊，要吃一个春节的。

磨豆腐用的是石磨，不是每个村都有的，我们村就有一副，是我堂爷爷家的。

那个时候，堂爷爷家每天都要排队，都是村里人赶着要磨豆腐准备过年。

在石磨转动的吱嘎声中，浸泡透了的黄豆变成了白乎乎的豆浆。

而同时，灶膛里的柴火正旺，灶台上的大铁锅开锅了。

把豆浆倒进大铁锅里，加水，开锅后，把豆浆舀进做豆腐用的纱布兜里。

通常，纱布兜系在一个十字木棍上，吊在一口洗干净的水缸上，豆浆入纱布兜是为过滤，纱布眼细小，豆浆水流淌不畅，通常要把纱布兜转圈拧把，收紧，把兜里的浆水都挤压进水缸里。

此时水缸里的浆水，便是豆浆了。

往水缸里的热豆浆中加石膏搅拌。这与北方不同，北方用的是卤水，南方讲究用石膏。石膏加多少，有讲究的，做豆腐的师傅水平高低，主要看石膏用量是否合适。

加进石膏后，用铜勺搅拌均匀，然后盖上锅盖。

渐渐地，豆浆在缸里成糊状了，这便是豆腐花。

我小时候爱吃豆腐花，却不像今天街面上吃豆腐花那么讲究。

豆腐花做好后，做豆腐的师傅就会拿把铜勺，给在场的每个人手中的小碗里加一勺，见者有份。

通常早有人准备好了青蒜，剁成了碎末，每人用手拈一些青蒜末，加进豆腐花中，然后倒进酱油。

放糖？那是条件好的人家，比如当老师的，或者在城里当工人的人家，端回家，偷偷地放点糖，我们那时，哪里舍得加糖啊！

蒜末的青绿，豆腐花的白嫩，酱油的棕红，一青二白三红。虽然色泽鲜艳，层次分明，但已经无暇欣赏了，赶紧用汤匙一搅拌，成了红白青混搭，然后用汤匙盛起一勺，送到嘴边，一边吹着气，一边迫不及待地送进嘴里。

烫啊。虽然烫，但也不管不顾了，豆腐花不停地在舌尖打滚翻转，稍凉便吞咽下去。

几汤匙下去，碗便见底了。

嘴馋的，眼巴巴望着还指望来第二碗，不过，一般没人会答应，做豆腐才是大事啊。

我小时候过年前常和弟弟跑堂爷爷家，一吃过晚饭便泡他们家，或磨豆腐时帮着加豆，或帮着在灶膛烧火当下手，其实只是为了骗一碗热气腾腾的新鲜美味豆腐花，或者一块新豆腐。

那个时候，每晚上睡觉前吃碗豆腐花，神仙般的生活啊。

不过，这美妙的夜晚，一年中也就年三十前几天而已。

平常家里偶尔也会“撩豆腐”，用存储的黄豆换块豆腐回家做菜，却很少见人换豆腐花吃的。

乡下人哪舍得换豆腐花吃啊，那纯粹就是不会过日子的人，或者是吃公粮的人做的事。

我少年时生活在乡下，离前黄镇大约六里，所以，镇里的豆腐花早点是到了上中学帮父亲看管芹菜摊时才偶尔吃到。

那个时候，街上卖的豆腐花通常装在木桶里，买一碗盛一碗，里边除了酱油，还有晒干的糠虾（可不是海虾米），没有青蒜的时候，比如这个季节，放些切碎的韭菜末，再早一些，是放切碎的胡葱末。

不过，至今我仍不喜在豆腐花中加虾皮。

即便这样，父亲也很少给我买豆腐花吃，用他老人家的话说，都是馋嘴吃的，中看不中饱。

所以，父亲宁肯给我买碗面条，或者两个肉馅馒头，或者一根油条（油炸灰）。

在北京吃路边摊的豆腐脑多了，舌头渐渐也木讷了。

故乡的豆腐花，我几乎吃不到了。2009年前黄中学七十九年校庆，我和同学从北京赶回常州，一早下火车，同学带我去常州一家有名的小吃店吃豆腐花，但已不是我渴望吃到的了。

机械化规模化作业的时代，味道都是一个模子刻出的了。

今晚，我好想念那一青二白三红，夹杂着淡淡蒜香味、豆味和酱油味的豆腐花啊。

那才是童年的味道、儿时的味道。

记忆中的甜菜

暮春回江南故乡，我习惯性地在村子周围绕行，寻访当年记忆。

我发现许多人家的自留地上，都种着我既感陌生却又熟悉的一种菜，短粗肥圆的白色叶柄，顶着一张张表面皱缩却宽阔肥厚的叶子，闪着光泽。

甜菜！

许多陈年旧事一下子涌了出来。

说熟悉，是因为小时候，甜菜这种经济作物，曾是故乡的当家菜之一，我至今犹记得它“难吃”的味道；说陌生，是我多年未在暮春回故乡，一直以为故乡早就不种甜菜了。

我对故乡种甜菜的记忆，一直停留在20世纪80年代中期以前。

我小时候，还是人民公社时期，故乡曾遍种甜菜。

故乡过去是不种甜菜的。

按照当时的说法，甜菜是一种经济作物，不仅可以榨糖用，还可以食用，所谓一举数得。

故乡饮食习惯偏甜，对糖有特别的偏好。但人民公社时期，糖是一种奢侈的副食佐料，买不起，也买不到。

听说甜菜能榨糖，大家很兴奋，况且那时田地都是集体的，一声令下，大家都很积极配合。

于是，故乡种植甜菜，不仅是在自留地和田间地头，甚至良田里也种上了。

暮春时分，故乡到处可见肥头肥脑的甜菜。

多到没人想偷。

彼时我年纪小，不知道故乡大面积栽种的甜菜，后来是否榨出了糖。反正，我们依然跟过去一样，除了端午吃粽子，平时还是没糖吃。

我后来上中学，地理课上，老师介绍说，甜菜是世界上主要的糖料作物之一，也是我国东北、新疆、华北等地主要的经济作物，不过，用于榨糖的甜菜，糖度还是远不如甘蔗。

我们问老师："我们老家过去种的甜菜，能榨糖么？"

老师笑着说："应该也能够吧。不过，我们这儿甜菜的含糖度会更低。因为我们这儿气候太过湿润。"

大概老师也不清楚，故乡种的甜菜，是否也可以用来榨糖。

没见过故乡甜菜榨出的糖，但我见到了收甜菜的季节，到处堆放的甜菜，有点类似北京的冬储白菜，当然，规模没那么大。

消化不了了。

于是，只好用来喂猪喂牛。幸好当时生产队还养着几头猪几头牛。

甜菜茎叶肥厚，鲜嫩汁多，用来喂猪喂牛，倒是好东西。

可是，故乡到处都是可以用来喂猪喂牛的杂草，在吃不饱饭的年代，用良田种出来的菜喂猪喂牛，也太过奢侈了。

没几年，决策调整了。

良田里又重新种上了麦子。大面积种植甜菜的日子只是昙花一现。

但甜菜作为一种重要的食用蔬菜，在故乡农家自留地上被长久保留了下来，甚至，成了暮春的一种当家菜。

故乡物产丰饶，但暮春之际，春天的时鲜青菜、马兰、荠菜等已过季，夏季的时鲜还未出来，虫豸也多，小青菜等虽有，但侍弄费心费神，产量不高，很是金贵。此时产量最大而不需过多劳神的，甚至不用担心虫子的，只有两种绿菜：莴苣和甜菜。

于是，良田里的甜菜消失后，家家户户都在自留地上种上了应季的甜菜。

甜菜产量大，自然就成了暮春的当家菜了。

记忆中，故乡的甜菜主要有两种吃法。

最简单的，就是中午像青菜一样炒着吃。甜菜一扒就烂，很容易熟。

菜易烂本来很对故乡人的味蕾，故乡冬天最好的青菜，都是一扒就烂的，带着天然的甜味。

甜菜虽名甜菜，炒熟口感却不甜，远比不上故乡冬日的青菜。

甜菜更带有一种特别的味道，怪怪的，说不上来，我很不习惯这种味道。

被冬日的青菜娇惯成的味觉，又怎能习惯这说甜不甜，说怪也怪的甜菜呢？

但没法子，这个时候没得选择，种了就得吃。

暮春中午，每一顿午饭桌上，都有一道清炒甜菜，吃得我见到就差不多有生理反应了。

不喜欢的菜，你天天得吃，不吃不行，不吃没得吃，能没反应么！

甜菜的另一种做法，稍好。

即是用甜菜当主菜，烧咸粥。

用年前腌下的骨头，放甜菜、蚕豆、大豆、赤豆、萝卜、山芋干等，一起放在粥锅里熬，熬成甜菜咸粥。

腌制的咸骨头味重，蚕豆、大豆、赤豆等又多是故乡人爱吃的东西，混杂在一起，冲淡了甜菜的古怪味道，使甜菜咸粥在那个年代成了故乡暮春的一道美食。

不过，咸粥只能难得吃一顿，哪有这么多咸骨头啊。

今次我回家提到咸菜，弟弟脱口而出的，就是甜菜咸粥，也算是为甜菜挣回了一些脸面。

这次回家，我看到好多人家依然种着甜菜。按我母亲的说法，甜菜不容易长虫子，长得又好，好种。

我父母不种甜菜很多年了，20世纪80年代后期就不种了，因为不好吃。他们宁可多花些心思侍弄青菜韭菜苋菜，也不愿意再种甜菜了。

我见过的故乡甜菜，都是绿叶白茎。我也一直以为，甜菜就是我见到的那样。后来查文献，方知甜菜有很多种，甚至颜色也有多种。

虽然我们家不种不吃了，但在许多国家，甜菜仍然是一种主要蔬菜。

据说，在古罗马，甜菜还可以用来治疗便秘和发烧，用甜菜叶子包裹治疗外伤。甚至，由于甜菜汁含一种叫“硼”的东西，古代欧洲还用它来做春药。

这让我很意外。

拱头野鸡

我常常想起少年时期故乡的初夏。

阳光下，夏风过处，麦浪阵阵，遍地金黄。

偶尔，一只野雉扑啦啦从麦浪中飞出，引得小男孩们一边喊叫一边追逐。

虽然未必赶得上冲天而起的野雉，但也能让忙乱的气喘吁吁的小孩们高兴上一阵的。

若追不上野雉，小孩们会下到麦地里，找到野雉飞起处，拨拉开麦子，仔细搜寻，看有没有野雉窝。

如果幸运，保不齐会找到几个野雉蛋。

这样的生活，每年初夏都会重演。

野雉，故乡俗称野鸡。

野雉大小如鸡，羽毛鲜艳美丽，多呈黄褐色，也有黑红交杂的色彩。雄野雉尾长，雌雉尾短。

少年时代，故乡的野雉还是很多的。

麦地里，河边高埂地杂树杆棵里，坟地边的树丛里，夏日午后，随时都可能扑棱棱飞起一两只野雉来。

故乡的野雉，也称“拱头野鸡”，这称呼取其行走时的姿势。

野雉走路时，通常不抬头，低着头做扑啄状前行，状若一步一点头，故称“拱头野鸡”，也有只管前走，对周遭不管不顾之意。

我少年时代上学，个小腿短，但习惯低头快走，村里人常开玩笑，说我走路就像“拱头野鸡”一样。

这“拱头野鸡”的称呼，用在人身上，有些贬义。

不过，故乡的拱头野鸡，确实有些呆头呆脑的。

贯休写打猎，“竿打黄茅雉惊起”，在故乡，不必用竿打。

野雉做窝，也常在麦地里。

李端有诗，写野雉在麦地里乱叫，倒也是故乡旧时景象：

雉雊麦苗阴，蝶飞溪草晚。

王维也有诗云：

雉雊麦苗秀，蚕眠桑叶稀。

夏天割麦子的时候，常常惊起窝在麦地里的野雉。

野雉这东西，虽能飞却不能持久，善走却跑不过人。

所以，割麦子时一旦惊起野雉，男人们都会追赶它，分头合围，累得它振翅难飞，拔腿滞重，最终落入男人手中，成为桌上美味。

野雉一旦发现被堵，只有往河边高埂地杂树杆棵方向飞，才能逃脱追逐。

人的能力毕竟受地势限制很大。

若是小孩碰上，则几乎没有追逐到的可能。我小时候跟着别人没少追赶过野雉，从来没追到过。

那个年代，虽然野雉很多，但如果没有猎枪，追逐到野雉的，还是很少。

所以，餐桌上的野雉，也算是稀罕物。

口耳相传，野雉肉是美味，我小时候也吃过，不过，我忘记这味道很久了。

故乡旧俗，若是出门碰上拱头野鸡，不是好兆头。

我初高中时，常跟父亲和堂叔一起出门摸甲鱼，河边走得多。

有时刚到一条河边，未及下水，一只野雉扑腾飞起，父亲一看，往往连呸几声，说“触霉头”，结果是不仅摸不到甲鱼，还常常被刺毛咬好几口。

甚至，一天下来，耗时费力，收获不多。

我过去一直以为是碰巧了，及后阅读多了，才知古时就有野雉乱叫，为变异之兆的说法。

古书载，商高宗武丁祭成汤，“有飞雉升鼎耳而雊”， 祭鼎上所铸的图像是凤鸟，凤鸟代表祖先，雉是凤鸟的活体。所以雉升鼎而鸣叫，有祖先警告之意。所以武丁吓坏了，以为自己做错了什么事。不过，武丁也是一代中兴之主。

父亲肯定不知道“雊雉升鼎”的典故，更不知道，《汉书·五行志》中说：

“野鸟居鼎耳，是小人将居公位，败宗庙之祀也。”

但父亲对下水前遭遇拱头野鸡的烦心，也是事实。大概除了代代相传的说辞，也有自己累积的经验吧。

我少年时代，故乡还未禁枪。每年秋冬时分，猎人带着狗，扛着猎枪在河边高埂地转悠的场景常见。伴随着猎枪的轰鸣和猎狗的狂叫，总有野雉在劫难逃。

不过，故乡野雉后来的消失，跟猎枪关系不大，故乡很早就禁枪了，我一直认为，化工厂印染厂的热闹，才是故乡野雉消失的罪魁祸首。

读与野雉相关的诗，最凄婉的当推元稹的《雉媒》：

双雉在野时，可怜同嗜欲。毛衣前后成，一种文章足。
一雉独先飞，冲开芳草绿。网罗幽草中，暗被潜羁束。
剪刀摧六翮，丝线缝双目。啖养能几时，依然已驯熟。
都无旧性灵，返与他心腹。置在芳草中，翻令诱同族。
前时相失者，思君意弥笃。朝朝旧处飞，往往巢边哭。
今朝树上啼，哀音断还续。远见尔文章，知君草中伏。
和鸣忽相召，鼓翅遥相瞩。畏我未肯来，又啄翳前粟。
敛翮远投君，飞驰势奔蹙。罥挂在君前，向君声促促。
信君决无疑，不道君相覆。自恨飞太高，疏罗偶然触。
看看架上鹰，拟食无罪肉。君意定何如，依旧雕笼宿。

没有见过野雉的人，又如何能理解这诗中痛彻之味！

幸好，今春回去，父亲告诉我，现在拱头野鸡又有了，还赶过，不过，赶不上了。

难忘水铺蛋

每年高考放榜之际，我总情不自禁地想起水铺蛋来。

想起来，情不自禁地哆嗦，有不寒而栗的恐惧。

无他，当年吃怕了，吃伤了。

1

水铺蛋曾是故乡名吃，作为点心大大有名。

按故乡方言，“铺”，有一种是烧开了沸了的意思，比如煮饭粥时锅开了，有汤溢出，即叫“铺”。

水铺蛋，顾名思义，其实就是开水锅里一氽而就的鸡蛋。

做法极其简单，铁锅水烧开，把鸡蛋打进去，稍一滚，便可出锅。

盛放在碗里，一般最少两个，汤水略有些白浑，是蛋清熟后掉落丝块所致。

碗里的鸡蛋，则是完整的，白里隐隐透着黄色，那是蛋清和蛋黄。

加上半勺糖，汤水便甜滋滋的，喝了甜在心里。

其实有糖加，已经非常奢侈了，没糖的时候，都是加几粒糖精而已。

有人喜欢老的，那就煮的时间稍长，把蛋黄煮透煮老了再捞出来。

筷子一夹开，两边黄白分明。

蛋黄吃在嘴里略有些干涩，不过，其时也是一种美味，常见。

若觉得干，甜水糖不正备着么！

有人喜欢嫩的，那就一滚就出来，蛋清已凝固色变，蛋黄刚感受到热度，出锅，盛碗！

这嫩的水铺蛋，也称溏心鸡蛋，一般筷子夹不得，一夹开，就散黄了，满碗就会变得蛋黄汁和汤水混杂，除了蛋白，只能喝浑汤了。

我吃溏心鸡蛋的时候，总是喜欢先用筷子小心翼翼地戳破蛋白，有一滴蛋黄便顺着戳破处溢出，把嘴贴上去，使劲一吸，嘘溜溜地，蛋黄一下子都被吸进了嘴里，还有些热呢！

一点都不浪费。剩下的蛋白，合着甜汤，慢慢吞咽。

后来生活条件好转，吃水铺蛋太过单调，来客做点心时，常先煮圈粉丝，或者一把挂面，再加进鸡蛋，这更丰盛了。

我小时候正是物质匮乏生活困窘时，吃上加糖精的水铺蛋，那绝对是福气了。

所以，小时候常常渴望有水铺蛋吃。

2

过去乡下人虽穷，礼数却周全。

凡有贵客娇客初登门，一定是先下水铺蛋招待，最少两只，多有四五只的。

1985年高考录取通知书送达中学后，我同学骑车到我家报信，也算是报喜了。

彼时正是下午，我正跟爷爷奶奶弟弟在自留地上给菜秧泼水浇粪，村里人在村口扯着嗓子，颤抖着声音高喊：“谁谁，快点回来，你家学东考上大学啦，同学报信来了”！

我扔下勺就跑回家去，奶奶随后跟着我跑回了家。

我自是很高兴，拉着两同学说长道短，奶奶到家一看，家里鸡蛋不够了，赶紧喊隔壁邻舍，借几个鸡蛋送过来。

一眨眼，十来个鸡蛋送过来了，送蛋来的大姐说：“做水铺蛋么，亲娘（故乡方言，对奶奶的称呼）？我帮你烧火啊。”一屁股坐在灶膛边，就帮着烧起火来了。

一会儿工夫，三碗水铺蛋就在灶台上了，每碗四个！

奶奶给每碗加了些糖，就把碗端到桌子上，然后喊在院子里激动着的我们仨，赶紧趁热吃水铺蛋！

一般做水铺蛋，不了解对方口味，会做得稍熟一些，溏心只是中间一点点，这是照顾大众口味，我奶奶做的，通常也是这样。

四个鸡蛋，吃起来要噎死人的，但这是乡下老人的热情，奶奶还在边上高兴地看着我们吃。

同学和我强忍着吃了三个，实在吃不下了……

但与我们这些新近“中举”的人来说，水铺蛋还只是个开始。

拿到通知书后，同学相互串门了，每到一个村一个同学家，第一件事，就是家长做水铺蛋当点心招待，每碗最少两个！

拿到了通知书，相当于身份改变了，第一次以新身份去熟悉的亲戚家，同样的方法招待，无论你是不是喜欢，能不能吃下，最起码，你必须动筷子，最少吃掉一个水铺蛋！

一个暑假下来，水铺蛋几乎吃得人要崩溃。

且慢，放寒假后，到原来没来得及串门的同学朋友家去，点心同样是水铺蛋，必须吃！

就在1985年的夏天和1986年的寒假，我把这辈子自己想吃与不想吃的水铺蛋都吃掉了。

后遗症同样严重。

以至于我后来看到水铺蛋就恶心了，甚至，一提到水铺蛋，便有不寒而栗的感觉。

3

我现在再也不想吃水铺蛋了。

故乡风俗也有很大变化，估计再也没有什么人会用水铺蛋作为点心来招待初登门的贵客娇客了。

不过，我做方便面时，有时会加个鸡蛋，这鸡蛋的做法，其实，就是水铺蛋的做法，还是溏心鸡蛋。

这习惯深入骨髓了。

但我不承认这是水铺蛋，只不过是面条里加个鸡蛋而已。

夏至的馄饨

今天是夏至。

但今天没有馄饨。

在我的记忆中，小时候老家的夏至，是要吃馄饨的。

为什么夏至吃馄饨？

我不知道，也没问过家里人。

不过，夏至时节，正是新麦入仓之后。老家主食以大米为主，虽然也种植小麦，但面食主要是打牙祭。买筒挂面，轧个面条，搁在平时，也算是个认真讲究的事，除了夏天新麦打下之后，会经常做些面条之外。

吃馄饨，更讲究。剁馅、轧皮，包馄饨，对于习惯于吃米饭的人来说，是一件很复杂的事。

最初缺少机械轧面机的时候，是擀面杖时代。

擀面杖时代，馄饨皮都是用竹竿做的擀面杖擀出来的。即便手艺最高的人，手擀的馄饨皮，与机轧的相比，也是有些厚。虽然工艺流程与北方擀饺子皮相比有类似之处，但南方人对吃的精细的讲究，使吃馄饨成为一项大工程。

夏至的馄饨，通常是以猪肉小青菜馅或韭菜馅为主，尤其韭菜馄饨更多。

因为夏天天热，土壤也热，潮湿闷热的天气条件，经常让小青菜长不出来，即便出来了，长得也不好，街上买的话，价钱会很高。

老家的菜馅馄饨总是那么美味，虽然料很简单。

甚至不用鸡汤，农村也没有这么讲究，用白水煮的馄饨，开锅之后，略微加些猪油，就是香入人心脾。

如果是小青菜馅馄饨，出锅之后，略微撒上些切得细碎的韭菜，更是美味，韭菜也是老家夏天一鲜，颇适合调味（冬天的馄饨，通常用青蒜调味，但夏天没有青蒜，只有韭菜）。

我小时候喜欢小青菜馅馄饨，不喜欢韭菜馅。因为韭菜有“异味”，小时候不习惯。

我爷爷在世时，夏至喜欢吃韭菜馅馄饨。不过，那时没那么讲究。地里的小青菜长得好，或者街上小青菜便宜，就吃青菜馅馄饨；若是韭菜长得好，就吃韭菜馅馄饨。

什么有收吃什么，这是农村的习惯，也是我小时候的记忆。

后来来北京，北方吃饭粗犷不讲究，馄饨常是我梦寐以求的食物，可惜，我的手艺没学到家。

北方的饺子，现在我主要吃一种馅，就是韭菜鸡蛋馅。小时候不喜欢韭菜成馅，没想到远离故乡之后，却喜欢上了韭菜馅。也许，这是历史的嘲讽？

今天打电话，忘了问家里，今天夏至，做没做馄饨。

不过，现在父母兄弟正忙得不可开交，想来也可能疏忽了。

我爱山芋梗

周六晚在常州宾馆与前黄中学校友小聚。亦农兄安排了一道菜，菜名山芋梗毛豆。

竟然是山芋梗!

虽然常州宾馆的这道故乡土菜与我记忆中的有差异，当然，是改造了的，加了青豆和肉丁，但其主料依旧还是故乡的山芋梗，所以故乡的味道依然在舌尖上翻滚。

这一大盘，里边的山芋梗估摸着大多是被我消灭的。

每年夏天，我都会想念这山芋梗，儿时味蕾留下的记忆，太过深了。

不过，我很少在夏天回武进乡下西朱那个小村。我在北京也很少吃到山芋梗。

这一直让我耿耿于怀。

我在广州工作期间，倒也没少吃广州风味的番薯藤。

广州人口中的番薯藤，其实就是我老家的山芋藤。

但广州番薯藤的制作方法和味道，与我故乡的山芋梗做法大不一样。

广州人喜欢把番薯藤的茎叶洗干净之后，或清炒，或上汤，或蒜茸。

我对吃番薯藤的茎叶有一种排拒。无他，因为在我的故乡，山芋藤的茎叶人是不吃的，主要用来喂猪。

所以，最初接触番薯藤时，我有些不习惯，但入乡随俗，吃多了也就习惯了。

不过，广州那几年的番薯藤，并没有能够解我思乡之苦，广州的番薯藤，于我而言，不过是另一道广味菜品而已，与我心心念念的山芋梗全然不同。

故乡的山芋梗做法其实最简单朴实。

记忆之中，夏天的清早，我的奶奶或者母亲，会踩着露水，上旱田（自留地）里割下一大篮子的山芋藤，主要是为了喂猪用。

回到家，把篮筐里的山芋藤倒在房前屋檐下，摘下藤上的茎叶，从茎叶根部把山芋梗的皮一条条地撕开，在接近叶子处，把撕开的皮和叶子掐下，然后把光溜溜的山芋梗寸断。这就是我常说的山芋梗了。

一早上，一大篮筐的山芋藤，也许能摘出够炒一大海碗的山芋梗来。剩下的藤叶和皮，或者给猪吃，或者喂羊和兔子。

把山芋梗简单地清洗一下，放在厨房，待到做饭时再炒。

做饭时，把锅烧热，滴下几滴菜油，待油热滑过锅，倒下山芋梗，翻炒，稍加些盐，出锅，一大碗美味的山芋梗就做好了。

如此简单，原汁原味原生态。

要知道，在乡下，种其他菜有时也会用农药打虫，但山芋种下之后，除了成活之前要给秧苗浇水外，几乎是不管不顾，任其自由生长的。

当然，跟炒其他菜一样，掌握火候很重要。过了，山芋梗就烂了，不好吃了；火候未到，山芋梗还不熟，容易中毒闹肚子。

不过，对于每年夏天几乎都是主菜的乡下人来说，是很少会发生后一种情形的。

在走过那么多地方，吃过那么多美味之后，每到夏天，我依然对山芋梗情有独钟。

每次夏秋季节回家，我都会让弟弟准备山芋梗，虽然有时并不一定能如愿。

同学老乡聚会，我几乎都会提到山芋梗。我的同学乡亲，许多人的味蕾都被山芋梗调教过，所以大家在一起，都有共同的语言。

虽然常常只能是想梗止馋，但越想越馋。

如今交通发达了，回家很方便容易，但我对山芋梗的期待依然。

在一个完全商业化的时代，一个时令与植物之间天然的关联被割断的时代，山芋梗依然只有应季才能吃到，这是对我这种痴心期待最大的回报吧。

有念想，而且就那么一点点特别的要求，纯粹的商业未必能解决，在这个时代，也算是一种奢侈的享受了。

可是，当我的父母老了之后，还会有人去种山芋么？

山芋梗也许还会有，应季的时候农贸市场上会有。

但那味道，还会是自家旱地里，父母辛苦种出来的味道么？

春笋炖咸肉

1

春笋炖咸肉。

当我写下这几个字的时候，嘴里不争气地生出了津液。

四月回家，弟弟曾经炖了几碗，

那味道，啧啧，妙不可言。

朋友跟我说过，成年人饮食偏好，大多是童年困穷时养成的，只要吃过，就种下了味蕾，永记在心，多久都会怀想留恋。

这多少与里尔克《民歌》里描述的捷克人的歌声有异曲同工之处：

当一个儿童
在土豆地里咿语；
穿过长夜守望者的梦，
它的清唱来临。
纵使你远远离开，
到世上最寂寞的所在，
往后的岁月，它执着的声音，
仍然会萦回在你的心里。

过去，我从来没有想过，饮食习惯与诗歌也是能如此融会贯通的。

假若我们斗胆把里尔克《民歌》的主题词换成故乡任何一种美食，也是一首美妙的诗：

当一个儿童

趴在桌上对着海碗里的春笋炖咸肉呻语；

穿过长夜守望者的梦，

当春笋破土而出，

纵使你远远离开，

到世上最寂寞的所在，

往后的岁月，它执着的味道，

仍然会萦回在你的舌尖、心里。

这感觉真的很微妙。

其实，都是因为是故乡的记忆、故乡的味道、故乡的声音。

2

春笋炖咸肉，是我老家乡下暮春开始相当长时间内的一道大菜、主菜。

做法很简单，就是把腌过的猪肉，或者猪蹄，与切成条块的春笋一起煨炖。

如是咸肉，当是咸五花肉最好。

用大铁锅炖了，那个味道啊……

我稍微长大一些的时候，改革开放了，家里的条件好了些，过年时会杀头年猪，把肉腌起来，以备春天之需。

这是故乡农民的常规做法，毕竟，买鲜肉需要现金，那个时候现金可是至宝。

不过，没曾想，咸肉成了特色风味。

尤其是当年春天，竹园遍地，本地产的淡竹笋、燕竹笋、江竹笋也很多，几乎家家户户都有小竹园。

而从浙江那边过来的毛竹笋，个大量大，价格也便宜，所以本地人都会论筐买。

买回去炖咸肉，就是暮春初夏相当长时间内的当家菜、主菜。

春笋炖咸肉有一个变种，上了大雅之堂，学名叫腌笃鲜。

北京的苏浙沪菜馆大抵都有。

这饭店里的腌笃鲜与春笋炖咸肉最大的差别，有两种。

一是腌笃鲜加了新鲜的猪肉。

腌即咸肉；笃即煨炖；鲜，就是鲜肉鲜笋。

过去乡下人穷，一般情况下买不起新鲜猪肉，所以，只能依靠腌肉了。

不过，这反过来倒也为这道乡下大菜保留了些传统的味道。

第二个差别，是因为加工方式不一样导致的。

现在大小城市宾馆饭店的腌笃鲜，都是用煤气灶和砂锅或铝铁锅煨炖的。

橘逾淮而为枳，味道其实也是一样的，一方水土一方味。

这个味道，又怎能跟乡下大铁锅稻草或柴火煨炖出来的相比！

不过，远离故乡之后，也只能把饭馆里的腌笃鲜，作为替代品，以解乡思之苦了。

3

我从初中二年级开始到高二，每年夏天都跟父亲和叔叔出门，去捉甲鱼。

一般出发前，饭还没做好，但奶奶已经用大铁锅炖了一锅毛笋炖咸肉。

我们三人，一人吃一海碗，权当中午饭了。

晚上回家，那锅剩下的毛笋炖咸肉还在。

我对春笋炖咸肉最深的记忆，就来自于中午一大海碗，连汤都舔得很干净。

过了夏天，春节省下腌起来的猪肉，就容易坏了。

而此时毛笋，因为渐渐偏老了，价格也就更便宜了。

所以，暮春开始，咸肉炖毛笋，会经常出现在乡下的餐桌上。

这个味道伴随了我很多年，我一直没觉得够过。

参加工作后，这个味道基本上就成了时时翻滚的记忆，偶尔，与腌笃鲜交杂。

直到后来结婚生子，母亲从老家来帮着照料家事，才又吃上。

在我们现在居住的地方，有一个比较大的菜市场卖毛笋，母亲在北京的时候，每年她几乎都是那家菜市场唯一一个毛笋摊的最大主顾。

其他买菜的人都会问她：“老太太，这回去怎么做啊？”

母亲总是很自豪而高兴地用她那常州乡下普通话介绍：“回去把笋壳剥了，切成块，先用开水焯一下，再和肉一起炖，很好吃啊。猪肉鸡肉都可以，当然，最好的，还是要用咸肉。”

没咸肉？买块鲜鲜肉，或者猪蹄，回去弄点盐，腌上就行了。

在母亲的眼中，这一切总是很简单，太容易了。

但母亲回老家后，我自己一次也没弄过，也就没了这美味。

“不怪你们，你们工作忙么，又很少在家吃饭。回家来做给你们吃吧。”母亲总是这样替我们开脱。

前不久返乡，回家之前，我给弟弟打电话，特别交代：“别忘了，我要吃春笋炖咸肉！”

水竹笋炒咸菜

又到春天，春天是吃笋的好季节。

我是春笋的爱好者。

在老家，笋有一种做法，不常见，却也很有味，那就是用笋炒咸菜。

离开故乡之后，我曾在湘菜馆吃到类似做法，就是挑很细的笋，切碎了与雪里蕻一起炒，是下酒的好菜。

在我的记忆中，故乡的做法也大体类似。

不过，食材是否与湘菜馆的一致，就不清楚了。

小时候，在我的故乡，有一种竹子，方言称其为水竹，是野生的，主要长在河岸边的高埂上。

最粗的也不过小手指那么粗，一般都很细，比筷子还细。

水竹弹性较好，粗如小手指的水竹，竹节细长，砍下来是很合适的小鱼竿。

但这样齐整的水竹，相对较少，多的是细细的小水竹。

因为开垦的缘故，水竹并不是所有地方都长，我至今也搞不清，为什么有些地方长水竹，有些地方不长。

每年春天，水竹笋在河边高埂地的自留地里蹿出来，长势迅猛。

乡下人做菜，总喜欢就地取材，这细长的水竹笋便是其中之一。

很简单，到自留地上干完活，看靠河边的边角上长出了细长的新笋，或镰刀割，或随手一折，满一把就回家。

回家把笋壳剥掉，剩下了细长的嫩笋，洗干净之后，切成细小的笋丁，抓一把头年腌制的咸菜，一般是青菜或雪里蕻，切碎，一起下锅翻炒，出锅便成。

不过，不像如今湘菜馆，这么一弄就卖好几十块钱，家里咸菜炒水竹笋（细笋），大多是早晚当咸菜吃，佐粥之用。

小时候我不是很喜欢这道菜，不是因为咸，而是笋丁太细小，嚼着费事，吃多了腮帮子累。

不过，放在白米粥里一拌，倒也是美味。

过去在家里，水竹笋炒咸菜，只有爷爷才用它来佐酒。

老人家高龄时，还好喝一两口，每次喝酒，也不用其他，水竹笋炒咸菜，或者黄豆酱，或者虾米炒咸菜，都是他老人家的美味。

不过，后来化工业在故乡大盛，连竹园都毁了，野生的水竹更是对环境敏感，是最早消失的一种竹子。

如今环境略有复原，竹子也渐渐可以重种了。

2013年春天，我回家时到河边钓鱼，自家杆棵埂上到处都是新出土的细水竹笋，正野蛮生长！

又有野水竹了！只是时令关系，其时已不能食用了。

在北京，我只能在湘菜馆，偶尔才能一尝其味，聊补小时候养成的味蕾之憾。

良药——记忆中的马兰（1）

春天来了，总惦念起故乡的一草一木。

这马兰就是其中春天常被念起的故乡记忆。

马兰是故乡常见的一种草。

是草，更是宝。

既是乡土佳肴，又是良药。

先说药。

“瓦罐不离井上破，将军难免阵前亡。”小时候用镰刀割草干活，手指脚掌难免不小心被利刃茅草所伤。

那时，农村条件艰苦，割破了手脚，是不会去卫生所的，再说，那时也没有创可贴。

云南白药？更是珍贵。

乡下人条件虽有限，命却不贱。

伸手可及之处，常常有救命至宝。

马兰即是止血至宝。

对于马兰止血最初的经验来自我奶奶。

小时候奶奶带我们多，我们那时手脚皆嫩，极易受伤，镰刀茅草都会给我们带来麻烦。

一旦干活有了伤口，奶奶总是先在伤口处吐一口口水，算是用唾沫消毒吧。

接着，扯几棵马兰，放在嘴里嚼烂，堆在伤口处，接着，找一片比较大的马兰叶，用手掌拍到柔软色青，像今天的创可贴似的，贴在伤口处。

“好了，用手摁着点，一会儿就不疼，没事了。”处置完，奶奶总是会这样说。

后来我渐渐长大，见识也渐增，方知在中药里，马兰是止血化瘀、消肿止痛的佳品。

马兰的另一药用，也是一直深留在记忆中。

那就是，故乡古老相传，多吃马兰，能够明目。

不过，小时候这说法虽然口耳相传，但我们一直不相信。

当时我们村有一老太太，比谁都喜欢吃马兰（马兰有些苦涩味，小孩不太喜欢这味），经常跟我们说多吃马兰好，明目。

但我们常常笑话老太太，吃了那么多马兰，眼睛却不咋样。

其实，那是我们少不更事，那老太太那么大年纪了，身体机能早已衰退，那时有这么好的眼睛，已是很不错了。

后来读书，知道马兰性寒，也是清热解毒的良药。

故乡春天来后，天气渐渐湿热，人的性子也渐渐烦躁，多吃性寒的马兰，也当有平衡中和之功。

不知道现在，故乡的人受伤之后，还用不用马兰敷？

想来，年轻一代，已经不知道马兰竟有这般功效了吧？

明前佳肴——记忆中的马兰（2）

马兰不仅具极高的药用价值，在我的故乡苏南地区，它最初也是清明前的佳肴。

记忆之中，每年春节过后，东风掠过，地气渐暖，尤其一场春雨之后，原本委顿的植物，渐渐复苏挺拔起来。

马兰是其中之一。

小时候冬天特别冷，地也没如今那么肥，故每年冬天，马兰也与其他绿色植物一样，大多枯萎变黄，精华入地，收缩于根茎之中。

偶尔在背风朝阳的田埂犄角处，也会有几簇依旧顽强绿着的马兰，但这绿，甚是稀罕，也透着乏力，透着干涩。

马兰却也是最早感受地气变暖的植物，是春的信使。

春天一到，哪怕原来如此委顿的绿，一夜之间，这绿也已透着鲜亮活力，而原本枯萎变黄的干茎上，也迅速长出新的绿叶，那么生机勃勃，昂首向上。

每到这个时候，妇女和孩童的一个重要任务，就是到地头摘马兰。

过去马兰极多，大人小孩挎着竹篮，在田埂边上，见到一簇簇的马兰，就用镰刀连根带泥割下，毫无怜香惜玉之心，也不讲究是不是挑些大的割，留些小的，以待来年。

其实马兰这种野草，只要稍微留些根茎在地里，割掉一茬，一场雨水之后，照样能有新绿钻出地面。

这也是马兰过去生生不息的原因。

蓬蓬松松连根带泥夹着草的一竹篮马兰，到家之后，倒在地上，女人们就开始摘，或用剪刀，或用指甲，把泥、根、枝蔓和老叶子摘掉，只留下嫩叶和芯。

一场功夫下来，一竹篮马兰，最后摘得的净菜，其实没多少。

过去农村用化肥不像今天那么多，田埂边的马兰一般长得都不大，大多趴在地上，不像今天田埂边的马兰，大多叶肥个大的，那是土地发生了质变，用化肥太多了。

那个时候，有些地方会有叶肥个大的马兰，这样的马兰常常长在河边的杆棵（高杆茅草，杆可以用来当柴烧，也可以用来搭篱笆或做黄瓜架）埂上，平常被杆棵挡着，既不会被人畜践踏，也少经风霜，所以往往长得很大，很受欢迎。

马兰有很多种做法，凉拌清炒的，各有所爱。

现在北京的饭店里，淮扬风味或是杭帮，或是新派上海菜里，都有马兰头炒香干一例，把马兰切碎拌香干，其实是大俗菜，吃起来实在无趣无味，断然败坏了明前一宝的好名声。

我是极好马兰这一口的，但我在这些饭店吃饭，向来不愿意点这道菜，即此原因。

我吃马兰，有两种吃法，皆极其简单：

一种是凉拌。把马兰洗净之后，开水一焯，控掉水，加些盐、麻油，即可食用。

一种是清炒。把马兰洗净之后，稍微加些油盐，清炒至色变起锅，即可。

此两种做法，一个关键，是马兰要整棵的，切忌切碎。

虽然这两种做法的马兰，味道有些生涩微苦，却是地道的马兰味，也是故乡的味道。

不知道哪一年起，反正是很多年前了，我春节回家，突然发现，春节竟然能吃到新鲜的马兰了！

家里竟然开始种马兰了！

要知道，马兰以前是天生植物啊。

“那有什么的，田埂上挖些马兰根，像种菜一样，把根埋好，盖上稻草，就长起来了，”弟弟这样告诉我，“就那么简单。”

后来，清明前后，弟弟也经常托来北京出差的朋友，给我捎些自己种的马兰来，以饱我口福。

如今春节回去，村里很多人家种了些马兰荠菜的。

种植的马兰，比野生的鲜嫩肥大许多，不过，少了些苦涩味。

过去中医养生讲，性寒苦涩，清热解毒，不知如今这效用是否还有？

不过，原有的功效是否存在姑且不说，马兰却成了反季节食品中的上品。

过去清明之后，马兰会开花老去，人们也就不再食用，如今一方面能够人工种植了，另一方面保鲜技术过关了，人们一年四季都能吃到马兰了，不过，却不知是否真的是福气？

没有了季节的期待，原来的生活也愈发遥远，马兰也就只是一种蔬菜而已了。过去味道虽已不再，儿时故乡的记忆，却愈发清晰起来。

八月廿四吃团子

晚上吃饭的时候，母亲突然问我："吃不吃团子？今天是八月廿四，锅里还有几个咸汤团子。"

哦，我都过得忘了日子了。

农历八月廿四，按老家的习俗，应该吃团子。

为什么这个时候讲究吃团子？

父母也讲不上来，只是说，谢灶家菩萨、灶家娘娘。

哦，原来是请灶神的。

母亲说："谢灶家菩萨，早谢晚谢，不如八月廿四谢一谢。"

这是老话。

邻居老伯母插嘴说："灶家嬷嬷也欢喜吃团子的啊。"

父亲说，小时候，庙上（我小学母校朱家桥小学前身，原来是个庙）那些住庙里的人，八月廿四都要出来，一家家地谢，没谢完还不能吃饭。那个时候，每到八月廿四，经常要先等他们谢灶神，放学回来饿得也没饭吃。

我小时候这个季节，正好青豆下来，过去肉少，都是把青菜和青豆剁碎了做馅，青菜青豆馅米粉团子，味道也是很好。

但这个季节，因为节气原因，自己地里的青菜长得并不好，加上青菜馅时间一长，馅就会失去诱人的青菜色而变黄。所以母亲说："青菜馅的，现在也就早上随便做几个吃吃。现在又做萝卜丝肉馅团子了。今天下午，我们多做几个萝卜丝肉馅团子，能放。"

"好啊，我就喜欢萝卜丝肉馅团子。"丫头高兴地说。

早上，母亲做的青菜肉馅团子，美味可口自不待说。不过，格于我的体型，我控制了馋虫，只吃了两个，跟丫头一样多。

记忆中的烤饼

中秋节就要来了。

办公室已经放了好几盒朋友送来的月饼了。

小时候，月饼是个很稀罕的东西。如今，说实话，很怕月饼了。

看着这凌乱放着的月饼，突然间想起了小时候中秋家里自己做的烤饼。

记忆中那些藏在瓮头里，泛着金黄色的，混杂着菜油和面香，吃起来酥松的美味烤饼。

有多少年没吃过烤饼了？

已经记不起来了。

不过，烤饼，曾是幼时过中秋不可或缺的美味。

小时候，物质匮乏生活艰苦是普遍现象。

那个时候过中秋，家里从来不买月饼。

每年只有堂姑买几块送来孝敬爷爷奶奶，算是堂姑感谢老人的教养之恩。

所以，月饼总是要留到八月十五，一块月饼要切成八块，给家里每人一块。

不过，烤饼并不像月饼那么金贵，而且，数量还不少，毕竟是自家做的。

记忆中，一般到了农历八月，我们那儿的农村，家家户户都会开始做烤饼。一般都是女的做，我们家是奶奶和母亲。

所谓烤饼，顾名思义，就是烤出来的饼。

用面粉和水，加进酵母（使烤饼更酥松），经常还会放些糖精（使烤饼有甜味），或者芝麻（以使烤饼更诱人），揉成面团，切成长方形的小条块，在大铁锅上抹上一层油，又在小条块上抹上一些油，那个时候，吃的都是油菜籽榨的菜油，然后把小条块放进大锅里烘焙。

灶膛里炉火正旺。渐渐地，面条块由白色渐渐泛黄，油色开始发生作用了。酵母也开始发挥作用，面条块由扁长渐渐蓬松起来了。

火候一到，烤饼便已做好了。

用锅铲铲起来，放在一边，可以趁热吃，但要小心烫。

放凉之后，就把烤饼放进瓮头里，密封好，一是防止漏气，一旦漏气，烤饼就会变得不酥松，不好吃了，更为重要的，也是为了吃更长的时间。这也是乡下人的算计吧。

除了条块的烤饼，还有圆形的。

圆形烤饼做法与上述大致一致，不过，圆形的烤饼里，讲究的人家，根据不同的口味，会加些馅，比如黑芝麻馅，比如猪油米粉馅（用猪油和米粉搅拌做的馅，很香，我小时候很喜欢）。同样，根据不同的口味，有的会做成甜的，有的会做成咸的，算是很丰盛了。

做烤饼的时候，家里人还会根据不同的味道，用不同的材质，做上不同的记号，以免享用时搞混。

比如，条形的烤饼，因为体积小，一般不会有馅，只会分咸甜。通常，面上带有黑芝麻的，是甜的；不带的，一般有淡淡的咸味。

圆形烤饼，面上是黑芝麻的，一般是黑芝麻馅；面上是白芝麻的，一般是猪油米粉馅；没有标记的，或是淡的，或只有些微咸味。

不过，这些，已经只是当年一个馋嘴的小孩，在大人做这些食物时，扒着灶台看着大人干活时的记忆了。

家里也已经很多年不做了。

9月18日，因公顺道回家，我问起母亲现在是否还做烤饼，母亲说："现在谁还高兴做烤饼啊，费功夫，又没人喜欢吃。"

是啊，现在商店里能很方便地买到面包、点心，而且可能还比烤饼更好吃，谁还愿意花费很大的功夫，去做烤饼啊。

在工业化的过程中，一个个曾经的美味食物，就这样与生活渐行渐远了。

也许，再过几年，连烤饼这个名字，也会有很少人有印象了。

摊茄饼

茄饼，是我故乡常武地区的一种传统美食。

形似半月，用面粉或米粉，裹馅，用油煎或炸而成。

为什么叫茄饼，我一直不清楚，也没有问过家里的长辈。

心里猜测，大概是农历七月，茄子是时令鲜蔬，把茄子去皮，做馅，所以叫茄饼了。

当然，这只是我心里的猜测，也许，查一下地方志，可以略知一二，但我颇怕麻烦。

茄饼，一年只吃一次，就是在农历七月初至七月十五之间。

差不多二三十年前，奶奶和母亲摊茄饼的模样，依稀还在记忆中。

茄饼，最常见的是用面粉，倒在面盆里，或者大一些的瓦罐里，用水和好，不稀不稠，最是要紧。

一般面糊盆里会放上一把小铜勺，这是摊茄饼需要的工具之一。

边上盆里或罐里是做好的馅，夏天通常有韭菜馅、长豆馅、茄子馅、青菜馅、芝麻馅和豆沙馅，还有剁碎的青豆馅等等。

那个时候生活困苦，如果馅里拌上剁碎的肉末，那绝对是上上之选；没有肉，鸡蛋和豆腐，也会让纯素的馅增色不少。

虽然生活艰苦，但苏南乡村，物华天宝，田边地头，随处可见种的赤豆、绿豆和芝麻等，所以，一般豆沙和芝麻，总是不缺的。

当然，馅盆里，也会放一把小勺子或者一双筷子，以备取馅之用。

面盆、馅盆之外，必放的是油罐。

我家的油罐，因为用得久了，我记得很清楚，油汪汪的，还摔了个缺口。

摊茄饼的时候，还有一根切掉头的细长茄子。

当然，摊茄饼还有一个必不可少的工具，就是一个小的圆铁箍，一般不比鼠标垫小。

开始摊茄饼的时候，把圆铁箍放在大铁锅锅底，锅底和铁箍之间形成了一块空地，也称锅底膛；把大铁锅烧热，用那根细长的茄子，蘸着油，把锅底膛抹一遍，此一抹，大有讲究。

一来是为了让面糊不粘锅，二来也是为省油。

用小铜勺舀上一勺面糊，倒在锅底膛，用铜勺底摊成圆形，在正中心放进馅（量要适中），用锅铲把受过油的火热的面皮折上，呈半月形，把边沿压紧，以防馅漏出，翻身，受油受热，差不多时，用茄子再在铁箍上面的锅面上抹上一圈，用锅铲把锅底膛的半月形茄饼铲出，搁在铁箍之上的锅面上，继续受热，以待面馅皆熟，而锅底膛，则是一个新的茄饼的反复。

如此这般，铁箍上已经很多了，最早上箍的茄饼也逐渐被铲出，放在碗里，这就算熟了。

苏南除产面粉之外，更产上好的米粉。不过，米粉茄子，做的数量一般远少于面粉做的。

因为米粉和起来更复杂、更显功力。一般米粉茄饼，馅多以豆沙芝麻为主，也有青菜的。

我比较喜欢青菜馅的茄饼。

条件改善一些之后，逐渐富裕起来的家庭，摊茄饼越来越少，开始油炸茄饼。面糊里大概放上了酵母，油炸的茄饼，外形多还是半月形，但有很多泡，蓬松香脆，自然要比摊出来的口感好了许多。

吃惯了油炸的茄饼，一般就不喜欢吃摊的了。

农历七月，是鬼月，七月十五，是鬼节。

所以，茄饼，一般也是要上供的。

过去供完之后，还是会被吃掉，怕浪费。

我和弟弟都不肯吃上过供的，我们说，这些都是祖宗或者鬼神吃剩的，上面还留着他们的口水呢。

这些话经常把我爷爷气得骂我们没良心，大不敬。

不过，我有很多年没吃过茄饼了。我也不知道，故乡的亲友们，过七月半的时候，还吃不吃茄饼。

写着写着，眼前全是热腾腾的茄饼，油炸的摊的，嘴里都生津了。

茄饼，真的好吃。

甜白酒

常州乡下，武南地区，中吴要辅，八邑名都。春秋时期，即有遗迹。

这样一个物华天宝、文史汪洋的地方，传统节日最能体现文明的传承。端午节也不例外。

虽是水乡，早些年也是河湖纵横，但武南地区的端午节，至少，我这般年纪的人，是没见过端午节赛龙舟的。那只是在书上读到过。

最能体现文明传统的，是食品，那是大音希声般的文明，已经渗入骨髓，所以容易被人遗忘。

武南端午节还是充分呈现了鱼米之乡的地方特色：上好的芦苇粽叶、优质的糯米，以及过去乡村里家家户户都有的、如今城里人稀罕的土鸡蛋，都是端午食品最好的材质。

甜白酒就是由优质糯米酿成的佳品，是武南地区过去端午节最重要也是最著名的食品之一。

就像粽子一样，很难想象，没有甜白酒，还叫过端午。他们与煮鸡蛋一起，算得上是秤不离砣砣不离秤的。

就像宗教仪式一样不可或缺，哪怕最穷的时候，多少也要做一些，有了它们，才算过端午节。

过去家里都是母亲做甜白酒。

甜白酒的材料很重要，除了上好的糯米，还要酒药子好。

有的时候，碰上药引不行，手艺再好，也难以酿出上好的甜白酒。

把糯米洗净，用柴火煮成糯米饭，稍凉，把酒药子混入糯米饭，拌好，盛起，装入陶罐或瓦罐中（也有不讲究的，直接用搪瓷脸盆装了了事，那就实在不咋样了）——与冬天做米酒用大水缸不同，甜白酒一般做得不多，所以用的罐不大，可能一是糯米产量小，二是天热，那个年代不易储存，做多了容易坏，自然，也有可能是因为生活条件的限制。

装入罐之后，通常要在罐里的糯米饭中央挖个洞，倒些凉水，俗称“破水”。

破水名字难听，却是做米酒过程中极其重要的工艺，它决定了酒质的好坏。

通常来说，水破得越少，酒产量越小，酒度数越高，容易醉人；水破得越多，酒越淡，好上口，不易醉。

破水之后，要把瓦罐封盖起来，外面用破被子或破棉衣包扎起来，等它发酵，直到米酒渗出，糯米泡软，酒香满屋。

与冬天米酒不一样的是，甜白酒主要不是喝酒，而是吃被酒泡软的糯米，其实就是酒糟，只不过，此时还不算真正的“糟”。

虽然工艺简单粗糙，但甜白酒清冽润甜，大人小孩都能吃，连孕妇也能吃。

不过，吃多了，也会醉人的，而且一旦真醉了，是不易醒的。

小时候看《白蛇传》，我一直以为让白素贞现原形的雄黄酒就是甜白酒，后来才知道，雄黄酒原来另有出处。我们的甜白酒跟这伟大的功用是无关的。

心里长舒一口气。

其实其他地方也有甜米酒。比如湖北孝感的米酒，比如四川的醪糟，味道有类似之处。

不过，这些年走南闯北，尝多了，却并没有觉得外面的这些甜米酒有老家甜白酒的味道。

确实没有。

套用斯宾格勒的说法就是，土地有一种神秘力量，人们在那里住过，便会受其影响。住越久，它便将每一个人缠住越久。

于我而言，这句话具有真理性。

记忆中的粽子

端午节来了。

现在端午开始放假了，据说是为了尊重传统。在一个快速向工业化、信息化、物质化过渡的国度里，放假是否有传承历史的效果，存疑。

小时候乡下生活贫困，端午节一般也正是农忙季节，是插秧的时令，哪有什么假期！

但无论大人小孩，对端午节个个记得很清楚，而且家家必过端午节。

虽然很多年没有过过端午节了，但坐在电脑前，小时候过端午的影像，一一在心海中回放起来，那么真切，那么清晰。

尤其是小时候端午节必吃的三种食物：粽子、白酒（方言，甜米酒的意思）和咸蛋，更是激得今晚尚没吃饭的我，胃咕咕叫了起来。

古人望梅止渴，今晚我是想起故乡的粽子、白酒和咸蛋，胃里更难受。

我有多久没有吃到家里端午节的粽子了？

想想，1986年之后，好像再也没有吃过。

这些年在外折腾，粽子倒是见识了很多，粤式的、北派的、海派的，甜的、咸的、荤的、素的，见过不少，偶尔也一尝，但几乎没有什么记忆，事实上我也很抗拒。

就是不知道为什么，没有理由。

想来，一定是这外面的粽子，少了吸引我的味道吧？

老家人过去要吃粽子，一定只有在端午节。

不像如今，什么时候都能吃到，只要你想。

一个东西普及程度越高，其内在的价值，消损一定越大。

粽子就是其中之一。

小时候，临近端午，正是黄梅季节，东西容易发霉。

老家人总是要提前把往年积存的陈粽叶或者买的新粽叶洗净晒干。那个时候，一个村上，家家户户，或门口场地上支着的晾衣竿上，或是窗户上，都挂晾着粽叶，也算是比较独特的乡村景象。

粽叶其实就是芦苇叶。我们周边，虽然河多，芦苇却不多，即便有，叶子也很小，不好包粽子（我们家曾有过一畦芦苇，包粽子也不行）。所以，一般都是到街上去买灵台运村那边湖里的芦苇叶，那里是滆湖的芦苇，湖里苇叶宽大厚实，包粽子很好。

不仅是粽叶要洗净晒干，赤豆、糯米，也要洗净。

老家的粽子，早年主要有两种，一种是白粽子，就是只用糯米，还有一种就是赤豆粽子，糯米掺杂着赤豆。

我小时候喜欢的是赤豆粽子。

包粽子，自然是女人的活。

小时候，这都是奶奶和母亲的活。

我偶尔也会打打下手，也学着包，见样学样。

比如，把粽叶先转成一个圆锥体，里边灌上糯米和赤豆，也学着大人用筷子把粽叶包裹起来的糯米和赤豆戳实——用粽叶包粽子强调结实，不能松松垮垮的，否则，一煮，粽叶必然散开。

但我总是包不结实。

所以，我至今也没有真正学会包粽子。

所以，家乡的粽子味道，在我这个游子这儿，注定消失了。

把糯米和赤豆倒在包成圆锥体的粽叶里，灌满、扎实之后，上面再用粽叶盖上，包紧，这一过程之后，用专用的粽线扎紧，粽子最后就成了三角形了。

现在外面的粽子，有用一般缝衣服的线扎的，甚至也有用尼龙绳扎的，殊不知，这一煮之后，完全破坏了传统粽子的味道。

包粽子，要用专门的绳线。

包粽子的线，通常是杆棵穗外壳老了后，经捶打变软，撕条所成。它也是自然之物，也是一种茅草。

有时，也有人会在粽叶之外，再包上一张杆棵叶（也是一种能像芦苇一样长的茅草，只是旱生，每年冬天要收割，老的可以用来扎篱笆或搭瓜架），杆棵叶最常用在冬天蒸团子，不易粘锅。

按照现在的说法，都是纯天然东西混搭，放在灶台上的大铁锅里，用柴火一煮，满屋清香！

端午节吃粽子时，条件好一些的，一般还要用糖蘸着，尤其是白粽子。

条件好的，会有些白糖，但一般用黄糖，黄糖现在很少见了。

与冬天蒸团子一样，端午做粽子，也会做上够吃好几天的量，放起来，连续吃。

后来我想，也许是因为做粽子本身费事，加上农忙期间，能够一次做了放起来，也算是一种运筹学吧。

不过，端午期间，天气已经热了，所以，煮好的粽子，凉之后，一般要用井水浸泡起来。

过了端午节，下田干活忙时，大人总会带上几只早上新蒸过的，有时干脆是凉的粽子，放在田间地角，当饭吃。

按我们老家的说法，糯米不易消化，吃了不容易感到饿。

不过，我不吃粽子已久了，尤其是家里的粽子。

这些传统，对于生活在城市里的时间超过故乡的人来说，已渐行渐远。

甚至，我都不知道，家里，母亲和弟妹，是否还会在端午节包粽子（糯米每年总是种的），我也没问过。

内心已经失去传统的城市和人群，是永远无法续接传承乡土产生的文明和传统了。

即便把它奉为节日，也不过是城市消费主义消费传统的说辞。

想想也是，正在农忙中的人，如何享受这国家的法定节日呢？

我也无地自容。

斗 鸡 子

鸡子，我老家方言，其实就是鸡蛋的俗称。

斗鸡子，是我小时候端午节的一个经典游戏。

只是，我不知道，如今老家的小孩还玩不玩。

反正，我家丫头不会玩，除了看动画片，就是玩电脑游戏。

想来，老家的小孩，现在也没有玩斗鸡子的兴致了，有太多的现代诱惑了。

小时候生活艰难，所有好吃的，都会集中在传统的吉庆日子，端午节就是其中之一。除了粽子和甜白酒，还会一下子煮好多鸡蛋。

我不知道为什么，也没问过家里的长辈，老家过端午，为何要煮这么多鸡蛋。反正，这是小时候的一种习俗。

端午节煮的蛋，有两种，一种是平常的煮鸡蛋，另一种，是腌过的咸蛋。

当然，端午节煮的蛋，以鸡蛋为主，也有鸭蛋，甚至还有鹅蛋。只不过，本地养鹅少，所以鹅蛋显得金贵，尤其对于小孩来说，更是如此。

因为鹅蛋不仅个大，在斗鸡子的游戏中，一般鹅蛋对鸡蛋、鸭蛋，无论咸淡，更是无往而不利的。

所以，小时候过端午节，拥有一枚鹅蛋，是每个小男孩的梦想。

我打小就没有拥有过这样一枚百战百胜的鹅蛋。

这也算是一种历史污点吧。

斗鸡子是小男孩的专利游戏。

几个小男孩凑在一起，有拿淡鸡蛋的，也有拿咸蛋的，还有鸭蛋的，攥在手中，只露出小小的一个蛋尖头，与其他人的蛋对敲，破即为输。

一枚蛋分两端，一端形尖些，被称为鸡子头，一端大些，被称为鸡子屁股。

蛋头对蛋屁股，头必赢。除了蛋屁股是空的、蛋头是实的原因之外，年岁渐大之后，我渐渐明白，蛋壳受力面积越小，越容易破。

所以，有经验的斗鸡子的孩子，总是只让鸡蛋露出蛋尖一点点，以增加胜算。

这个也算是蛋本身实力之外，决胜的一个重要经验吧。

被敲破脑袋的鸡蛋，当然，只能下肚子了。

一枚颇具实力的蛋，即便连胜几场，也不会多。毕竟，每次相斗，对蛋壳来说，都是一次损伤。毕竟，也就是个蛋壳。杀敌一万自损三千，斗鸡子很好地体现了这个道理。

除了鸡子这个武器问题，斗鸡子关键是干脆劲，讲究快、准、狠，一记下去，毫不拖泥带水，胜负立分。

那个年代，我总是输多胜少，也不知道是为什么。蛋不好？斗鸡子水平不行？

也许，都有。

与端午节鸡蛋相关的，还有那个时候大家都喜欢用玻璃丝或尼龙绳编织成小网兜，把鸡蛋装在小网兜里，家庭条件好一些的小孩，一般会装上几个。

女孩子不斗鸡子，她们喜欢比谁的网兜漂亮，红色玻璃丝最受欢迎。

我小时候也会编这样的小网兜。

我小时候还会帮着修补大渔网。所以，编织这样的小网兜，有点类似治大国如烹小鲜的感觉。

不过，斗鸡子的岁月，终于一去不返了。

萝卜丝肉馅团子

周六，母亲做了萝卜丝猪肉馅的团子。这是我最喜欢的家乡美食之一。

米粉是家里带来的，肉也是家里带来的，只有萝卜，是母亲在北京的菜市场买的。

头天晚上同事聚餐，回家时家人都已睡下，所以我并不知道早上吃团子。

早上，一口下去，那个香，米粉的清香味，混杂着萝卜味、肉味和青蒜味，经过了味蕾，沁入了心脾。

很快，四个团子下肚了。

馅想来是头天晚上弄好了的。萝卜丝是用擦子擦出来的，细细的，肉馅也是家里带来的肉剁的，里边还掺杂了些切碎了的青蒜。喜欢使用青蒜，是我们家的传统。

我眼巴巴地望着，母亲笑着说，没了，你也别吃太多了。

还有几个做好的团子放在厨房，我看到了。但母亲也没敢给我多下，怕我撑着，这也是她老人家的经验。

我也会包团子，但自己单独不会弄，太太也没学会。

每年春节前，我们老家农村，几乎家家户户都要做团子，一下子做很多。那个时候做团子，常常要请亲友或邻居帮忙，因为要做得很多。从年前到春节之后，团子是要吃很长时间的。

那么多团子，有有馅的，馅主要有萝卜丝肉馅、黑芝麻馅、红豆沙馅，也有没馅的小团子，还有做年糕。除了白米粉，还有一种植物，我忘了叫什么名字，方言叫“绿芒头”（音），可以挤出汁液来，和在米粉中，做的团子就是绿色的了。我丫头就喜欢这味，今年还要我母亲带来，结果，母亲忘了。一般绿团子，主要是豆沙和黑芝麻做馅，以区分萝卜丝馅。

讲究的萝卜丝馅，用的不是猪肉，而是猪油渣，特别香。

对不同馅的团子进行区分的方法，除了绿色以外，还有一种，就是一般萝卜丝馅做的数量最多，团子做得就像一个女性的乳房，上面有个尖尖的头。而豆沙馅或黑芝麻馅，甚至一些青菜馅团子，形态像北方的馒头，没有那个像乳头一样的尖尖。

那么多团子年糕的，用蒸笼蒸熟了，放凉了，第二天或第三天，用清水浸起来，这是为了防止团子干裂。没馅的小团子，这个时候，就像一串串特大的白葡萄似的。

吃的时候，用清水一煮，熟了即可，或者也可以加在白粥里一起煮。

冬天蒸团子时，很少有人家用青菜做馅的，虽然青菜馅非常好吃。无他，因为青菜馅必须尝鲜，一熟即食，否则，时间稍长，青菜馅颜色就会变黄，少了新鲜之味。

回家，我吃团子总是吃得撑撑的，无论是青菜馅还是萝卜丝馅，每天早上撑得，只能在田间地头转悠。

做团子，在我看来是挺费事的。和米粉，准备馅，我至今没有学会，虽然包起团子来，手也挺快的。

和米粉，类似北方和面，表面简单，其实挺讲究。和米粉，要用开水，而且水量要适中，否则，要么米粉黏度不够，要么太烂。

过去水平或者经验不足的人，遇到这种情况，总是要不断地往里加东西。干了加水，烂了加米粉，结果弄得米粉越来越多。

母亲不会这样。她总是做得很合适，做了多少馅，就准备多少米粉。

北京其实也有米粉卖，是水磨粉。我一直劝父母不要给我带米粉，路途遥远，两位老人远行出门，不方便，但父母不同意，所以来的时候，带了一袋家里碾压的米粉来。母亲说，这是自己种的糯米，杂了少许晚稻米，品质非常好。

母亲不喜欢使用北京的水磨粉，早些年在北京时曾经买过。她认为水磨粉做出来的团子太软，也不好吃。

每次母亲来北京，团子都是母亲少不了要做的美食，这也是我真正大快朵颐的时日。

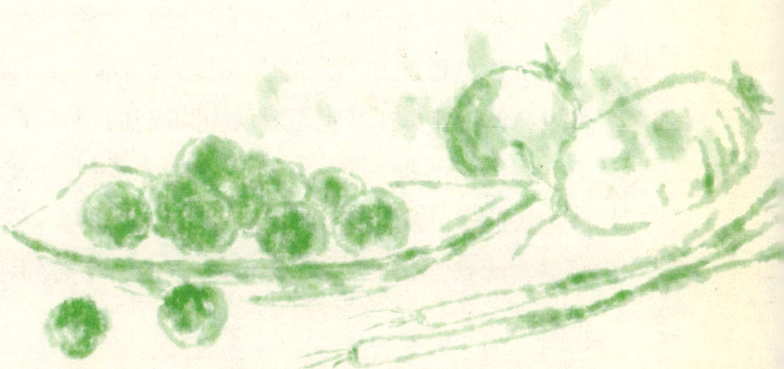

咸 肉 饭

太太下班去岳母家接丫头了，顺便在那儿吃晚饭。

刚过春节，冰箱里没有新鲜的蔬菜。

我说我在家吃咸肉饭，冰箱里有新鲜的腌咸肉。之所以叫新鲜腌咸肉，是因为腌的时间尚短，肉还不够咸。

腌咸肉是我从老家带来的。这些年，每年回家，父亲都会杀头猪，腌一部分。自己家养的猪，如今吃的都是粮食、麸皮和豆饼，不像养殖场的，吃了加料的饲料，所以味道和北京买的绝对不一样。每年我们离开的时候，都会带一些回北京。今年春节那头猪，父亲说，光肉就有一百九十斤。

打开冰箱，找了块不算大的肉块，上面还沾满了精盐。过去腌肉，用的是大粒盐。把刀和案板洗净，先简单地把咸肉外面的那些精盐掸掉，然后把肉搁在案板上，切成薄片，正好，肥瘦适当。

把切好的咸肉装在一个碗里，用清水洗几遍，倒在电饭锅里。在电饭锅里放进适量的米，淘干净，这一过程，既是淘米，也是再次清洗咸肉的过程。

放进适量的水，开煮起来。

下了盘棋的功夫，米饭熟了。

打开电饭锅，满厨房飘香，是咸肉糅合着米饭的香味。

吃起来，那个味儿，真是，写着写着，都满嘴生津了。虽然，在现代养生学角度，这可能并不是健康饮食。按我同事一龙的指责，我这样吃，既是对我们家佩佩不负责任，也是对《中国周刊》不负责任。

因为只是我一个人的饭，肉略多了些，所以，吃起来略有些腻，但这不是咸肉饭的错。解腻之道，就是那块萝卜干，也是我妈腌的，咸甜的，吃起来嘎嘣脆，解腻。如果没有这样的萝卜干，一般的咸菜，尤其是带叶子的咸菜，也很解腻的。

咸肉饭是我们小时候乡下的名吃。

我们中学时代，都是自己带米蒸饭吃。那个时候温室效应还不明显，春天气温还较低，新蔬菜面市之前，咸肉饭是很多同学中午常吃的一种饭。

那时，虽然家里穷，但过年的时候，很多人家还是要杀年猪的，或者，也要买一些肉，腌起来，以待来年春天食用。

用咸肉蒸饭，现在想来，不外这几种原因：一是那个季节天气尚冷，虽在农村，青菜贵且少；二是农村油水少，可不像现在，炒菜都尽量少放油，个个面黄肌瘦的，所以，冬天腌的肉，在春天可以一补油水之不足，尤其是对正在抽条的少男少女来说；三是咸肉蒸饭省事，把肉切片，和米一起洗干净，放在饭盒里一蒸即可，一来有了咸味（按过去的说法，吃咸有力），二来米饭油汪汪的，补了油水。

这在当时，可算是绝对的美味。

不过，因为现在我吃的是新鲜的腌咸肉，与过去春天的咸肉相比，时间短了些，所以，咸肉饭虽然泛着油光，闪亮迷人，但还缺少小时候咸肉饭泛着金黄色光泽的感觉，这是美中不足的地方。

可以说，我们乡下，这个年龄段的人，都有咸肉蒸饭的经历。这是一种美好的回忆。

而且，不仅仅是一种美好的回忆。这些年，每年春天，我在北京，也还会这样，消费着不远千里从家里带来的咸肉蒸饭。去年，我甚至一直到秋天，还在吃。

有时跟兄弟们提起，个个似乎都要流口水似的。

这不，年前回家，我几个家里过年不再杀猪的朋友，还跟我订家里带来的咸猪肉呢。

菜馅大馄饨

“赤佬，当心撑死啊。我才吃了一碗，你竟然吃了两海碗！”

弟弟在旁边摇着头说。

我使劲揉着肚子，确实吃多了。

一回老家，我确实贪嘴。菜馅馄饨就是其中让我贪嘴的一种传统食品。

菜馅大馄饨是我们老家的名吃，也是我们家的名吃。每年小年夜，家里都会做馄饨，就像北方人过年要吃饺子一样，这也是一种习俗。

按照老辈人的说法，吃了馄饨，新年就会有新衣服穿。

我后来猜想，这个说法，原因大概不外三个，一是馄饨这种食品，是用面皮包着菜，有点类似于衣服之于人；二是乡下过去穷，也就新年到了，才有新衣服穿；三是形似元宝，寓意财富。

当然，现在这三个原因，都已不靠谱了。但吃混沌，作为我老家乡下的一种习俗，至今仍在延续。

小年夜我到家的时候，是早上。弟妹正忙着搞菜馅。一篮子一篮子的青菜，开水焯过之后，放在灶台边，弟妹正把这些青菜剁碎。

我太太后来也跟我妈学了做菜馅馄饨，但还是北方人做饺子馅的习惯，菜馅剁得不够细碎。

做菜馅馄饨，一个核心要义，就是要把菜馅剁碎，越碎越好。

第一次剁完之后，用纱布把剁碎的青菜包起来，把水挤掉，然后再进行第二轮，剁完之后，再用纱布去水，这个时候，菜馅的细碎程度，大致应该不差了。

虽然，用现在保健的眼光看，青菜用开水焯过之后，营养应该流失很多，但作为一种传统美食，这是必须进行的过程。

菜馅剁碎之后，要调味、放盐，有些人还喜欢放味精，不过，现在放味精的少了。真正的小年夜的菜馅馄饨，不单纯是青菜，还要加荤货，才能足味。

不太讲究的，就放进肉馅。肉馅必须是熟的，否则菜肉难以同步熟。当然，做馅的肉末，也要剁得细，最好也是半肥半瘦的，因为肥肉本身比瘦肉香。

讲究的，放的荤货不是肉馅，而是剁碎的猪油渣。熬过油之后的猪油渣，撇开现代营养学不说，却是做馅的上好的料。

青菜加猪油渣拌成的馅，在包馄饨的时候，其实就可以食用了。小时候包馄饨的时候，我常常偷偷地夹一筷子放进嘴里。

过去吃馄饨的时候，总要拿只大海碗盛，先用筷子掘一大块猪油，放在碗里，再倒些酱油，加些味精，另外，佐味的青蒜末是必不可少的（我一直说，青蒜是我朱氏私房菜的百搭法宝）。

直到今天，我在老家吃馄饨，也还是这样的吃法，虽然隐约知道，这样做有些不科学养生。

头天剩下的馄饨，煮熟后晾着，第二天想吃汤馄饨，就下汤混沌，想吃煎馄饨，就吃煎馄饨。汤馄饨和煎馄饨，各有各的味，我都很喜欢。

我故乡很多人，最喜欢的还是荠菜猪肉馅馄饨。因为荠菜比青菜要金贵得多。过去只有野生的荠菜，现在种植的也很多，很嫩。但我一直不是很喜欢荠菜馅馄饨，因为荠菜有一种特殊的涩味，另外，荠菜吃起来感觉不如青菜细腻、口感好。

夏天的时候，老辈人还喜欢吃韭菜馅馄饨，但我对韭菜馅馄饨的感觉也是一般，我最喜欢的饺子却是韭菜鸡蛋馅的。

夏至的时候，老家也有很多人吃馄饨，至于由来，我也没去打听，反正，夏至吃馄饨也是一种习俗。

北京早餐也有馄饨，是小馄饨，我们老家也有，但很少人家做。过去的说法，这是安徽人喜欢的。皮大馅小，也叫抓挤馄饨，一抓一挤，馄饨就成了，不像我老家的菜馅馄饨讲究。

虽然现在生活条件好了，也讲究科学养生，但菜馅大馄饨，一直是我这样以上年龄的同乡最喜欢的一种传统食品，无论他远在天涯海角，还是就在乡下故土。在北京，也有菜馅馄饨卖，但那些上海快餐店的所谓荠菜馅大馄饨，其实是真正糟蹋了荠菜馅大馄饨的名号。我吃过以后，再也没在那些快餐店、本邦菜馆吃过荠菜馅大馄饨，那简直是对美食和传统的羞辱。

北京有些与苏南相关的饭店里，比如朝阳门的常州宾馆，那里的菜馅大馄饨，还算过得去。我在那儿吃饭的时候，偶尔也会点着吃点，一解馋虫。

现在北京也有馄饨皮卖，不过，切得比较小，主要是包小馄饨用，皮也太薄。我太太在家，有时也会做些放在冰箱里。我包馄饨是个好手，非常快，不过，北京的青菜和肉都无法跟我老家相比，有点南橘北枳的感觉。

不过，我太太是老北京，能做馄饨了，总是让我有点宽慰。

母亲的咸粥

今天是农历十二月初八。

太太说，要吃腊八粥。

这是中国的传统，大概南北相差无几。

晚上到岳母家蹭饭，也是腊八粥。岳母怕我吃粥不饱，另外还煮了些饺子。

岳母煮的腊八粥，内有红薯、红枣、红豆等，甜甜的，好吃。

不过，这并不是我记忆中的腊八粥。

母亲熬腊八粥，会和岳母一样，熬得酽酽的。

但记忆中母亲的腊八粥，用料和味道，和北京这边吃的，决然不一样。

母亲熬的粥，味道不是甜的，是咸的，所以，又称咸粥。腊八之后，一般阴雨天，农闲无事，也会熬上一锅，开春了，也会吃。

咸粥的用料，大米自是必不可少的。除此之外，主要还有经过腌制的猪骨头，条件好的时候，一锅粥里，一般排骨、腔骨、棒骨都会有。腊八熬粥，猪骨头是要提前腌制的，用经过腌制的骨头熬粥，味道很独特。

过去冬天农家虽穷，但也偶尔会腌制一些排骨，尤其是杀了年猪之后，会把很多猪肉骨头腌制起来。所以，开春之后，阴雨天无事，熬咸粥，如果放上几块腌透了的骨头，那个味，绝对是一绝。

如今大多数人，生活条件好了，常常喜欢吃新鲜的，实际上也是嫌腌制骨头麻烦。所以，咸粥的味道，有点偷工减料了。我回家想吃咸粥，实在没有腌制好的骨头时，母亲会叫父亲上街临时买几块，回家腌上，或当天晚上，或第二天洗干净再熬粥，以解我之馋。

这个在老家，叫“鲜鲜腌咸肉”，其实就是新鲜腌咸肉。

除了肉骨头，粥锅里放的料，有切成块的白萝卜，有晒干了的白薯干（在我的老家，白薯储存很麻烦，需要挖洞，所以，除非留种，一般农家喜欢把白薯切成块，晒干了储放），有赤豆（偶尔也会放些绿豆）、蚕豆（有时还经常提前把蚕豆用水浸泡，等它出芽，老家叫回芽蚕豆，非常好吃）、黄豆，有时也会放些芋头，青菜自然是必不可少的（北方通常叫油菜，其实南方经过霜打的青菜，味儿与北方的油菜，有霄壤之别），过去种甜菜时，也曾有过用甜菜熬咸粥的，虽然过去已经久远，但我还能依稀记得甜菜咸粥的味，不过，我并不是很喜欢用甜菜熬的咸粥。

这么些料，放在一口大铁锅里，用柴火，一般时间比较长，熬得酽酽的，这味儿……不好意思，嘴里津液自生了。

乡下用大铁锅和柴火熬出的粥，跟现在用小锅和煤气熬出的粥，味道当是不能同日而语了。

出锅的时候，讲究的，还要撒些青蒜末儿，串味，那个香啊，实在是无法形容。

除了喜欢吃现熬的粥外，我还喜欢头顿剩下、第二顿回锅的粥，“拷咸粥”。

回锅的粥，这时骨头什么大致已经不可能剩下了，但味很足，出锅时撒把青蒜末最好。回锅之后，容易出现类似锅巴的东西——“锅笃头”，与锅巴不一样的是，“锅笃头”软软的、烫烫的，稍带些煳味，绝赞。

有时因为剩的不多了，回锅的时候，要加不少水，这时粥会变得很稀。这时，如果已经备好年货了，会在粥里再加几个萝卜丝猪肉馅的米粉团子，或者没馅的小团子（北方叫汤圆），放在剩下的咸粥锅里，一起煮一煮，味道依然很好。

我也是后来出来读书之后，才知道，腊八粥还有传说，有朱元璋的，更有比朱元璋更悠久的传说，竟然还与佛教传统有关。

不过，这些都与我喜欢咸粥无关。

我很喜欢吃咸粥。

自1985年离家远行之后，每年冬天，只要回家，我最少要吃一顿母亲熬的咸粥，这已经是我们家的传统项目了。我的父母兄弟都清楚。

这么些年过去了，我的头发也斑白了，但对咸粥的爱好依然如故。

我曾经假想过，如果，如果我在北京开一家这样的咸粥店，应该会吸引不少来自故乡的老人吧？

年轻人呢？恐怕够呛了，他们的味觉，已经被洋快餐和所谓健康食品摧毁了。

想来，母亲和父亲，以及老家的兄弟，和其他的亲人们，今天应该也是吃的腊八粥吧？

蛇 糜 子

“蛇糜子草（蛇糜子，在常武地区方言音中，发“傻米则”音）么，蛇糜子又不能吃。”

四月底回故乡，我在河岸边高埂地的沟渠边用手机拍了张绿植的照片，弟弟看了，有些不屑地告诉我。

父亲拿着我的手机看了一下，说：“其实我们也都吃过蛇糜子。不过，现在还不到季节，蛇糜子都还没开花呢。”

我和弟弟小时候也都吃过蛇糜子。

蛇糜子是我小时候常见的一种绿植，伏地而生，三叶并长，叶色青且光洁，有纹路。

春天蛇糜子开小黄花，花落后结红果。

我小时候没见过草莓，及后见到草莓苗，一下子便勾起了对蛇糜子的回忆。

蛇糜子不就是野草莓么，红果像草莓，叶子像草莓叶，不过具体而微，天生地养而已。

蛇糜子草喜阴凉湿润，常生长于田埂沟渠边。

故乡多水田，也多雨水，路边田埂边背阴处虽常阴湿，易于蛇糜子草生长，但过去农人及牛羊过往，采摘踩踏撕咬较多，所以，路边田埂边的蛇糜子草通常色泽不太光鲜，青得不正，多少有些像干枯的黄脸婆似的，天天蓬头垢面的样子。

结果时，果子也很细小，小得连顽童都懒得弯腰伸手。

沟渠边好一些。故乡的沟渠都是灌溉用的，除了冬季清理的时候会除草，一般只有开水的（负责看管灌溉的农民）、钓黄鳝的和割草捉小鱼的小孩，才会在沟渠边逡巡。

开水的，工作繁忙，自然眼中没有沟渠边的蛇糜子。

钓黄鳝的大人，眼睛里只有黄鳝洞，对蛇糜子自然也不屑一顾了。

只有割草捉小鱼的小孩，喜欢扒拉开杂草，采摘蛇糜子。

沟渠边的蛇糜子，要比路边田埂边的蛇糜子个大。大概是肥沃且少受折腾，受践踏撕咬少，相对能够自然长大的缘故吧。

我小时候所见到的最好的蛇糜子，是在我们村老宅子后面，低秧田边的竹园边上。

那块竹园里长着高大的竹子，竹园边上有秧田、牛塘和菜地，竹园是六七家人共有的，我家也有，竹园北端的菜地是我家和堂叔家的，东侧菜地是村里人家的，都用篱笆围栏围了起来，大人很少去这个地方。

因为地理环境，竹园边上低矮的杂树荆棘蔓延丛生，茂密得很，有些森森然。里边蛇鼠甚多，蛇多为火赤练、土灰蛇和乌风梢，偶尔还有竹叶青、五步蛇，甚至据说还有人听到里边有蟒阿咕的声音。更增添了这阴森的气氛，小孩们更少到。

这里长期被杂树修竹掩映，见不到太阳，地头边上有些阴湿，各式杂草滋长。

其中苔藓、蘑菇、蛇糜子、糜子、残藜、酸咪咪、野葡梨、救命草、五灯草等，各种野草野果在此野蛮生长，独成一片天地。这也叫地利。

每年蛇糜子花开，地头边上一排不规则的小黄花，和残藜最后的白花等混杂在一起，倒也是像缩微景观。待到黄花落尽，蛇糜子草的青叶上便挂上了一盏盏细小的红灯笼。渐渐地，红灯笼越来越鲜艳明亮扎眼了，蛇糜子长大了。

这红色的小果子诱惑着少年们。

下午一两点钟，大太阳下，蛇鼠通常不敢露头。这叫天时。

我们通常三四人结伴，偷偷扒开篱笆，钻进去，进到杂树荆棘丛边，蹲在地上，以防被别人看见挨骂。手里拿着竹棍，先在杂树荆棘上一边敲打一边嘴里嘘嘘地发声，一边还得小心翼翼地盯着地上，这叫赶蛇赶黄鼠狼，万一真有蛇躲着，你去采果子时被咬了一口，可不是闹着玩的。这叫人和。

确定没有蛇出来后，便伸手采摘蛇糜子、糜子等野果。糜子是另一种野果，能食用。

有些讨厌的是，蛇糜子还容易掉色，所以，通常摘张南瓜叶，采了之后，把蛇糜子放在南瓜叶上。

劫掠一阵之后，从篱笆洞里钻出来，把篱笆复原，来到大太阳下，比谁采到的个大。

小时候老人常常警告我们，蛇糜子有毒，吃这个要死人的。

问为何不能吃，大人们也只能语焉不详地说："蛇糜子蛇糜子，是蛇游过去咪过的，蛇口水有毒，蛇舔过了的，人自然不能吃了。"

至于问附近有谁真的吃死，同样的语焉不详。

我后来长大了，知道了蛇是食肉动物，明白了蛇怎么会去吃这种野果子呢？

后来想这个问题，大概是过去故乡蛇多，蛇糜子长的地方，尤其像竹园边沟渠边，蛇从草上游过去的场景自然很多，乡下人看到了，心里有种恐惧感，便以讹传讹了。

这蛇糜子水分多，有些甜，偶尔还带些酸味。不像今天的草莓似的，甜得让人发腻不自然，总怀疑是用糖水浸泡过的。

不过，大人的警告通常是很有效的。少年时代，我们虽然每年都好采摘蛇糜子，但吃得总是不多，偶尔偷偷尝鲜，虽然没有出过事，但心里总是有点别别扭扭的。

但我也从来没听说有谁吃蛇糜子中毒的，或许，还是因为吃得少吧。

这几年回家，老房子后的那块竹园，竹子都已经死绝了，只剩下一地杂树杂草，荒芜得很，而沟渠也大多变小了。

蛇糜子草还能寻访到，但找不到小时候竹林边那么丰满滋润的了。

故乡的蛇糜子现在还只是绿植，连花苞也没见到呢。

或许，过几天，春光再明媚一阵，蛇糜子就会开出小黄花来了。再过一段时间，它的盛季也将来临了。

不过，如今再也没有多少人像我们的少年时代那样痴迷这些野草、野花、野果了，虽然我们的痴迷常常意味着摧残，可是，没有了喜欢的人，它的盛季又在哪呢？

还会有谁即使听了蛇吃过，依然战战兢兢也要去采摘品尝呢？

我爱莴苣干

莴苣干是故乡的一种特色菜肴。

四月底五月初，正是莴苣丰收的季节。

水泥铺浇而成的晒场上，泛着新鲜嫩绿的莴苣片、已被太阳晒得皱缩的莴苣干以及正在晒场上切莴苣的妇女，是故乡乡下随处可见的风景。

家家户户这个时候都会晒莴苣干。

“这个季节其他菜不好种，莴苣好种，不用费心，产量又高，莴苣成了当家菜，但一时吃不完，就晒成干，留在以后再吃。”

母亲一边切着莴苣，一边告诉我。

莴苣这种东西，一下子收多了吃不了，鲜货时间也放不长久，不收就会变老开花，留种也不需要这么多。所以，多余的鲜货要处理成干货。这便是莴苣干的来历。

这是农民的生活经验，也是属于代代相传的积谷防饥的传统智慧。

做莴苣干方法很简单。

把拔下的莴苣去叶，削皮。若碰上有些老的，要多削掉些，把老丝削掉——若不削掉，吃的时候都是老丝，嚼不烂，也无味。

收拾好后，用清水冲洗，清水冲洗之后的莴苣，光溜溜的，没有了带皮时的坑洼，就像全身赤裸的孩子，透着鲜绿的娇嫩，惹人怜。

但主妇们全没有这般怜香惜玉的柔情蜜意。

拿起一株莴苣，放在案板上，左手摁住，右手刀起。但听得嚓嚓嚓刀切嫩莴苣肉声，哒哒哒刀刃撞击案板声，主妇手里的那株莴苣由长而短，很快在手掌中消失了，而留下的，则是案板上整整齐齐的已成片的莴苣。

当然，案板上莴苣片整齐，考量的是主妇的刀工，不过，乡下人切这个，顺手得很。

就这样，莴苣一株株变成一片片，切好的莴苣片，摊开在晒场上，任由太阳暴晒。

一天下来，莴苣干便已萎缩收干，水分蒸发了许多，但还不够，没晒透容易发霉。

第二天接着晒，把原来娇艳欲滴的嫩片晒干巴了，才能收起来。

收起来时，通常把莴苣干放在干塑料袋里，扎好，不透气，不容易受潮发霉。须知，故乡多雨水，干货也易发霉。

晒莴苣干时，有讲究的，放在竹匾里，或者竹编的席条上暴晒。这样显得干净卫生些。

过去没有水泥晒场时，都用此法，或者在下面垫张塑料布。

不过，清洁倒是清洁了，但效率太低，一次晒不了多少。

20世纪90年代后，乡下家家都浇水泥晒场，晒稻子晒麦子之外，晒莴苣干和豇豆干也就名正言顺了。

至于是不是晒在水泥地上一定有污染，没人做过研究，即便有，这点摄入，料也无妨。

至于不卫生，又不是直接入口，到时候多洗洗也就差不多了。

晒干了的莴苣干做菜，与新鲜的莴苣有几乎完全不同的味道。

许多人，尤其北方人，在吃了莴苣干做的菜后，通常根本想不到吃的是莴苣干。

单纯从味道上来说，莴苣干的味道已是莴苣的远亲了。

你只有在细细品味之后，才能咂摸出一丝与新鲜莴苣相类似的味道。

不过，莴苣干是故乡的特色美味。

烧莴苣干之前，先用清水浸泡。

一来荡涤余尘，二来通过水让收缩干枯的躯干伸展开，恢复些年轻时的模样。

莴苣干可以清炒。炒熟后的莴苣干色泽青绿，泛着一些淡白，吃起来松脆可口，有一丝丝甜味。

这甜味来自于莴苣的嫩绿时代，在太阳下暴晒时被收进了干枯的身躯里，深藏在隐秘处，遇水浴火终于激活了。

莴苣干烧鸡蛋，也是故乡常见的做法。

故乡莴苣干烧鸡蛋，通常先把鸡蛋摊好，分成块——分成大小厚薄不一的鸡蛋块，故乡过去丝瓜炒鸡蛋也是如此做法，然后把莴苣干过油翻炒，差不多时倒入摊熟的鸡蛋块，翻炒几下便可出锅。

鸡蛋块色泽金黄，带着一丝焦糖色，莴苣干青绿泛白，盛在碗里，色泽丰富，热腾腾的雾气中，散发着莴苣干的清香和摊鸡蛋的香味。

我不知道现在老家莴苣干炒鸡蛋的做法是否还是原来的。我带到北京的莴苣干，我岳母和太太做莴苣干炒鸡蛋时，是把鸡蛋炒碎了和莴苣干一起做的，有些类似尖椒炒鸡蛋的做法，味道与故乡传统做法有些距离。

或许是我心理上的感受，或许，真有一方风物一方做法的原因。

莴苣干还可以跟肉一起烧，红烧肉加莴苣干，味道也是绝赞。

莴苣干洗干净浸泡开后，用盐腌一下，洗掉盐后，可当咸菜。

黄梅天过去，乡下家家户户做酱，把莴苣干洗干净，泡在酱里，也可当酱菜。

无论是咸菜还是酱菜，都是就着白米粥吃的好东西。

我后来在北京成家，每年春节探亲返京，莴苣干是父母必塞在我旅行箱中之物。

“轻着呢，带回去时间放长了也没事，回去再送些给你丈母娘他们，也算是我们的一点心意。”

父母总是念叨着要我们多带些。

后来开车回家，莴苣干更是返京时后备厢必备之物。

我家太太他们，从一开始不习惯吃这类食材，到现在已是满心喜欢，每次往返北京江苏时，也总喜欢带些这些故乡特色的食材了。

至于我，则常常从类似莴苣干这样的食材里，品出故乡的味道来。

那莴苣干里，有故乡春天的气息，更有故乡的乡情亲情。

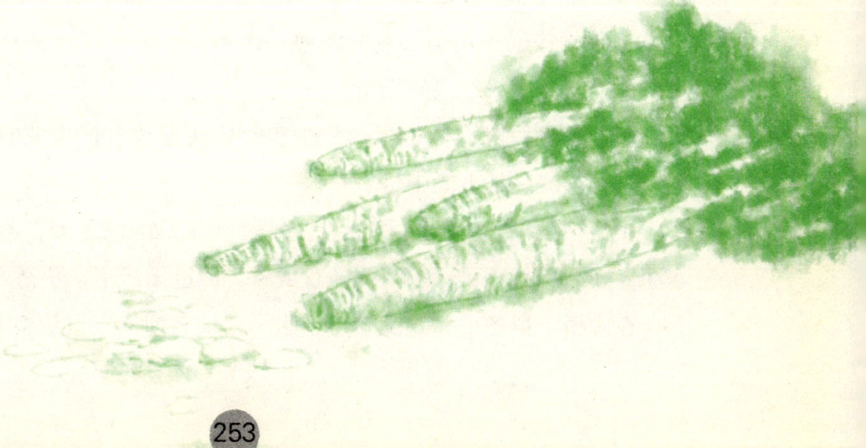

掼冬瓜

故乡已近烈日炎炎的夏天，突然间想起掼冬瓜来。

像我这般年纪，以及比我更年长的故乡男人，都应该记得“掼冬瓜”这个词。我们在京工作的同学兄弟们，一提掼冬瓜，总是兴高采烈、七言八语的。

人人都掼过冬瓜。

掼冬瓜是故乡方言，用今天的官话来表述，其实就是跳水。

不过，相较游泳池边跳水的职业专业、了无情趣，掼冬瓜却有一种完全不同的童趣和野趣。

把自己比作“冬瓜”——冬瓜是故乡夏日蔬菜，个大味好，很有自我解嘲的趣味。

而一个“掼”字，形象地勾勒了少年从高处入水的各种姿势，远较跳水动作要复杂丰富得多。

过去掼冬瓜需要两个条件配合，一是可以游泳的河塘，二是河塘上方要有桥或树，“冬瓜”方可以“掼”。

故乡过去沟渠纵横，清水粼粼。天然泳池遍地，即是故乡旧日景象。

每条河边都有杨树、柳树和各色杂树，杨树等通常枝干覆在河面之上，河边也有罱河泥的木船和运输用的水泥船，树上、船上也常是少年掼冬瓜的好地方。

至于一些过去走船运输的大河，比如永安河上，小桥林立，一村一桥，每座桥都是掼冬瓜最经典的场所。

永安河到我家有数百米，我少年时代还是故乡最主要的对外交通通道，我上小学时须经过其上的中桥。

中桥桥西两侧都是竹林杂树，滩险水深，桥东北侧，都是杂树，也是滩险水深，光滑不易立足，东南侧虽有浅滩，但过于浅了，不适合跳水。

在中桥上掼冬瓜，我没干过。胆小，怕老师抓，也怕被人向家长告状。

中桥上掼冬瓜的，通常都是比较调皮的男孩，选在中午上学之前，或下午放学之后。

我小时候在中桥南边一百多米处的前桥老桥上掼过冬瓜。

前桥老桥附近有一个码头，既是前桥人淘米、洗菜、洗衣服的地方，也是本地运输船只装货卸货的地方，河里既有浅滩，也有深水，是一个游泳的好去处。

每年夏天码头边都是洗冷浴的大人小孩，累了或者有运输船过，可以在码头上歇息，同时享受船过时激起的波浪的冲刷。

不仅是少年，大人也喜欢在前桥老桥上掼冬瓜。

码头上的人负责望风，看两侧有没有运输船过来。掼冬瓜的人，则从码头上光脚跑过被烈日晒得发烫的地面，跑到石桥上。桥面更烫脚，强忍着，爬上桥沿，哆哆嗦嗦地站好，摆开架势，猛地往下一跳，轰通的一声，水花四溅，冬瓜便掼了出去。

掼冬瓜有各种样式。

我的少年时代，最牛的掼冬瓜，便是从桥上，头手保持一致，并拢伸直，手先入水，接着是头、身躯、屁股，最后是脚。或者直着入水，或者倾斜一些，有角度入水。这有些像今天所说的扎猛子，不过是从桥上往水里扎而已。

今天在我们见来稀松平常的事，在过去是要技巧的。如果水平不够，那会是真正的掼冬瓜，也是最悲惨的掼冬瓜——入水时掌握不好，不是手头顺序入水，而是肚皮先触水，砰的一声，水花四溅，而掼冬瓜的人，肚皮生疼。

“当心把肚皮炸破了”，这是当年看见此情景大人常警告的一句话。胆小的，遇上一次，还会被震晕乎。

彼时我掼冬瓜水平不高，曾饱尝其苦，好在小时候身形瘦小，肚子都是空瘪的，若今天这样的身形，如此掼冬瓜，估计真要像皮球似的炸开了。

最常见的掼冬瓜，是站在桥上，使劲往上一蹿，然后自由落体运动，扑通一声，冬瓜入水。

此种入水方式安全，最多也就是水平差，屁股先入水，把屁股碰得生疼，也经常有。

“当心把屁股掼成两瓣”，这也是过去常见的说法。

也有人怕掼冬瓜呛水，捏着鼻子从桥上跳下去。

前桥桥上的掼冬瓜，通常有一种表演色彩在里边。一个冬瓜掼下去，无论姿势优美拙劣，都会引发码头上男女老少的惊呼。

这个时候，光屁股的小男孩，更是一次次跑到桥上，奋不顾身往桥下跳。

也有临阵怯场的，到了桥上，不敢往下跳，后面的人通常趁其不备，猛地一推，冬瓜掉进了水里，呛得又哭又闹又咳嗽的，不过，一缓过来，马上就破涕为笑，转身游上岸，自己跑到桥上，争着掼冬瓜了。

我在前桥桥上第一次掼冬瓜，就是这样开始的。

不过，我们冬瓜掼得最多的，不是到永安河，而是在我们村周围的那些清澈的小河里。

洗冷浴的时候，洗着洗着，便爬上岸，找棵斜卧在河面上的杨树，先擀一下刺毛，折掉些杨树枝，再站在树上，往水里跳。

或者，站在河泥船的船头，往水里跳。

虽然不及桥上高、刺激，却也是其乐融融。

每一次洗冷浴，冬瓜总是掼了一个又一个。

一个夏天过去了，一个夏天又来了，一年又一年，每年我们都喜欢掼冬瓜，那是小男孩的夏日乐趣。

直到有一天我们长大离开了故乡，便再也没有掼过冬瓜了。

留在故乡的长辈兄弟们，还有年轻一代，他们也不再掼冬瓜了。

如今故乡乡下的孩子，会水的不多见了，更不用说掼冬瓜，以及享受掼冬瓜的野趣童趣了。

故乡的河，如今几乎没有一条是干净的了。

冬瓜今犹在，何处觅掼去？

只在记忆中，只在口耳相传时。

野香葱摊饼

我在故乡享受春天的阳光的时候，邻居拿了一把细细的野香葱过来，问要不要带点回北京摊饼吃。

“野生的，纯天然哦。”邻居特意向我强调。

我接过一看一闻，果然野香葱独有的香气扑鼻而来，味道重得很。

这种香葱的味道，既不同于北方大葱辛辣浓烈的重口味，也不同于江南小胡葱的淡然幽香，那两种葱的葱味，都盖过了香味，但故乡的野香葱不是，是葱的香味盖过葱味，直白而绵长。

自我开始在城市生活，我便再也没有见过野香葱，直到这次邻居拿了一把给我。

但我还是怀念乡野间茅草丛中生长的野香葱。

我不知道它的学名叫什么，我也没去查过文献。我从小跟着故乡的人叫它“香葱”，但它主要是野生的。

野香葱天生地养，长在田埂河滩边杆棵高埂地里，通常掩身在杂草丛中。待到春日到来，沐浴着阳光雨露，在杂草丛中顽强生长，一簇簇一抹抹青绿，散乱在杂草中。其身形细小，柔若无骨，通常倚靠在其他草上，需细细低头搜寻，也有路边独自成丛的，那算是比较罕见的了，因为这容易发现，也就容易被过往的人采摘走。

挑香葱时，通常要把香葱和杂草分开，梳理好，顺着香葱往下捋，用割草的镰刀或铲子，挖入土中，把香葱连根带土挖出来，香葱根埋得较深，挖的时候要小心翼翼，野香葱的茎叶过于细瘦柔弱，有时挖根时一急躁，就手一拔，难免拉断。

弄断了当然无所谓，但对于乡下珍惜的人来说，太可惜了，根端的葱头是好东西，就像洋葱头一样，香味最浓。

轻轻把根上粘的土拍掉，露出洁白的小珍珠大小的葱头，带着些许小须。

挖多了，回家一洗，把黄叶揪掉，把圆白的葱头上的小须去掉，洗净后捋顺，一把香葱在手，青绿娇嫩，夹着一段葱白，一青二白。

故乡吃野香葱，以摊饼（烙饼）为主。我小时候印象最深的，也就是香葱饼。

这香葱摊饼，先把香葱连白带葱头切碎，不必过碎，然后加入米粉（故乡多米粉），用水和开。和米粉是很讲究的，太稀了不好，太稠了也不好。

调和好后，把灶台上的大铁锅烧热，淋上菜油，待锅烧热，把油匀开，倒入调好的米粉，稍后划开分块，翻身，米粉两边经过菜油滋润，外面颜色变成了金黄色，当然还夹杂着香葱经油之后蔫塌了的绿色……

出锅，盛在盘子中，葱香味、米粉香味混杂着菜油香味，随着热气弥漫在屋子里了。

闭上眼，吸口气，嘘溜溜的，香气由鼻孔而入胸中，这感觉……

长吁一口气，睁开眼，迫不及待地用筷子夹开，金黄色的外衣下，里边白色青绿混杂，一股热气冒了出来，不管了，夹一筷子放嘴里，在舌尖口齿间翻转打滚，稍凉，即吞咽下去，齿颊留香。

这滋味，只有吃过的人才知。

所以，小时候，春天吃野香葱摊饼，那一直是我们渴望的，但并不是每次找到香葱回家都会摊饼，因为那时油有定额，米粉也少。

但香葱饼，作为故乡乡下美味，永久地烙在了我的头脑中。几十年没吃了，回忆起来，恍若昨日。

野香葱不仅可以摊米粉饼，还可以用来摊鸡蛋。

我第一次在北京吃大葱摊鸡蛋的时候，我还没习惯大葱浓郁的辛辣味，总拿小时候的香葱摊鸡蛋来比较，多少有些失落和遗憾。

那不打药、不施肥，在田野间按时令节律无人照顾而独自长大的野香葱，它的味道，岂是规模种植的大葱胡葱可比！

稀罕哪。

我小时候学着大人种菜，有时候弄回来的香葱家里既不烙饼又不摊鸡蛋了，我便割下香葱头，带一截葱绿葱白的，埋在菜地边上，不用管它，经风吹日晒之后，它又长出了新绿！

其实在我们长大之后，在奶奶也老去之后，家里几乎很少吃香葱摊饼或者香葱摊鸡蛋了。大家都忙碌着，懒得花心思去挑、去拾掇了。

我问父母，父母说，现在那么多好吃的，也懒得去弄这些东西了。

邻居拿来的香葱，我表达了谢意，但还是退给了邻居，因为我还要出门办事去。

我终究没在家吃到香葱饼，也没带到北京。

到了嘴边没有吃着，还有比这更遗憾的么？

拼死吃河豚

1

河豚是江南故乡的特产。

至美之物，也是至险之物。

“拼死吃河豚”，就是打我记事起，就常常听长辈们提及的一句俗语，印象至深。

虽然河豚在我童年就有了记忆，但我童年和少年时代没见过，更没吃过。

幼时记忆中的河豚是江鲜，产于长江下游，镇江以下河豚为上品，我曾祖的出生地江阴最盛。

我老家出生地虽然河湖纵横，但离长江有些距离，都是内河，素不产河豚。

不过，小时候祖父和父亲倒也常常跟我提及河豚，只是，虽然提及其味鲜美，但总是不忘说有毒。

过去吃河豚，离饭桌不远要放桶粪，用水稀释调好。

我那时不懂，很好奇，在吃饭的饭桌附近为何要放桶臭烘烘的粪。

祖父他们一本正经地告诉我：“因为河豚有毒啊。过去吃河豚，被毒倒的人很多。吃河豚时，一旦舌头感觉有麻痹感，立即灌以粪汤，臭烘烘的粪汤灌下，吃下的东西尽数吐出，方可解毒。”

及后长大，方知灌粪汤一招，其实是今天的灌肠洗胃，不过是土法而已。

其实，灌粪汤洗胃灌肠之招，古已有之。

许多文章谈到宋时蔡京之子蔡绦所著《铁围山丛谈》中讲过一则类似的故事，大意如此：

崇宁中，有名士从浙西路过姑苏。姑苏州将请他品尝河豚。名士胆小，预先告诉家里人："我听说河豚有大毒，中了毒人必死无疑。州将官大，对我又特别敬重客气。我不好反对他的好意。听说倘若中毒，只有人屎可以救解，你们千万记住我的吩咐。"做客时，主人再三道歉说："确实是想到处找河豚请你品尝，但没买到。只好以酒尽欢了。"一桌人都喝得酩酊大醉。名士回到家中不省人事，又翻肠倒肚地大吐，家人以为是河豚中毒，于是，"取人秽，亟投以水，绞取而灌之"，一直折腾到天亮，名士方醒过来，说昨晚并没有吃河豚。

白白喝了那么多粪汤。

日本人吃河豚中毒的解法，则是把人埋进土里，只留脑袋在外，据说一夜之后便可解毒，靠的是"土性"化毒，不知真伪。不过，从今日人们热衷于把垃圾毒素填埋，多年之后也能分解毒素这个情况来看，日本人的解毒之法，也并非无稽之谈。

祖父和父亲以有毒和以粪汤解毒之法，告诫我们当心河豚之外，也告诉我们，河豚是杂食，鱼虾什么都吃，还喜欢吃"死人"！地方旧时有传食河豚者，在处理河豚时，发现肚子里有人手指骨！

真够惊悚的。

我后来常常怀疑，祖父父亲给我们讲这些故事，大概是要我们对这些有毒之物敬而远之吧。

2

我第一次吃河豚，不是在故乡，而是在北京。

很多年前了。

彼时北京的饭店禁止售卖河豚。2009年之前的《食品卫生法》规定，禁止生产、经营和销售河豚（2009年的食品安全法则取消了这一条）。

不过，从人性角度看，对于胆大者而言，越禁止越有吸引力，反而更增加了“拼死吃河豚”的诱惑力。

彼时北京吃河豚，对外不叫河豚，叫“灰黄鱼”。

立春之后，在京有豪阔老乡相约去吃“灰黄鱼”，或者说来“金花菜”（即地盘青，也叫秧草，是烧河豚的配菜，解油腻）了，其实就是相邀品尝河豚的接头暗语。

邀约对象，一定是可以相托的知己同好。

我第一次吃河豚，是在北京一个半地下的餐厅，表面看一般，其实里边曲径通幽，还是挺大的。老板是请客的老乡的战友。

那个时候，河豚还是野生的，很金贵。我们一桌八人，才两条河豚！

断不像今天似的，河豚总是一人一条的。

我第一次吃河豚，想起祖父父亲的提醒，心里难免有些忐忑。边上的兄弟们早在故乡就吃过河豚了，一本正经地笑话我。

河豚鱼端上来后，有着看似简朴实则慎重的仪式。

做河豚的厨师过来了。五十来岁，安徽人，擅长做河豚。请客的老乡介绍说，他做的河豚，一流，曾经给名人权贵做过河豚。大厨只是腼腆一笑，未作否认，我也不知真假。

服务员摆上筷子，倒上半杯白酒。大厨先站在老板边上，端起酒杯，朝大家一抱拳，说了声：“各位老板好，大家都是有福之人，我先敬各位老板一杯，稍后请各位老板喝酒喝好。”

一饮而尽后，拿起筷子，在鱼头附近夹了一小块肉，送进嘴里，吃下。说话中服务员又倒上了白酒，大厨端起，又敬过一圈客人。

酒杯搁下，大厨天南海北跟大家闲扯几句，服务员赶紧添酒。

大厨再举筷子，在鱼肚子附近又夹了一小块，送进嘴里。

几句闲话之后，大厨再端第三杯酒：“我敬各位老板，我还要忙去，各位老板喝好。”

敬完酒，放下杯子，朝满桌客人抱拳一圈，退出。

只字未提河豚。后来方知，这也是吃河豚的规矩。

请客的老兄先举起了筷子。于是，筷子乱七八糟地伸向了盘中的河豚鱼。

老兄给我留了一大块鱼皮，说是好东西，养胃。

我一口下去，满嘴的扎刺，不能咬嚼，最后生生地吞了下去，而这是我那顿河豚处女吃中印象最深的味道。

后来我才知道，河豚毒性大，发作快，若清理河豚时没清理干净，大厨先尝，必定是第一个毒发的。

所以，这种仪式，既是对大厨手艺和职业素养的考验，其实也是一种冷酷的试毒方式。

后来北京渐渐时兴起吃河豚来了。很多饭店都有。价格自然要比故乡昂贵很多。我也很少在北京吃河豚，太贵了，一般都是我的那些发达了的同学老乡请客，主要在北京故乡风味的餐厅里，毕竟厨师手艺好，味道正宗。

不过，这些年，野生的河豚几乎不见了，多是养殖的，而且产量颇大，毒性更是谈不上了。

虽然河豚号称长江三鲜之首，如今也依然是故乡敬待贵客的美味，却也量多价跌，跌掉的不仅是市场价格，还有传统美味的影响力。

我再也没有见过当年大厨先吃河豚的场景了，如今都是一人一条，狼吞虎咽而已。

而且，一年四季都有得吃，也就没有了期待，没有了期待，也就不稀罕金贵了。

我的许多朋友，都已不喜吃河豚了，吃的时候，都是吃其肝和鱼皮，肉大多都浪费了。

传言河豚皮养胃，因为带刺，反刍，故有此说。我的一个老大哥胃不好，往返于故乡北京之间，每年要吃很多条，如今胃病已好了。

故乡的河豚多以浓汁红烧为主，佐以地盘青。2008年我的一位老乡曾带我从广州去虎门吃河豚，其实是海鲅鱼，白烧的，清汤，味淡，我不习惯。

今年春天回故乡省亲，朋友宴请，也点了河豚，也是白烧的，虽然是养殖的，却也味道鲜美，味道比海鲅鱼汤不知好了多少。

不知道我这味蕾，有没有倾向故乡之私。

3

河豚之毒，《孔氏谈苑》描述说：

河豚瞑目切齿，其状可恶，治不中度多死。弃其肠与子，飞鸟不食，误食必死。登州濒海，人取其白肉为脯，先以海水净洗，换海水浸之，暴于日中，以重物压其上，须候四日乃去所压之物，傅之以盐，再暴乃成。如不及四日，则肉犹活也。太守李大夫尝以三日去所压之物，俄顷，肉自盆中跃出，乃知瀹之不熟，真能杀人也。

江少虞《宋朝事实类苑》卷六一《鱼》：

河豚鱼有大毒，肝与卵，人食之必死。每至暮春，柳花飞坠，此鱼大肥。江淮人以为时珍，更相赠遗，脔其肉，杂芦蒿荻芽，瀹而为羹。或不甚熟，亦能害人，岁有被毒而死者，南人嗜之不已。

河豚是一种毒性极强的鱼。鱼皮、内脏、卵巢、睾丸、血液中都含有“河豚毒素”，野生河豚的毒性主要体现在鱼眼、肝、卵巢，加工时得特别小心。

明代黄省曾的《鱼经》云：

腹之子、目之精、脊之血必尽弃之，……凡洗宜极净，煮宜极熟。治之不中度。不熟，则毒于人。

正因其毒，才有前述厨师先尝之仪式。一般主人请客上河豚，通常也是主人先动筷子，不必讲究客气，而食客自负其责，也是此理。也有一些地方则是让猫狗先尝。

宋人喜食河豚，对食用河豚多有吟咏，也多有美谈。

著名如宋人梅尧臣《范饶州坐中，客语食河豚鱼》：

春洲生荻芽，春岸飞杨花。河豚当是时，贵不数鱼虾。其状已可怪，其毒亦莫加。忿腹若封豕，怒目犹吴蛙。庖煎苟失所，入喉为镆铘。若此丧躯体，何须资齿牙？持问南方人，党护复矜夸。皆言美无度，谁谓死如麻？我语不能屈，自思空咄嗟。退之来潮阳，始惮餐笼蛇。子厚居柳州，而甘食虾蟇（蟆）。二物虽可憎，性命无舛差。斯味曾（曾）不比，中藏祸无涯。甚美恶亦称，此言诚可嘉。

欧阳修很喜欢这首诗，点评此诗“作于樽俎之间，笔力雄赡，顷刻而成，遂为绝唱”。更说：“予友梅圣俞，于范饶州席上赋此河豚鱼诗。余每体中不康，诵之数过辄佳，亦屡书以示人为奇赠。”

简直是把梅尧臣笔下的河豚当作治疗的良药了。还有比这样的评价更高的么?

苏东坡客居我故乡常州（至今常州仍有其遗迹），也好吃河豚。其在《惠崇春江晚景》一诗中写道：

竹外桃花三两枝，春江水暖鸭先知。

蒌蒿满地芦芽短，正是河豚欲上时。

“春江水暖鸭先知”，可惜，后世许多人只记得了前面两句。其实，东坡先生的重心，却在后面两句“蒌蒿满地芦芽短，正是河豚欲上时”。

春天来了，跟鸭有什么关系啊，那才是吃河豚蒌蒿芦芽的好时光啊！所以，才有苏东坡言吃河豚“也值一死”之语。

宋人袁褧有《枫窗小牍》，其卷下录一小故事，可谓惊险万分，也是颇有意思：

坡谓食河豚值得一死。余过平江姻家，张谏院言南来无它快事，只学得手煮河豚耳。须臾烹煮，对余方且共食，忽有客见顾，俱起延款，为猫翻盆，犬复佐食，顷之猫犬皆死，幸矣哉！夺两人于猫犬之口也。仍汴中食店以假河豚饷人，以今念之，亦足半死。

如今，虽然河豚盛行，几成平民之饷，但拼死吃河豚，恐怕真的要成为江南旧闻了。

煎馄饨

早上起来，母亲问我想吃汤馄饨还是煎馄饨。

我说一碗汤馄饨，再煎一些。

母亲在柴火灶台的大铁锅里油煎馄饨的时候，我就站在边上看着。

昨天包好并已经煮熟的馄饨，就放在饭盆里，搁在灶台边上。

馄饨是青菜猪肉馅的，薄皮大馅，透过皮子，你能隐隐看见皮里包裹着的绿色的青菜。

这个时候的青菜馄饨，是很奢侈的，青菜不多，贵得很，一般韭菜馅馄饨多些。不过，我不是很喜欢韭菜馅馄饨，倒是饺子，我才喜欢韭菜鸡蛋馅的。

好在青菜是母亲自己种的，不必在乎。

灶膛里起火之后，铁锅热了起来，母亲用汤匙舀了一汤匙豆油，往锅底四周浇一圈。

豆油顺着铁锅往下流淌，汇聚在了锅底。母亲又拿锅铲把油往铁锅内侧四周抄了抄，让铁锅都沾些油。

这样，煎馄饨时，馄饨就不会粘锅而破裂了。

锅里冒起了热烟，母亲再用锅铲把油抄了抄，然后倒下一盆馄饨。

灶膛里柴火正旺，母亲拿着锅铲，来回翻炒几下，原本白里透绿的馄饨，颜色渐渐变了，先是油汪汪的，然后渐渐金黄了起来。

几个来回，馄饨只只变得金黄了。

母亲拿过一只饭盆，用锅铲把馄饨抄了起来，盛放在饭盆里。

饭盆里的馄饨，一边冒着热气，一边吱吱作响，馄饨上的油泡，一点点在破裂消退。

馄饨通体金黄，几乎看不到原来的白色了，偶尔还略有些焦的地方，很小。

这个时候，火候最好了。

“当心烫着。”母亲警告着。

不管了，我忍不住，伸手用手指捏了一只，不顾烫手指，放进嘴里，来回在舌尖翻动降温。

哇，虽然有些烫嘴，但真是好吃，清脆可口。

入油锅慢火生炸，炸黄之后再上小型蒸屉猛蒸片刻，立即带屉上桌。馄饨皮软而微韧，有异趣。

梁实秋写北平致美斋的煎馄饨，炸黄之后，还要放在蒸屉上猛蒸片刻，是因为生炸。

生炸是因为皮生，我小时候有偷食面皮的经验，生炸面皮其实只脆不韧，所以致美斋要“猛蒸”，才能使皮子“软而微韧”，如此一来，与我故乡的煎馄饨，其实大异其趣了。

故乡的馄饨，馅即已熟，下锅之后，只要水开浮起，即可食用，此时方为“皮软而微韧”。油煎馄饨，即是用此捞出晾干之后，再用油煎，火候非常重要。

过则焦，轻则内凉。金黄外皮，内里温软，最是功夫。

母亲的油煎馄饨，又岂是生炸馄饨可比！

今天的人吃油腻多了，很多人不喜煎馄饨了。其实，第二天的汤馄饨，虽然依然美味，但青菜再煮，颜色易黄；而油煎，更多是处理皮子，相形之下，油煎馄饨之味，远过第二天的汤馄饨。

若怕油腻，再盛一碗米粥，解腻。

一碗米粥，一碗油煎馄饨，这才是苏南乡下早餐的至美享受。

都是只有柴火灶台大铁锅里才能出的味道。

纵然你是梁实秋，也无福享受。

我爱吃蚕豆

1

至今我无论走到哪儿，遇上同龄的乡亲，聊起故乡风物，类似鲁迅先生《社戏》里关于偷吃嫩蚕豆的故事，总在我脑海中回转。

这就是记忆吧。

除了上学路上，一路顺手牵羊，偷剥蚕豆当午餐的菜之外，嫩蚕豆还会给我们带来其他诸多乐趣。

比如吃蚕豆时的吃相。

蒸煮之后，有人会用针线把嫩蚕豆串起来，然后打个结，系在脖子上，一会儿咬一粒。

这种吃法，估计来自儿时听大人讲的饿死的懒孩子的故事。

故事说从前有个懒孩子，什么都不肯动，家里人也宠他，有天家里人要出门，他不愿意跟着，吃饭怎么办？家人就烙了块大饼，为了怕他懒得下厨房，便套在他脖子上，结果回来一瞧，饿死了，脖子上的饼还没吃掉，他只咬了颏下能够着的地方！

蚕豆穿线挂脖子上，创意颇像那饿死的懒孩子脖子上的大饼。

不过倒不是因为懒，而是方便，也好玩。

另一种方式，有点像如今的烤串，用竹签，或者是细竹枝，把竹叶去掉，穿上一串蚕豆，也是因为方便和好玩。

那个年代，蚕豆飘香的时候，村村都能遇上脖子上挂着蚕豆，或者手里举着蚕豆嘚瑟的小孩，男孩女孩都有。

与小孩吃嫩蚕豆相关的，当然还有直截了当地偷吃嫩豆。

生蚕豆是能吃的，尤其是嫩的时候。

当年几个小伙伴一起去割草时，躲在麦地田埂上，或者油菜地里，偷着剥嫩蚕豆吃，也是常见的场景。

那时，我们美其名曰“消灭青虫”。

但嫩蚕豆吃多了不好。小时候有种病挺让我们害怕的，叫“青紫病”，就是半生不熟的东西或者生东西吃多了，吃坏了得的病。

所以，“消灭青虫”，只是为了尝鲜。

除了蒸煮之外，嫩蚕豆还可以用来炒雪里蕻咸菜，就着白粥，很是美味。

现在很多店里都有这道菜，不过，我总觉得味道不如当年。

倒不是我口味高了，变了，也许，还是跟生活习惯、水土相关联吧。

2

时令渐渐过去，蚕豆渐渐老了，大人们开始把种在路边田边的蚕豆秆一把把地拔下来，抱或挑回家里。

这时的豆秆，已经失去它青色的明艳，变灰变黑了。

豆荚也是。

这时，小孩们的任务，就是跟家里的女人一起，把豆荚从豆秆上采下来，把豆荚剥开，把已经饱满而硬实的蚕豆剥在筛子、簸箕等盛放的用具里。

这个时间段，已经不再吃蚕豆了，蚕豆也就晒干后收了起来，基本上要到秋冬时才吃了。

到秋冬时，蚕豆有了新的吃法。当然，这时吃的是老蚕豆了。

最简单的，就是炒蚕豆。

把放在瓮头里或者蛇皮袋里的老蚕豆倒出一些在簸箕里，颠簸两下，把灰尘颠去，倒入烧热了的大铁锅，用铲子翻炒，一会儿工夫，噼里啪啦响了，有些蚕豆皮破了。为防止焦黑，所以，要不停地翻炒。

那个时候，我们家基本上是我奶奶干这活。

如果我们在场，她老人家就会念叨："炒蚕豆炒蚕豆，骨碌骨碌翻跟斗"。

骨碌骨碌翻跟斗，形象地描述了蚕豆在大铁锅里从生到熟的过程。

过去农村不像现在，大人都要去工厂上班，秋冬农闲时，大抵无事可做。

一般下了雨，一家人闲着无事，炒几把蚕豆，嚼着，也是一种福气。

偶尔，炒蚕豆也是待客之道，来客人了，坐着聊天，放几把蚕豆，也算是招待了。

条件好的人家，有时会炒糖蚕豆。

所谓糖蚕豆，其实不过是用几粒糖精，用小半碗水，融化之后，在炒豆时浇在锅里的蚕豆上，蚕豆出锅时，外壳便是甜的了。

要知道，我们小的时候，嘴里都能淡出鸟来，能有糖豆吃，真不容易啊。

记忆中，我们家只是极偶然的情况下才吃炒糖豆。

老蚕豆有时也可当菜吃。

蚕豆在锅里翻炒将熟的时候，舀上水，漫过锅里的豆子，放几粒盐，盖上锅盖，继续笃。

笃出来的，烂了，可以当菜吃。

当然，也是早晚就着吃粥。

笃出来的蚕豆，一顿吃不完，就会放在碗里，搁在放碗筷和剩菜的竹橱里。

我和弟弟常常趁大人不在家，去偷几粒解馋。

那时人小个矮，够不着竹橱的插销，脚下总要垫张小凳子才行。

我小时候很喜欢吃炒蚕豆，不过，今天我写这文章时，却颇有些寒意，因为我的牙全坏了，已经吃不动硬蚕豆了。

我的牙最初坏的时候，医生说隐裂，被咯的，我想，只有两种东西咯我的牙，一种就是曾一直很喜欢的蚕豆，一种就是米饭里的小石英石。

但是，我知道，喜欢吃蚕豆的人，其实牙是不容易坏的。

我的奶奶到七十岁以后，都还要吃炒蚕豆，她老人家的牙多好啊。

但不管怎样，蚕豆、黄豆、葵花籽和南瓜子，是我们小时候最主要的零食。

3

“多乎哉？不多也。”

这是我对茴香豆最深的印象。

鲁迅先生在《孔乙己》中，描述的孔乙己给小孩们分茴香豆的场景，至今历历在目：

邻舍孩子听得笑声，也赶热闹，围住了孔乙己。他便给他们茴香豆吃，一人一颗。孩子吃完豆，仍然不散，眼睛都望着碟子。孔乙己着了慌，伸开五指将碟子罩住，弯腰下去说道：“不多了，我已经不多了。”直起身又看一看豆，自己摇头说：“不多不多！多乎哉？不多也。”于是这一群孩子都在笑声里走散了。

我们没有这样的吃茴香豆场面，不过吃蚕豆眼馋倒是经常的。

我们老家茴香豆有，但不如绍兴那边盛行。

茴香豆在我老家，俗称“僵挤豆”。

茴香豆从味道命名，僵挤豆从形态命名。

从外形看，茴香豆的壳是僵，也是皱的，挤在了一起，此种外形，当与其做法有关。

我不知道僵挤豆具体做法，我们家也没有做过，吃的都是买的了。

不过，我今天判断，应该是老蚕豆翻炒之后加水，加茴香，加糖精，然后收水，把水煮干，这样下来，蚕豆的硬壳就变成皮一样软且韧了，干了以后，壳又变得僵硬了，同时收水的过程，也是冷缩的过程，皮也就挤在了一起。

我很喜欢吃茴香豆僵挤豆，它跟家里炒的蚕豆最大的不同，就是有味。

除了茴香味，还有甜味。

甜味可是我们成长中最重要的一个味觉记忆啊。

所谓苦尽甘来啊。

尤其后来上中学，课本里有鲁迅先生的《孔乙己》，从此，茴香豆更是深入我心。

后来工作以后有机会去绍兴，浙江的朋友好客，请吃了好多茴香豆。

写到此时，已经心生馋意了。

有多少年没再吃过茴香豆了？

我不知道，起码有十多年了吧。

4

我还喜欢蚕豆的一种吃法，回芽蚕豆。

一般情况下，回了芽的东西是不吃的，与豆相关的，回芽了却是好东西。

比如绿豆芽、黄豆芽。黄豆芽更是我们年夜饭必不可少的菜，号称如意菜，吃了新年才能如意。

蚕豆回芽以后也是非常好吃。

不过，回芽蚕豆，吃的是蚕豆，而不像绿豆芽黄豆芽似的，吃的芽。

把老蚕豆用脸盆浸泡上，放在厨房间。

几天之后，蚕豆边角上开始出现小白芽，然后迅速长了出来。

这时，可以做回芽蚕豆了。

回芽蚕豆一般会蒸着吃或煮着吃。

非常好吃。

冬天烧咸粥，蚕豆是必不可少的一味，有时放上回芽蚕豆，比一般蚕豆更好。

小时候家家户户都种蚕豆，路边田间全是蚕豆。

种下去一段时间后，蚕豆发芽了。

曾经，少不更事的我们，偷偷地把人家种的地刨开，把那些发芽的蚕豆偷回家，但得到的往往是责骂。

而孩子们躲在蚕豆秆里偷吃嫩蚕豆，或者一路采着些偷回家，却很少受责骂。

毕竟，这时我们偷的只是产出的一部分，而且本地乡俗，小孩都干。

是啊，这是种子啊，哪有偷种子的！偷种子会绝收，是要绝人的未来啊。

因为挨过打骂，所以，我们这些半大小子们再也没有偷过种在地里发芽了的蚕豆。

老蚕豆还有一种当菜的吃法，就是豆瓣。

小时候很喜欢一件事，就是坐凳子上劈豆瓣。

把老蚕豆用竹刀或菜刀一劈两半，扔在水盆里，泡软之后去壳，就成了豆瓣。

半老不老的时候，也常做豆瓣，这个时候的豆瓣一般用来烧雪里蕻之类的。

老豆瓣怎么吃，我的记忆有些短路了。

我还记得用竹刀劈豆瓣的场景，却忘了老豆瓣的吃法了。

大抵还是和其他一起烧吧。

5

冬天，蚕豆除了炒蚕豆、劈豆瓣，或者烧咸粥外，还有两种，基本上是属于小孩喜欢的吃法。

一种就是晒太阳时，在脚炉里煨蚕豆。

在脚炉里煨蚕豆，我在《故乡杂忆之脚炉忆旧》一文中也曾写到过。

拿几粒蚕豆，半埋在发烫的炉灰中，炉灰底下正在默默燃烧着砻糠，待听得啪的声响，定是蚕豆壳在煨的过程受热胀裂了，这时，要忙着给蚕豆翻身，把另一半没煨到的煨上，剩下的只是时间而已。

煨蚕豆的时候，有时需要提防煨煳了，这在我们小时候也常发生。

所以，某种意义上说，煨蚕豆也是一门“手艺活”，呵呵。

煨好蚕豆，有时迫不及待要吃，结果烫嘴，加上炉灰，嘴唇上经常黑乎乎脏兮兮的。

有时，我们会把煨好的蚕豆放在脚炉的攀手和炉边围成的沟里，待满了，招呼一起玩的伙伴，分发给大家。

一个人玩这个会特没劲，煨蚕豆，其实也是一种集体的乐趣。

煨蚕豆是小孩尤其是女孩冬天喜欢干的事。

小孩喜欢的还有一种蚕豆的吃法，那就是爆米花的方式。

小时候走村串巷的爆米花师傅来后，有小孩的人家，一般会拿点米爆一炉，以解小孩之馋。

不过，爆米花机里爆出的最好吃的，不是米花，而是豆子，黄豆和蚕豆都好吃。

有时条件稍好，村里人会拿出些黄豆、青豆或蚕豆来爆豆花，俗称开花豆。

砰的一声之后，原本完整的蚕豆，开花了，吃到嘴里，全不若蚕豆原来的硬实质地，而是松脆可口，恨不得入嘴即酥，当然，事实上没有那么夸张，但松脆是绝对的。

若是爆开花豆时加些糖精水，更是美味。

我们家很少单独用蚕豆或黄豆、青豆爆的，一般只是在大米里掺杂一些豆子，但即便这样，也是好吃啊。

后来条件好些了，喝酒的时候有道下酒菜就是开花豆，味道形态很类似我小时候吃的开花豆。

不过，我小时候吃的开花豆，可是不沾油的。

我现在每年都还吃蚕豆，但嫩蚕豆，已经好多年没吃过了。

记忆中，大概还是2005年，母亲在北京的时候，曾经买到过青豆荚，回来剥着给我们煮过。

如今饭店里的所谓嫩蚕豆，许多是罐装食品，远远没有我喜欢的味道了。

老蚕豆在家里熬腊八粥或者回家吃咸粥时，还会吃到，但硬蚕豆，再也不敢吃了。

不知道现在还有谁家会炒硬蚕豆。

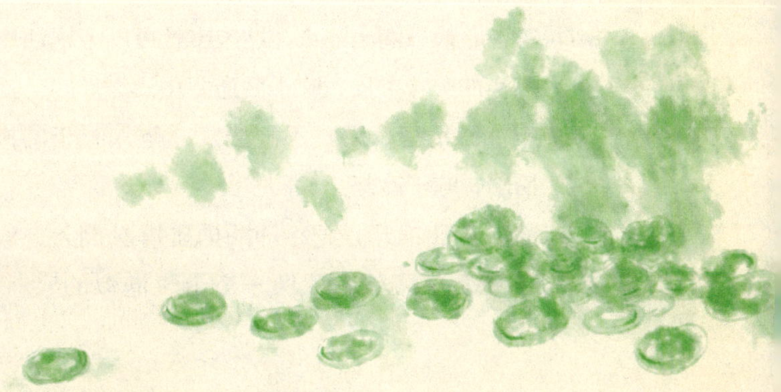

渐行渐远的肉皮

肉皮，金黄色的，带着很多泡泡似的，吃在嘴里软绵绵的，很香很好吃。

在我小的时候，是记忆中的乡下筵席的当家菜。

我小时候很喜欢吃肉皮，如今偶尔吃到，也很喜欢。

不过，不是因为这味道，更是因为小时候的爱和记忆。

记忆中的肉皮味道，其实已经渐行渐远。我已经很多年没有吃到故乡真正的肉皮了。

回家问父母兄弟："小时候的肉皮是买的，还是自己做的？"

母亲兄弟都很惊讶，说："要死了，这都忘了，过去都是我们自己做的啊。"

母亲和弟弟详细地给我讲述了做肉皮的经过。

过去我家做肉皮，都是先把肉皮脂肪剔干净，然后挂在屋檐下晒干了。

当年这肉皮的主要来源，其实是杀猪后，用来做肉馅和肉丸子的猪肉，把肉剔下，然后把粘在皮上的脂肪剔干净后的猪皮，其实肉皮块都不大。

肉和脂肪都有大用，可以做馅，可以炸油渣，都是穷苦时代的好东西。同样，肉皮也舍不得扔掉，要加工好，成为美味。这是乡下人的智慧。

剔干净的肉皮，挂在屋檐下阳台上后，经风吹干，颜色由白渐暗红，然后成淡黄色，最后滴出油来，这肉皮就可以下锅油炸了。

家乡的美味肉皮，晾干后还要用油炸。

把油放锅里烧温，不能烧开，倒入晾干的肉皮，开锅之后，肉皮渐渐起泡，捞出，晾干冷却。

然后待油锅开，把冷却的肉皮再次倒入，滚开，肉皮越来越膨胀，肉皮内里已经全部膨化，就像一个个气泡似的，一小块肉皮，一下子变成了一大块。

捞出来，把肉皮挂在竹竿上让油滴尽晾干，肉皮就做好了。

肉皮干了后，收藏要放在密封的塑料袋里，防止其变软。

在过去缺油少菜的时候，本身是荤货，加上又用油炸过，膨化肉皮成了乡下美味菜，也是一个百搭菜。

肉皮切块之后，什么菜都可以混搭着烧，这是肉皮过去广受欢迎的重要原因。

在乡下请客的筵席上，肉皮、肉圆和猪爪混烧，是不可缺少的一道大菜，相当于今天在大酒店请客不可少的“硬菜”，抵得上鱼翅鲍鱼。家家户户办酒请客，都少不了肉皮，也最受欢迎。

肉皮吃在嘴里，软绵又筋道，很受乡下亲友喜爱。

肉皮不仅是筵席“硬菜”的主料，还是百搭菜。我记忆中，酒席之上，或者过去过年时家里宴请，烧菜时，总是少不了肉皮。

把肉皮切段，青蒜炒肉皮，也曾是乡下我家名菜。

当然，肉皮和青蒜、蘑菇等杂烧，有一些汤水，汤汤水水，我最是喜欢。

我记忆中的肉皮，总是略呈暗淡的黄色，这是肉皮用菜油油炸之后的色泽，该算是它的本色，跟其他菜一起烧时，这颜色别具特色，是故乡其他菜永远不会有的颜色。

少年时代过去后，故乡生活渐渐改善，自己家做肉皮越来越少，毕竟做肉皮太过繁复，费事费力，长辈也懒得做了，加上物流通畅，市场上什么都有卖的了，吃的肉皮，也渐渐是从街上集市买的了。

买的肉皮，自然没有自家做的那么精心。我记不起哪一年起，街上买回的肉皮，烧出来有一种怪味，这怪味像是油放的时间太长之后炸出来的那种味道，刺嗓子眼。

渐渐的，家里不再买肉皮烧菜了，我也很少吃肉皮了。

如今，家里年轻一代，几乎连肉皮的味道都忘了。虽然，父母兄弟依然记得做肉皮的方式和过程。

我问起肉皮的时候，母亲和弟弟几乎异口同声地告诉我，如今街上卖的肉皮不好吃了。

弟弟说，如今的肉皮，不是我们当年那样全靠油炸发起来的，而是在制作过程中不知道用了什么化学物品，让肉皮发得更好，又白又大又嫩，似乎很爽口，但是过去肉皮的味道没了。

弟弟感慨说，这是科学进步的另一个结果吧，好在我们不吃了。

最后的咸肉饭

晚上把冰箱里搁了很久的咸肉翻了出来。

这是今年春节我从老家带来的。

我犹豫了一下，把这块咸肉洗净之后，全部切成了厚一些的大块肉片，淘好米，一起放电饭锅里煮了。

肉有些多，按我太太的看法，够煮三顿饭的。

这已经是家里最后一块咸肉了。

过去十多年来，每年秋天，父母亲都会养猪，到过年时作为年猪杀了。

多余的肉，用精盐腌起来，以待春天。

咸肉炖春笋、百叶、豆腐之类，都是老家乡下土菜，也是名菜。

我每年春节从老家回京，父母总是喜欢在我们的行囊中尽量多塞些腌猪肉及其他土产，他们知道我好这一口。

父母养的猪，没喂买的饲料，没拌瘦肉精，肉质鲜美、安全，在其他地方永远吃不到这种味道的猪肉。

我带回北京的腌猪肉，一般会放在冰箱里冻起来，这样保鲜时间长些。

我最初都是把猪肉切片炖着吃，下酒下饭，尤其好其肥肉，肥美。

渐渐的，切片炖吃顾不上了。于是，切几块肉片，搁锅里跟米一起煮咸饭吃，省时省力，一举两得。

这咸肉饭的爱好和经验，源自中学时代。

那时每年春天，走读生和寄宿生都是自已带米到学校，蒸饭吃。

春天是咸肉流行的时候，早起家长给切两片咸肉，跟米一起搁饭盒里带走。到学校淘好米洗好肉，放学校的蒸笼里一蒸，中午开饭的时候，打开饭盒，泛黄的米饭，发着油乎乎的光亮，对成长中缺油的少男少女来说，诱惑实在太大。

那个时候，每间教室里，每间教室外的走廊里，都飘散着咸肉饭独特而迷人的香味。

少年时代养成的味蕾，是不会轻易消逝的。我至今还爱吃咸肉饭。

蒸煮好后，盛上满满一碗。蒸出来的米饭，没有泛着少年时的黄色，但依旧油光发亮，味道鲜美，略有些咸味，爽口。

蒸煮之后的咸肉饭发黄，大概与当年故乡春天储藏咸肉的方法有关，那时的咸肉容易变黄变质，搁冰箱里冻着，保鲜性能好，所以我在北京煮的咸肉饭，几乎都没有泛着金黄色的。

碗里的米饭里有好多块肥瘦相宜的咸肉。肥肉晶莹透亮，说不出的诱人；瘦肉略显有些干，灯光下一些地方也泛着亮色，那时腌过之后的肉色。

太太是老北京，不习惯这种吃法，皱着眉头看着我和丫头的吃相，说："我就想不明白，这有什么好吃的？"

未及我回答，丫头抢着说："好吃，我喜欢吃。妈妈您要是不喜欢，把肉挑给我，我要瘦的，肥的给老爸。"

我哈哈一笑，不愧是我闺女，饮食习惯也有同好。

我笑着说："这是最后一块咸肉了，好好吃点吧，以后恐怕吃不到这样的鲜美的咸肉饭了。"

"这有什么吃不到的，我们不也可以买点肉腌起来做咸肉么！"太太有些不以为然。

"这可是我爸妈养的猪的肉。我爸今年开始不养猪了，以后吃的猪肉，都是买的了，怎么会有这么好的味道啊！再说了，北京买的肉，都是饲料喂养出来的，这猪肉难吃，又不是一年两年了。"

父母不再养猪了，我高兴。过年的时候，父母一定还会腌猪肉，不过，这猪肉一定也是买的了。

我不知道自己还会不会从家里带回用买的肉腌好的猪肉，但我知道，父母喂养出来的猪肉，在北京我们家，这是最后一顿了。

我以后依旧会在故乡风味的餐馆里吃到咸肉，但咸肉饭也许永远不会去吃了，也吃不到了。它只会萦回在我记忆中，深埋于舌尖味蕾中。

一想，多少有些伤感。

我和丫头埋头吃饭，一人吃了满满两大碗咸肉饭，我起码吃了七八块偏肥的咸肉。

再见，咸肉饭。

给生活加点糖精

我这个年龄的故乡乡下人，估计不会有人对糖精没有印象。

糖精是什么?

我小时候只知道，那一粒粒细小的白色透明的晶体，有着神奇的功效，放一粒进一碗水里，那寡淡无味的白水，竟然有了迷人的甜味!

长大后才知道，糖精是最古老的甜味素，19世纪后期被美国科学家发现，很快成为工业和消费者的宠儿。

我小的时候，不仅是鱼米之乡的故乡，整个中国都处在一个物质极端匮乏的年代。

一个普通家庭的生活中，不要说白糖，黄糖都极其稀缺，就连糖精的使用，也都控制得极为严格。

因为时间久远，我已经记不起糖精的购买是否要凭票了。

但在我的记忆之中，我知道喝水放糖精，其实都是大人的一种恩典。

我记得，家里的糖精是放在一个小玻璃瓶里，用牛皮纸当瓶塞，塞紧了放在竹橱里，竹橱通常架在灶间的水缸之上，还用竹销插着，小孩垫了矮凳也够不着，不怕孩子们偷食。

小时候生活困苦，常常嘴里都淡出鸟来——不是盐不够，粗盐有，但也得花钱买，现金可是农村最难弄到的东西，没有糖，生活的滋味远远不够。

或许，我们人的基因里，有着对甜味的天然追求。但那个时候没有碳水饮料，糖也金贵，瓜果冰棍都有很强的季节性，要满足对甜滋滋生活的追求，咋办?

只有一种，在水里加点糖精。

但是，糖精也不是随便能加的。

通常，只有表现很乖的时候，祖母才在给我们兄弟仨的三碗凉水里，各放上一粒糖精。一粒糖精，一碗凉水就有了迷人的甜味。

当然，当祖母“捻鲜捻鲜”（方言，意为小心谨慎地捻出一小块来）放下那一粒白色晶体的时候，我们哥仨都是眼巴巴地望着，盼着祖母能够大方些，每一只碗里再多放一些——但，那几乎是不可能的。

深秋的晚上，全家人在煤油灯下围坐的时候，女人们在纳鞋底打毛衣，小孩们或无聊地翻着书，或撒着娇的时候，偶尔，祖父或父亲特别高兴的时候，就会叫祖母或母亲姑姑，去给我们一人倒一碗糖水，安静立即被打破了，这时小孩最愿意跟在大人后面往灶间跑了。

冬天，爆米花的来了，好不容易求得大人爆一碗米，但还是渴望大人能给几粒糖精——加了糖精的爆米花，吃起来甜在心里啊。

但大人通常不允。想想也是，一碗米能煮好多饭、熬好多粥呢，爆了米花，还要糖精，简直太浪费了。

冬天晚上吃爆米花时，有一种吃法，便是抓一把爆米花放在碗里，加上温水，泡着吃，别有滋味。若能加一粒糖精，这碗温水泡爆米花，在那寒冷的冬夜，简直算是美味到了无语。

所以，大人小孩都愿意用水泡爆米花，这个时候，大人会愿意加糖精的。

那个年代，生活虽然困苦，但故乡毕竟是物华天宝之地，物产甚丰。偶尔的调剂，就像是为乏味的艰苦生活加了点糖精，给自己的生活制造些甜蜜的味道。无论是在喝水的碗里还是在爆米花里加糖精，都属于这样的调剂。

偶尔，严格控制的生活也会有跃出轨道的时候。

记得某一年一天晚上，竹橱门没插好，猫过折腾，把糖精瓶打翻掉在水缸沿上，瓶子碎了，瓶里的糖精一大半掉落在水缸里，半缸井水一下子变成了甜水！

大人们痛骂猫折腾的时候，倒是让我们痛快地喝了个水饱，不过，水缸里养着几尾小鲫鱼，下面的水比较浑浊，也不能都喝了。

还有一种，也有给生活加点糖精的感觉。

故乡过去也盛产大豆、黄豆、南瓜子和葵花子，收成以后，炒蚕豆、炒黄豆、炒瓜子，这些通常都是秋冬时的零食，尤其是有佳客来时，更是招待客人的必备。

炒这些东西，通常有两种，一种是清炒，求豆和瓜子本味，最是简单。

一种是要甜味的，那是待客的佳品，也是犒赏小孩的。我们自然最喜欢第二种了。

通常，无论大豆、蚕豆、南瓜子、葵花子还是西瓜子，大人在灶台上翻炒时，我们都愿意趴在灶台边，看着豆子瓜子在锅铲下翻滚，快熟的时候，大人会盛半碗凉水，放上几粒糖精，融化之后，倒进炒锅里，快速翻炒，吱啦声中，原本只有本味的豆子瓜子，外壳都平添了一份甜滋滋的味道。

不仅小孩，大人也喜欢，甜豆甜瓜子越吃越喜欢。

人人都爱甜滋味。

那个物资匮乏的年代，糖精给了我们生活中不可或缺的甜味。

后来我想，在炒货大行其道的时候，炒货大多是甜的缘故，与我们的口味有关，也与我们太缺甜味有关吧。

分田之后，故乡经济繁荣起来了，白糖黄糖都很多了，更不用说糖精了。后来传说糖精不健康，吃糖精也就更少了。

童年和少年时代那么追逐的糖精，一下子在生活中失去了踪影，只有残存的记忆，也算是巨变时代的一个侧影吧。